쟈디그 · 깡디드

볼떼르

쟈디그 · 깡디드

이형식 옮김

펭귄클래식코리아

쟈디그·깡디드

1판 1쇄 발행 2011년 3월 25일
1판 13쇄 발행 2023년 6월 15일

지은이 | 볼떼르 옮긴이 | 이형식
발행인 | 이재진 단행본사업본부장 | 신동해
편집장 | 김경림 마케팅 | 최혜진 최지은 홍보 | 반여진 허지호 정지연
국제업무 | 김은정 김지민 제작 | 정석훈

브랜드 펭귄클래식 코리아
주소 경기도 파주시 회동길 20
문의전화 031-956-7213 (편집) 031-956-7127 (마케팅)
홈페이지 www.wjbooks.co.kr
인스타그램 www.instagram.com/woongjin_readers
페이스북 https://www.facebook.com/woongjinreaders
블로그 blog.naver.com/wj_booking

발행처 ㈜웅진씽크빅
출판신고 1980년 3월 29일 제406-2007-000046호

Penguin Classics Korea is the Joint Venture with Penguin Random House Ltd.
Penguin and the associated logo are registered and/or unregistered trademarks of
Penguin Random House Limited. Used with permission.
펭귄클래식코리아는 펭귄랜덤하우스와 제휴한 ㈜웅진씽크빅 단행본사업본부의 브랜드입니다. 펭귄 및 관련 로고는 펭귄랜덤하우스의 등록 상표입니다. 허가를 받아야만 사용할 수 있습니다.

이 책은 저작권법에 따라 보호받는 저작물이므로 무단 전재와 무단 복제를 금지하며, 책 내용의 전부 또는 일부를 이용하려면 저작권자와 ㈜웅진씽크빅의 서면 동의를 받아야 합니다.

한국어판 ⓒ 웅진씽크빅, 2011

ISBN 978-89-01-11801-7 04800
ISBN 978-89-01-08204-2 (세트)

• 잘못된 책은 구입하신 곳에서 바꾸어 드립니다.
• 책값은 뒤표지에 있습니다.

차례

쟈디그 또는 운명 · 7
깡디드 또는 낙천주의 · 125

작품해설 / 몽매함과 탐욕의 산물, 낙천주의 · 317
옮긴이 주 · 324

▶ 일러두기
1. 모든 외래어는 현지 발음에 가깝도록 표기하고, 라틴어는 고전 라틴어 발음 규범을, 고대 그리스어는 에라스무스의 발음 체계를 따랐다.
2. [f]음은 우리의 음운 체계에 존재하지 않는지라, 혼동 여지의 유무 및 인접한 철자와의 관련을 고려하여 [ㅎ]음이나 [ㅍ]음으로 표기했다.
3. 특정 교단들이 변형시켜 사용하는 어휘들(수단, 가톨릭, 그리스도, 모세 등)은 원래의 발음대로 적었다.(소따나, 카톨릭, 크리스토스, 모쉐 등)
4. 우리말 어휘들 중 많은 것들은 실제로 통용되는 형태를 취했다.(숫소, 생울타리, 우뢰 등)
5. 인(人), 어(語), 족(族), 해(海), 도(島), 산(産) 등처럼, 우리말 체계에서 독립적으로 사용되지 않는 말은 붙여 썼다. 반면, 강(江), 산(山), 섬[島], 길[路] 등처럼 독립적 활용이 가능한 말들은 떼어 썼다.

쟈디그 또는 운명

Zadig ou la Destinée

애꾸눈이

　모압다르 왕 시절, 바빌론에 쟈디그라는 젊은이가 있었다. 그는 아름다운 천품을 타고났을 뿐만 아니라, 훌륭한 가르침을 받아 그 품성이 더욱 돈후하여졌다. 부유하고 젊었으되 스스로를 제어할 줄 알았고, 어떤 일에서건 자신을 내세우지 않았다. 자기만이 항상 옳다고 주장하는 것을 삼갔고, 인간의 약점을 존중할 줄 알았다. 뛰어난 기지를 소유하였으되, 막연하고 두서없으며 혼란스러운 잡담이나 경솔한 험담, 무지한 단언, 상스러운 재담 등 흔히들 바빌론에서 '대화'라고 부르던 그 헛된 말의 소음을, 그는 결코 조롱하여 멸시하지 않았고, 사람들은 그러한 사실에 몹시 놀랐다. 그는 일찍이 조로아스터의 책 첫 권에서, 자존심이란 바람으로 불룩해진 큰 공에 불과하며, 누가 그것을 바늘로 찌르면 그것으로부터 폭풍이 쏟아져 나온다는 사실을 읽어 깨달은 바 있었다. 쟈디그는 특히, 여인들을 멸시하거나 속박하는 것을 자랑으로 여기지 않았다. 그는 또한 관대하여, 배은망덕한 자들에게도 베풀기를 주저하지 않았다. 조로아스터의 큰 가르침을 따른 것이었다. "비록 개들이 그대를 무는 경우가 있을지라도, 그대가 먹을 때에는 개들에게도 먹을 것을 주라." 그는 비할 데 없이 현명했던바, 항상 현자들과 어울리기를 추구하였기 때문이다. 옛 칼데아인들의 학문을 익혀, 당시 사람들이 알고 있던 자연의 물리적 법칙에 무지하지 않았으며, 사람들이 어느 시대에나 알던 형이상학[1]도 다소 알고 있었다. 다시 말해 진정한 형이상학에 대해서는 거의 아는 것이 없었다. 그는 당시의 새로운 철학에도 불구하고, 한 해가 365와 1/4일로 이루어져 있으며, 태양이 세계의 중심임을 확신하고 있었다. 그러나 세력 있는 점성술사들이, 그의 소견이 악의적이라고 하며, 태양이 자전한다거나 한 해가 열두 달로 이루어졌다고 믿는 것이 곧 국가에 대한 적대 행위라고, 모욕적일 만큼 거만하게 말해도, 그는 노여움도 경멸도 표하지 않고 조용히 입을 다물곤 하였다.

매우 부유하고, 따라서 친구도 많으며, 건강하고 용모 서글서글한 데다, 공정하고 너그러운 기지와 진지하고 고매한 심성을 갖추고 있던 쟈디그는, 자신이 행복하게 살 수 있을 것이라 믿었다. 그는 세미르[2]와 혼인하게 되어 있었는데, 그녀의 아름다움과 가문 그리고 재산을 고려할 때, 바빌론 제일의 혼처였다. 그는 그녀에 대한 굳건하고 고결한 애정을 지니고 있었으며, 세미르는 그를 열정적으로 사랑하였다. 두 사람을 결합시켜 줄 행복한 순간이 가까워진 어느 날, 그들은 유프라테스 강 연안을 장식하고 있는 종려나무 아래를 거닐며, 바빌론의 어느 성문을 향하고 있었다. 바로 그 순간, 칼과 활로 무장한 남자들이 그들에게로 다가왔다. 그 남자들은 어느 재상의 조카인 오르칸이라는 젊은이의 심복들이었다. 그 젊은이는 숙부의 추종자들이 하는 말만 믿고, 자기가 무슨 짓을 저질러도 무방하다고 생각한 것이다. 그에게는 쟈디그가 갖추고 있는 우아함도 미덕도 없었다. 하지만 자기가 쟈디그보다 훨씬 우월하다고 생각한 까닭에, 자신이 선택되지 않은 사실에 더욱 절망하였다. 오직 자만심 때문에 생긴 그러한 질투심은, 그로 하여금 자기가 세미르를 미친 듯이 사랑한다고 믿게 하였다. 그리하여 그녀를 납치하고 싶어졌던 것이다. 유괴범들이 그녀를 움켜잡았다. 그리고 그들의 포악스러움이 자제되지 않아 그녀에게 상처를 입혔고, 따라서 그 모습만 보아도 이마우스[3] 산의 호랑이조차 마음이 누그러질 여인의 피가 흐르게 하였다. 세미르의 비명이 하늘을 찔렀다. 그녀가 절박하게 외쳤다. "나의 귀하신 낭군이시여! 제가 열렬히 사랑하는 것으로부터 저를 떼어놓으려 합니다!" 그녀는 자기에게 닥친 위험은 상관치 않았다. 오직 사랑하는 쟈디그 생각뿐이었다. 그 순간 쟈디그는, 용기와 사랑이 주는 힘을 몽땅 쏟아 그녀를 방어하고 있었다. 오직 시종 두 사람만의 도움으로 유괴범들을 쫓아버린 다음, 그는 세미르를 그녀의 집으로 데리고 갔다. 기절한 채 피를 흘리고 있던 그녀가 다시 눈을 떴고, 자기의 구원자를 보자 그에게 말하였다. "오! 쟈디그! 저는 지금까지 당신을 저의 남편으로 사랑하였어요. 그러나 이제는 저의 명예와 목숨을 지켜주신 분으로 사랑해요." 일찍이 어떠한 가슴도, 세미르의 가슴만큼 깊은 감동을 느껴보지 못하였을 것이다. 일찍이 어느 고혹적인 입도, 비할 데 없이 고마워하는 마음과 합법적인 사랑의 다정한 열광이 고취하는 불길 같은 언사로, 더 감동적인 심정을 표출하지 못하였을 것이다. 그녀의 부상은 경미하여, 곧 치유되었다. 쟈디그의 부상은 훨씬 더 위중하였다. 눈 근처에 꽂힌 화살이 깊은 상처를 남겼던 것이다. 세미르는 신들에게 오직 연인의 쾌유만을 간구하였다. 그녀의 눈은 밤이나 낮이나 눈물로 젖어 있었다. 그녀는 쟈디그의 눈이 자기의 시선을 보고 즐거워할 순간만을 기다렸다. 그러나 다친 눈에 문득 종기가 생겨, 어떤 일이 닥칠지 염려하지 않을 수 없게 되었다. 멤피스까지 사람을 보내어 위대한 의사 헤르메스를 모셔 오게 하였고, 그가 무수한 일행을 이끌고 도착하였다.[4] 그는 환자를 살펴본 후, 환자가 실명할 것이라 하였다. 또한 그 치명적인 일이 닥칠 날짜와 시각까지 예언하였다. 그리고 덧붙여 말하였다. "그것이 오른쪽 눈이었다면 내가 고칠 수 있도다. 그러나 왼쪽 눈에 생긴 상처는 치유될 수 없노라." 그 말에 바빌론 사람들 모두가, 쟈디그의 운명을 딱하게 여기면서도, 헤르메스의 심오한 의술에 탄복하였다. 그러나 이틀 후, 종기가 저절로 터져, 쟈디그의 상처는 완벽하게 쾌유되었다. 헤르메스가 즉시 책 한 권을 지어, 쟈디그가 치유되지 않았어야 함을 입증하였다.[5] 쟈디그는 그 책을 거들떠보지도 않았다. 반면, 외출할 수 있게 되자마자, 자기 생애의 행복을 바랄 수 있게 해준 여자, 그리하여 오직 그녀만을 위해 두 눈이 성키를 바라던 그 여인을 방문할 준비를 서둘렀다. 세미르는 사흘 전부터 시골에 가 있다고들 하였다. 또한 그 아름다운 여인이 애꾸들에 대해서 극복할 수 없는 혐오감을 가지고 있노라 공표한 다음, 그날 밤으로 즉시 오르칸과 혼인하였다는 소식을, 그녀의 집으로 가는 도중에 들었다. 그 소식을 접하고 그는 기절하여 쓰러졌다. 괴로움을 견디지 못하여 무덤 언저리까지 갔었다. 그리고 오랫동안 병석에 누워 있었다. 하지만 결국에는 분별력이 그의 절망감을 극복하였고, 그가 겪은 혹독함이 그를 위로하는 데 기여하였다.

"궁정에서 자란 여자의 그 잔혹한 변덕을 내 몸소 겪었으니, 평범한 백성의 딸을 아내로 맞아야 할 것이로다." 스스로에게 그렇게 다짐하고 나서 그는 아조라를 택하였다. 그 도시에서 가장 현숙하고 혈통 좋은 여자였다. 그는 그녀와 혼례를 치르고, 가장 애정 깊은 결합의 달콤함 속에서 한 달을 살았다. 하지만 오직 한 가지, 그녀에게서 약간의 가벼움과, 가장 훌륭한 젊은이들이란 최대한의 기지와 미덕을 갖춘 젊은이라고 믿는, 지나친 경향이 눈에 띄었다.

코

어느 날 아조라가 산책을 나갔다가, 몹시 노한 듯, 큰 소리로 탄식을 하며 돌아왔다. 그가 물었다.
"나의 사랑스러운 아내여, 무슨 일이 있었소? 도대체 누가 당신을 그토록 노하게 할 수 있단 말이오!"
"아!" 그녀가 말했다. "제가 조금 전에 목격한 장면을 당신이 보셨다면, 당신 역시 저처럼 화를 내셨을 것입니다. 저는, 이 초원 변두리를 스치며 흐르는 냇물 근처에, 이틀 전 젊은 남편의 묘당을 세운 젊은 미망인 코스루를 위로하러 갔었습니다. 그녀는 깊은 슬픔에 사로잡혀 신들에게 약속하기를, 그 냇물이 묘당 근처로 흐르는 한, 언제까지라도 남편의 묘당에 머물겠노라 하였습니다."
"그렇다면, 자기의 남편을 진정으로 사랑하던 칭송할 만한 여인이구려!"
쟈디그의 그 말에 아조라가 대꾸하였다.

"아! 제가 그녀를 방문했을 때, 그녀가 무슨 일을 하고 있었는지 아신다면!"

"대체 무슨 일을 하고 있었다는 말이오, 아름다운 아조라?"

"그녀는 냇물의 흐름을 바꾸고 있었습니다."

그러면서 아조라는 한동안 욕설을 마구 퍼붓고, 젊은 과부를 맹렬히 비난하였다. 그 기세가 어찌나 심한지, 그러한 미덕의 과시가 쟈디그의 마음에 거슬렸다.

쟈디그에게는 카도르라는 친구가 있었는데, 그의 아내가 다른 어느 젊은이들보다 정직하고 자질 뛰어난 사람이라고 여기는 청년이었다. 쟈디그는 친구에게 자기의 은밀한 뜻을 털어놓으며 후한 선물을 주어, 신의를 약속받았다. 한편 아조라는, 시골에 있는 친구의 집에 가서 이틀을 머문 다음, 사흘째 되는 날 집으로 돌아왔다. 그런데 하인들이 눈물을 흘리며 그녀에게 고하기를, 그녀가 떠나던 날 밤에 그녀의 부군이 돌연히 세상을 떠났다는 것이다. 하지만 그 불행한 소식을 차마 그녀에게는 전하지 못하고, 시신을 정원 끝자락에 있는 조상의 묘당 속에 이미 안치하였다는 것이다. 그녀는 통곡하며 자기의 머리카락을 마구 당겨 뽑았다. 그러면서 자신도 죽겠노라 맹세하였다. 그날 저녁, 카도르가 그녀를 찾아와 뵙기를 청했고, 두 사람은 함께 울었다. 다음 날이 되자 그들은 조금 덜 울었고, 함께 점심 식사를 하였다. 카도르가 그녀에게 은밀히 고백하기를, 죽은 친구가 자기에게 재산의 대부분을 유산으로 남겨 주었노라 하였다. 그리고, 그 재산을 그녀와 함께 나누는 것이 자기의 행복일 것이라는 뜻을 넌지시 비쳤다. 그녀가 눈물을 흘리며 화를 내더니, 이내 수그러졌다. 두 사람이 함께한 저녁 식사는 점심 식사보다 더 길었다. 두 사람 사이에 더 많은 속내 이야기가 오갔다. 아조라가 죽은 이를 칭송하였다. 하지만, 카도르에게는 없는 단점들이 있었노라 고백하였다.

저녁 식사 도중, 카도르가 비장(脾臟)의 맹렬한 통증을 호소하였다. 불안하고 다급해진 여인이, 평소에 자기가 쓰던 향유들을 몽땅 가져오게 하였다. 혹시 비장 통증에 효험 있는 것이 없을까, 우선 사용해 보기 위함이었다. 그녀는 위대한 헤르메스가 바빌론에 없는 것을 몹시 애석해하였다. 그리고, 카도르가 몹시 아프다고 하는 옆구리 부분을 손수 만져주기도 하였다. 그녀가 연민 어린 음성으로 물었다.

"이 혹독한 통증에 자주 시달리시나요?"

"저를 가끔 무덤 언저리까지 이끌어 가곤 합니다. 저의 통증을 해소하기 위해서는 오직 한 가지 방법밖에 없습니다. 하루 전에 죽은 사람의 코를 옆구리에 붙이면 됩니다."

"참으로 기이한 치료법이군요!"

"모든 졸도 증세에 효험이 있다는 아르누 공의 약주머니보다 더 기이한 것은 아니지요."[6]

젊은이의 탁월한 자질에 그러한 설명이 가세하니, 여인은 드디어 결단을 내렸다. 그러면서 말하였다.

"어떻든, 저의 남편이 어제의 세계에서 다음 날의 세계로 건너가실 때, 첫 생에서보다 둘째 생에서 코가 약간 덜 길다 하여, 천사 아스라엘[7]이 그에게 치나바르[8] 다리를 건너지 못하게 하겠어요?"

그러고 나서, 면도 한 자루를 집어 들더니, 남편의 묘당으로 달려갔다. 잠시 눈물로 묘당을 적신 다음, 그녀는 길게 누워 있는 쟈디그를 보고, 그의 코를 자르려 다가갔다. 그 순간 쟈디그가, 한 손으로는 자기의 코를 감싸 잡고, 다른 한 손으로는 면도를 저지하며, 벌떡 일어났다. 그리고 그녀에게 말하였다.

"부인, 차후로는 젊은 코스루를 그토록 심하게 나무라지 마시오. 나의 코를 자르려는 의도가 냇물의 흐름을 돌리려는 의도에 비해 모자람이 없소."

개와 말

쟈디그는, 젠드 경서[9]에 기록된 것처럼, 혼인 후 첫 달은 꿀의 달(蜜月)이요, 두 번째 달은 쓴 쑥의 달임을 절감하였다. 얼마 후 그는, 함께 살기가 극도로 어려워진 아조라를 내보내지 않을 수 없게 되었다. 그리고 자신의 행복을 자연 연구에서 찾았다. '신께서 우리들 앞에 펼쳐놓으신 위대한 책의 비밀을 읽어내는 철학자[10]보다 더 행복한 자는 없도다. 그가 자연 속에서 발견하는 진리들은 모두 그의 것이며, 그는 자신의 영혼을 살찌우고 고양시키며 평화롭게 살도다. 그는 인간들에 대하여 아무것도 두려워하지 않으며, 다정한 아내가 그의 코를 자르러 오지도 않을 것이니라.'

그러한 사념에 가득해져, 그는 유프라테스 강변에 있는 시골집으로 물러가 은거하였다. 하지만 그곳에서, 어느 다리 아치 아래 강물의 유속이 초당 몇 뿌쓰[11]인지, 양의 달보다 쥐의 달에 강우량이 더 많았는지 따위의 일에는 관심을 쏟지 않았다. 또한, 거미줄로 비단을 짠다든지, 깨진 병으로 도자기를 굽는다든지 하는 등의 상상도 하지 않았다. 반면, 각 동식물의 고유한 특성을 각별히 연구하였다. 덕분에 그는 얼마 아니 되어 예민한 식별력을 얻게 되었고, 따라서 다른 사람들은 모두 같은 것으로 믿는 사물들 사이에서, 수천 가지 차이점을 발견할 수 있게 되었다.

어느 날 그가 작은 숲 근처에서 산책을 하고 있는데, 왕비의 내시 하나가 그에게로 달려왔다. 또한 조신(朝臣) 여러 사람이 그의 뒤를 따르고 있었는데, 모두들 몹시 근심스러운 기색이었다. 그들은 가장 귀중한 것을 잃어버리고는 다시 찾으려 넋을 잃은 사람들처럼, 이리저리 뛰고 있었다. 내시장이 쟈디그에게 물었다.

"젊은이, 혹시 왕비님의 개를 보지 못하셨소?"

그러자 쟈디그가 겸손하게 대답하였다.

"수캐가 아니라 암캐이지요."

"당신의 말씀이 옳소." 내시가 대꾸하였다.

"아주 작은 스파니엘종이지요. 얼마 전에 새끼를 낳았고, 왼쪽 앞다리를 절며, 귀가 매우 길지요." 쟈디그가 그렇게 덧붙였다.

"그렇다면 개를 보셨다는 말씀이오?" 내시장이 아직도 숨을 헐떡이며 물었다.

"아닙니다. 그 개를 본 적은 없습니다. 또한 왕비께서 암캐 한 마리를 가지고 계시다는 사실도 전혀 몰랐습니다."

그런데 같은 시각, 운명의 일상적 변덕스러움 탓으로, 왕의 마구간에서도 가장 아름다운 말 한 필이, 마부의 손길을 뿌리치고 바빌론의 초원으로 도망을 쳤다. 왕실의 우두머리 수렵관과 다른 관리들이 말의 종적을 찾아 나섰는데, 그들의 근심 또한 암캐를 찾아 나선 내시장의 근심에 못지않았다. 우두머리 수렵관이 쟈디그에게로 다가오더니, 왕의 말이 지나가는 것을 보지 못하였느냐고 물었다. 쟈디그가 그의 질문에 답하였다.

"어느 말보다도 잘 달리며, 키는 오 삐에[12]이고, 굽이 매우 작지요. 꼬리의 길이는 삼 삐에 반이고, 재갈의 장식은 이십삼 캐럿 황금으로 만들었으며, 편자는 십일 드니에[13] 은으로 주조했지요."

"그 말이 어느 길로 들어섰소? 그것이 어디에 있소?" 우두머리 수렵관이 물었다.

"나는 그 말을 보지 못하였습니다. 아니, 그러한 말이 있다는 이야기조차 들은 적이 없습니다." 쟈디그의 대답이었다.

우두머리 수렵관과 내시장은 쟈디그가 왕의 말과 왕비의 암캐를 훔쳤다고 확신하였다. 그리하여 그를 데프터다르[14]에게로 끌고 갔다. 데프터다르는 그에게 태형과 시베리아 유형을 언도하였다. 하지만 그 언도가 내려진 직후 말과 암캐가 발견되었다. 심판에 참여하였던 법관들은, 몹시 괴롭지만 선고를 파기할 수밖에 없었다. 하지만 그들은, 그가 보고도 보지 못하였다고 말했다는 죄목으로, 그에게 황금 사백 온스의 벌금을 부과하였다. 쟈디그는 우선 그 벌금을 내야 했다. 그런 다음 데프터다르가 주재하는 법정에서 자신을 변론하는 것이 허락되었다. 쟈디그가 다음과 같은 변론을 폈다.

"납덩이의 육중함과, 철의 단단함과, 금강석의 광채를 두루 갖추시고, 황금과의 친화력 비할 데 없이 크신, 정의의 별들이시여![15] 학문의 심연이시여! 진리의 거울들이시여! 거룩하신 분들 앞에서 제가 발언할 수 있는 허락을 얻은바, 오로스마드[16]를 두고 맹세하거니와, 저는 결코 왕비님의 존경스러운 암캐도, 군주 중의 군주이신 국왕 전하의 신성한 말도 본 적이 없습니다. 제가 겪은 일의 전말은 이러합니다. 저는 작은 숲 근처에서 산책을 하던 중, 존경스러운 내시장과 저명하신 우두머리 수렵관을 만나게 되었습니다. 그에 앞서, 모래 위에 남은 어떤 짐승의 흔적을 발견하였는데, 그것이 작은 개의 흔적임을 어렵지 않게 알 수 있었습니다. 양 발자국들 사이로, 조금 불룩한 모래 위에 그어진, 가볍고 긴 고랑을 보고, 저는 그것이 젖꼭지가 축 처진 암캐의 흔적임을 알았습니다. 또한 그 암캐가 새끼를 낳은 지 며칠밖에 되지 않았음을 짐작하였습니다. 앞발 옆으로, 모래 표면을 스치며 다른 방향으로 난 자국을 보고, 저는 개의 귀가 매우 길다는 사실을 알았습니다. 그리고 발 하나의 자국이 나머지 다른 발들의 자국보다 지속적으로 얕게 파인 것을 보고, 감히 아뢰거니와, 숭고하신 왕비님의 암캐가 다리 하나를 전다는 사실을 깨달았습니다.

 군주들 중의 군주이신 국왕 전하의 말에 관해서 아뢰겠습니다. 역시 그 숲으로 이어지는 길을 따라 산책하던 중, 어떤 말의 편자 자국을 발견하였는데, 그 자국들 간의 거리가 일정하였습니다. '구보가 완벽한 말이군!' 저는 즉시 그렇게 생각하였습니다. 한편, 폭 칠 삐에의 좁은 길 양쪽에 있는 나무의 먼지가, 즉 길의 중앙으로부터 삼 삐에 반 거리에 있는 길 좌우 쪽 나무의 먼지가, 약간 털려 없어졌습니다. 저는 그것을 보고 생각하였습니다. '말의 꼬리 길이가 삼 삐에 반인데, 그것을 좌우로 흔들면서 먼지를 쓸어냈군!' 또한, 높이 오 삐에의 반원형 천장을 이루고 있는 나무들 밑을 보니, 갓 떨어진 나뭇잎들이 있었습니다. 저는 말이 지나며 나뭇가지를 건드렸으며, 따라서 말의 키가 오 삐에임을 알게 되었습니다. 말의 재갈은 이십삼 캐럿 황금으로 만든 것이 틀림없었습니다. 재갈의 혹부리 장식을 말이 어느 돌에 문질렀는데, 그 돌이 층샛돌이었던지라, 제가 즉시 판별할 수 있었습니다. 그리고, 다른 종류의 조약돌 위에 편자가 남긴 흔적을 보고, 발굽의 편자가 순도 십일 드니에의 은으로 만들어졌음을 짐작하였습니다."

모든 재판관들이 쟈디그의 심오하고 치밀한 감식력에 탄복하였다. 그 소식이 왕과 왕비에게까지 전해졌다. 대기실[17]이건, 규방이건, 사무실이건, 어디를 가나 쟈디그에 대한 이야기뿐이었다. 그리하여, 여러 점성술사들이 그를 마법사로 여겨 산 채로 불에 태우자고 고집을 부렸지만, 왕은 그에게 벌금으로 부과되었던 황금 사백 온스를 돌려주라는 명령을 내렸다. 재판소 서기들과 집달리들, 대소인(代訴人)[18]들이, 그의 황금 사백 온스를 가지고 그의 집에 화려하게 행차하였다. 그들은 그것 중 398온스만을 재판비용으로 공제하였고, 그들의 하인들은 별도로 사례금을 요구하였다.

쟈디그는 박식한 것이 때로는 얼마나 위험한지를 깨달았으며, 차후로는 자기가 본 것에 대하여 아무 말도 하지 않겠노라, 스스로에게 다짐하였다.

얼마 아니 되어 그러한 경우가 그에게 닥쳤다. 국사범 하나가 탈옥하여 그의 집 창문 밑으로 지나간 것이다. 그 사건 때문에 쟈디그가 문초를 받았고, 그는 아무 대꾸도 하지 않았다.

하지만 그가 창문을 통해 밖을 바라보고 있었다는 사실이 입증되었다. 그 죄로 인하여 그는 황금 오백 온스의 벌금형에 처해졌다. 하지만 그는 바빌론의 관습에 따라, 재판관들에게 그들의 관용에 감사한다는 인사를 올려야 했다. 그는 홀로 탄식하였다. "하느님 맙소사! 왕비의 암캐와 왕의 말이 지나간 숲에서 산책하는 것이 얼마나 개탄스러운 일인가! 창문 가까이에 서 있는 것이 얼마나 위험스러운 일인가! 그리고, 이승에서 행복하기가 참으로 어렵구나!"

시샘꾼

쟈디그는 운수가 자기에게 끼친 고통을 학문과 우정으로 위무하고 싶었다. 그는 바빌론 외곽에 멋지게 치장한 집을 한 채 가지고 있었는데, 그곳에 점잖은 사람에게 어울릴 만한 예술품들과 오락거리들을 모아두었다. 아침이면 모든 학자들에게 자기의 서재를 개방하였고, 저녁이면 좋은 동료들을 식탁에 초대하였다. 하지만 그는 이내 학자들이 얼마나 위험한 자들인지를 알게 되었다. 그리푸스[19]를 먹지 말라는 조로아스터의 율법을 놓고, 학자들 사이에 커다란 다툼이 벌어졌다.

"그 짐승이 존재하지 않는데, 그것을 먹지 말라고 어찌 금할 수 있겠소?" 학자들 몇몇이 그렇게 의문을 제기하였다.

"사람들이 그것 먹는 것을 조로아스터께서 원치 않으셨으니, 그 짐승이 존재할 수밖에 없소." 다른 학자들의 주장이었다.

쟈디그가 그들을 화해시키려고 그들에게 말하였다.

"그리푸스가 정말 존재한다면 그것을 먹지 맙시다. 또한 그것이 존재하지 않는다면, 우리가 그것을 먹을 리 만무하오. 따라서 우리 모두 조로아스터의 계율을 충실히 지키게 될 것이오."

그리푸스의 속성에 관한 책 열세 권을 지었을 뿐만 아니라, 소문난 점성술사였던 학자 하나가, 예보르라고 하는 우두머리 점성술사에게로 급히 달려가 쟈디그를 규탄하였다. 칼데아인들 중 가장 미련한 자였고, 따라서 가장 광신적인 자였다. 그는 태양의 가장 위대한 영광을 위하여 쟈디그를 기꺼이 말뚝형[20]에 처했을 자이고, 그런 다음 더욱 만족스러운 음성으로 조로아스터의 기도서를 외웠을 자였다. 그러나 쟈디그의 친구 카도르가(친구 하나가 사제 백 명보다 낫다) 늙은 예보르를 찾아가 간곡히 말하였다.

"태양과 그리푸스 만세! 쟈디그를 처벌하시는 일이 없도록 조심하소서. 그는 성자입니다. 그의 가금 사육장에 그리푸스가 있건만, 그는 결코 그것을 먹지 않습니다. 반면 그를 규탄한 자는 이단자로서, 감히 주장하기를 토끼의 발이 갈라졌으며 그것들이 불결한 짐승이 아니라고 합니다."

"좋아! 그렇다면, 쟈디그가 그리푸스에 대해 옳지 않은 생각을 하였으니 그를 말뚝형에 처하고, 다른 자는 토끼에 대해 옳지 않은 말을 하였으니 역시 말뚝형에 처해야 하리라." 예보르가 대머리를 건들거리며 말하였다.

카도르는 이미 자기의 아이 하나를 낳은 왕비의 시녀를 동원하여 사건을 무마하였다. 그녀가 점성술사회의 큰 신망을 얻고 있었기 때문이다. 덕분에 아무도 말뚝형에 처해지지 않았다. 그러자 박식한 여러 점성술사들이 불평하며 수군거렸고, 바빌론이 그로 인해 몰락할 것이라고 예언하였다. 쟈디그가 탄식하였다. "도대체 행복이 어디에 달려 있단 말인가! 이 세상에서는 모든 것이, 심지어 존재하지 않는 것까지도, 나를 박해하는구나." 그는 학자들에게 저주를 퍼부었고, 차후로는 오직 좋은 사람들만 골라 어울리기로 작정하였다.

그는 바빌론에서 가장 정직한 신사들과 가장 친절한 귀부인들만 자기의 집에 모이게 하였다. 그리고 감미로운 저녁 식사를 대접하곤 하였다. 식사에 앞서 연주회를 열기도 하고, 매력적인 대화로 여흥을 돋우기도 하였는데, 그는 대화에서 기지를 뽐내려는 열성을 배제할 줄도 알았다. 그 열성이 기지를 발휘할 수 없게 하는 가장 확실한 방법이고, 가장 재치 넘치는 사람들의 모임마저 망치기 때문이다. 초대할 친구의 선택이나 요리의 선택에 있어서, 그는 추호도 허영에 이끌리지 않았다. 모든 일에 있어서 외양보다는 실(實)을 택하였기 때문이다. 또한 그리하여, 구태여 추구하지 않아도 진정한 존경이 그에게로 쏠렸다.

그의 집 맞은편에 아리마즈라는 사람이 살고 있었는데, 그의 심술궂은 심보가 상스러운 용모에 생생하게 그려져 있었다. 그는 담즙[21]으로 찌들고, 오만으로 부풀어 있었으며, 설상가상으로 따분한 재치를 뽐내는 자였다. 사교계에서 단 한 번도 성공을 거두지 못하자, 사교계를 험담하는 것으로 보복하였다. 매우 부유하였지만, 아첨꾼들을 집에 불러 모으기가 몹시 어려웠다. 저녁마다 쟈디그의 저택으로 들어가는 마차들의 요란한 소리가 그를 괴롭혔고, 쟈디그를 칭송하는 소문이 더욱 그의 역정을 돋우었다. 그는 가끔 쟈디그의 집으로 가서, 초대를 받지 않았음에도 식탁에 앉곤 하였다. 그리고 모인 사람들의 즐거움을 몽땅 망쳐버렸다. 하르피아[22]가 건드리는 고기는 모두 썩는다는 말과 같았다. 어느 날 그는 어떤 귀부인을 성대하게 대접하려 하였다. 그러나 그 부인은 그의 초청을 수락하지 않고, 쟈디그의 집으로 저녁 식사를 하러 갔다. 또 어느 날, 그와 쟈디그가 궁정에서 이야기를 나누던 중, 어느 재상에게로 함께 다가갔는데, 재상이 쟈디그를 저녁 식사에 초대하면서 아리마즈는 초대하지 않았다. 가장 냉혹한 증오도, 대개의 경우, 그보다 더 중요한 근거에서 비롯되는 것이 아니다. 바빌론에서 모두들 시샘꾼이라고 부르는 그 남자는, 사람들이 행운아라고 부르던 쟈디그를 없애 버리고 싶어 하였다.

조로아스터께서 말씀하셨듯이, 해를 끼칠 기회는 하루에 백 번이라도 생기지만, 선을 행할 기회는 한 해에 한 번 얻기가 힘든 법이다.

어느 날 쟈디그가, 친구 두 사람과 귀부인 하나를 대동하고 정원에서 산책을 하고 있는데, 시샘꾼이 찾아와 그들과 합류하였다. 쟈디그는 귀부인에게, 이야기하는 즐거움 이외의 다른 의도 없이, 점잖은 이야기를 자주 들려주었다. 어느 순간 대화는 국왕께서 얼마 전에 성공적으로 마치신 전쟁 이야기로 옮겨 갔다. 국왕의 신하인 히르카니아[23]의 군주를 상대로 한 전쟁이었다. 그 짧은 전쟁에서 용맹을 떨친 쟈디그는 국왕을 극구 칭송하였다. 하지만 귀부인에 대한 찬사는 더욱 컸다. 그는 수첩을 꺼내어, 즉흥적으로 지은 시 네 구절을 적은 다음, 그것을 읽어보라고 하며 아름다운 여인에게 건넸다. 친구들이 그것을 자기들에게도 보여 달라고 졸라댔다. 그러나 겸손함 때문에, 아니 자존심 때문에, 그들의 청에 응할 수 없었다. 그는 어떠한 즉흥시건, 그것이 헌정된 사람에게만 훌륭해 보인다는 사실을 잘 알고 있었다. 그리하여 시를 적은 수첩의 쪽지를 떼어내어 반으로 찢은 다음, 장미 덤불 위로 던져버렸다. 사람들이 찢어진 쪽지를 찾으려 하였으나 허사였다. 그때 문득 이슬비가 내리기 시작하였다. 모두들 저택 안으로 서둘러 들어갔다. 정원에 남아 있던 시샘꾼은, 쉬지 않고 찾은 끝에, 쪽지 한 조각을 발견하였다. 그런데 수첩의 쪽지가 공교롭게 찢겨, 원래 한 행을 이루고 있던 각 시구의 반쪽 개개가 독립된 의미를 갖게 되었을 뿐만 아니라, 반쪽 구절들이 모두 완벽한 운율까지 갖추고 있었다. 그러나 더욱 기이한 우연의 탓으로, 그 반쪽 구절들은 국왕에 대한 가장 끔찍한 욕설을 내포한 의미를 형성하고 있었다. 그 내용은 다음과 같았다.

가증스러운 큰 죄로 인해
굳건해진 옥좌,
태평성대에
그만이 유일한 적.

그 쪽지를 보고 시샘꾼은 난생처음으로 행복감에 잠겼다. 자질 뛰어나고 착한 사람을 파멸시킬 수 있는 것이 수중에 들어왔기 때문이다. 그 잔인한 기쁨에 벅차, 그는 쟈디그가 쓴 그 풍자적 구절을 왕에게 바쳤다. 쟈디그와 두 친구, 그리고 귀부인 모두 즉시 하옥되었다. 재판이 신속히 진행되었지만 그에게는 변론의 기회도 주어지지 않았다. 그가 최후의 판결을 받으러 가는데, 시샘꾼이 그에게 큰 소리로 말하기를, 그의 시가 보잘것없다고 하였다. 쟈디그는 자신이 훌륭한 시인이라고 자부하지 않았다. 하지만 자신이 대역죄인으로 단죄된 사실과, 자기가 저지르지도 않은 죄 때문에 하옥된 아름다운 귀부인과 두 친구로 인하여 절망감에 휩싸였다. 그에게는 변론이 허락되지 않았다. 수첩의 쪽지가 모든 것을 말하고 있기 때문이라 하였다. 바빌론의 법이 그러하였다. 호기심 가득한 군중 사이를 뚫고 그를 처형장으로 호송하였다. 몰려든 사람들 중 아무도 감히 그에게 동정을 표하지 못하였다. 그들은 오직 그의 얼굴을 더 자세히 살피고, 그가 우아하게 죽는지 보기 위하여 서둘러 몰려들었다. 그의 친척들만이 몹시 슬퍼하였다. 그가 남긴 재산을 하나도 물려받을 수 없기 때문이었다. 그의 재산 중 사분의 삼은 왕이 몰수하였고, 나머지 사분의 일은 시샘꾼에게 돌아가게 되어 있었다.

그가 죽을 준비를 하고 있는 동안, 왕이 기르던 앵무새가 발코니를 떠나 날아오르더니, 쟈디그의 정원에 있는 장미 덤불 위로 덮치듯 내려앉았다. 옆에 있던 복숭아나무에서 복숭아 하나가 바람에 흔들려 덤불 아래로 떨어져 있었다. 수첩 쪽지 위로 떨어진 복숭아에는 쪽지가 붙어 있었다. 새가 쪽지와 복숭아를 함께 물어다가 왕의 무릎 위에 올려놓았다. 왕은 호기심에 이끌려 쪽지에 씌어 있는 단어들을 읽어보았다. 그러나 그 단어들만으로는 아무 의미도 이루어지지 않았다. 그것들은 모두 시구의 끝 부분들처럼 보였다. 왕은 시를 좋아하였다. 시를 좋아하는 군주들은 항상 지략이 풍부하다. 그는 앵무새의 일을 놓고 깊은 몽상에 잠기었다. 쟈디그의 수첩 쪽지에 적혀 있던 글을 문득 기억해 낸 왕비가, 그것을 급히 가져오라고 분부하였다. 두 글을 비교해 보니 서로 완벽하게 들어맞았다. 드디어 쟈디그가 쓴 원래의 형태로 시를 읽을 수 있게 되었다.

가증스러운 큰 죄로 인해 / 대지가 흔들림을 보았노라.
굳건해진 옥좌, / 국왕께서 모든 것을 능히 제압하시도다.
태평성대에 / 오직 사랑의 신만이 전쟁을 벌이니,
그만이 유일한 적, / 마땅히 두려워할 이로다.[24]

왕은 즉시 쟈디그를 친히 인견(引見)하고, 옥에 갇혀 있던 그의 두 친구와 아름다운 귀부인을 풀어주게 하였다. 쟈디그는 왕과 왕비의 발아래에 부복하였다. 그리고 좋지 않은 시를 지었노라며 겸허하게 용서를 빌었다. 그의 언사에 우아함과 기지와 조리가 넘쳐, 왕과 왕비는 차후에도 그를 다시 보고자 하였다. 그가 왕과 왕비를 후에 다시 배알하였고, 처음보다 더욱 큰 환심을 샀다. 쟈디그를 부당하게 규탄한 시샘꾼의 재산을 몽땅 쟈디그에게 주었다. 하지만 쟈디그는 그것을 모두 시샘꾼에게 돌려주었다. 시샘꾼은 재산을 잃지 않은 사실에만 감동하였다. 쟈디그에 대한 왕의 호의적인 견해는 날이 갈수록 더욱 커졌다. 즐길 일이 있을 때마다 그를 불렀고, 모든 일을 처결함에 있어 그의 의견을 물었다. 그 이후로 왕비는 그를 친절한 눈길로 바라보기 시작하였다. 그녀와 그녀의 존엄한 부군인 왕, 쟈디그, 왕국 등, 모두에게 위험스러울 수 있는 일이었다. 쟈디그는 행복하기가 어렵지 않다고 믿기 시작하였다.

고결한 사람들

다섯 해마다 베푸는 큰 축제의 시기가 도래하였다. 바빌론에서는 다섯 해에 한 번씩, 가장 고결한 일을 한 사람을 선발하여 엄숙하게 공표하는 것이 관습이었다. 고위 조신들과 점성술사들이 심사를 맡았다. 바빌론을 다스리는 태수(太守)가, 그간 있었던 아름다운 행적들을 열거하면 투표를 실시하고, 왕이 최종 심판을 내렸다. 그 엄숙한 축제에 참석하기 위하여, 땅끝에서부터 사람들이 몰려왔다. 최후의 승자로 뽑힌 사람은, 온갖 보석으로 장식한 황금 술잔 하나를 군주로부터 상으로 받았다. 왕은 상을 내리며 이렇게 말하였다.

"고결함을 기리는 이 상을 받으라. 그리고 그대를 닮은 많은 신하들을, 신들께서 과인에게 내려주시기를 간구하노라!"

그 기념할 만한 날이 도래하자, 왕은 옥좌 높직이 모습을 드러내었다. 고위 조신들과 점성술사들, 그리고 축제에 참석하기 위하여 많은 나라에서 온 사절들이 왕을 옹위하고 있었다. 그 축제에서는 말의 날렵함이나 굳건한 힘, 용기 따위로 영광을 얻는 것이 아니었다. 바빌론의 태수가 여러 행적들을 큰 소리로 고하였다. 당사자들에게 이루 측량할 수조차 없을 상을 안겨 줄 행적들이었다. 그러나 시샘꾼에게 재산을 모두 돌려준 쟈디그의 위대한 영혼에 대해서는 일언반구도 없었다. 그러한 행적쯤은 상을 놓고 다툴 자격조차 없는 것이었다.

태수가 먼저 어느 재판관의 행적을 소개하였다. 재판관은 어떤 실수로 인하여, 어느 시민으로 하여금 매우 중대한 재판에서 패하게 하였다. 물론 그 실수에 그는 하등의 책임이 없었다. 하지만 그는 자기 전 재산을 털어, 패소한 사람이 잃은 금전을 전액 변상해 주었다.

다음에는 어떤 젊은이의 일을 소개하였다. 젊은이는 장차 아내로 맞을 아가씨를 미친 듯이 사랑하였는데, 친구 하나가 자기 약혼녀에게로 향한 연정 때문에 죽을 지경에 이르자, 친구에게 그녀를 양보하며 지참금까지 지불해 주었다.

그에 이어, 히르카니아 전쟁에서 고매함의 가장 위대한 수범을 보인 병사 하나를 소개하였다. 적의 병사들이 그의 연인을 납치하려 하자 그는 적들을 상대로 용맹하게 싸웠다. 한창 싸우고 있는데, 누가 그에게 급하게 알리기를, 다른 히르카니아 병사들이 바로 근처에서 그의 모친을 납치하려 한다고 하였다. 그는 눈물을 흘리며 연인을 내버려 두고, 어머니를 구하러 달려갔다. 다시 사랑하는 여인 곁으로 돌아와 보니, 그녀는 이미 숨을 거두고 있었다. 그는 스스로 목숨을 끊으려 하였다. 하지만 모친께서, 의지할 사람은 그 하나뿐이라고 타이르시자, 그는 용기를 내어 삶의 고통을 감내하기로 작정하였다.

심사관들의 마음이 그 병사에게로 기울기 시작하였다. 그때 왕이 나서며 말하였다.

"병사와 다른 사람들의 행적이 모두 아름답도다. 하지만 그 행적들이 과인에게 놀라움을 안겨 주지는 못하였노라. 반면 쟈디그는 어제 과인을 몹시 놀라게 하였도다. 며칠 전부터 과인이, 총애하던 재상 코렙을 멀리하기 시작하였노라. 과인이 그를 격렬히 비난하며 불만을 토로하자, 과인의 모든 조신들이 아뢰기를, 과인이 그를 너무 온건하게 대한다고 하였노라. 모두들 과인 앞에서 경쟁하듯 코렙을 험담하였도다. 과인이 쟈디그에게 그의 생각을 묻자, 그는 서슴대지 않고 코렙을 두둔하였노라. 솔직히 토로하거니와, 과인은 우리 역사 속에서, 다른 이의 오류로 빚어진 손해를 자신의 재산으로 변상해 주거나, 자기의 연인을 타인에게 양보하거나, 사랑하는 사람 대신 어머니를 택한 예를 무수히 보았도다. 그러나, 군주의 노여움을 사서 실총한 재상을 변호한 궁정인이 있었다는 이야기는, 일찍이 읽어보지 못하였노라. 따라서 과인은, 그 고매한 행적을 기려 방금 소개한 이들 각각에게 금화 이만 닢씩을 하사하되, 황금 술잔은 쟈디그에게 내리겠노라."

"전하." 쟈디그가 아뢰었다. "황금 술잔을 받으실 분은 오직 전하뿐이십니다. 일찍이 전례가 없던 행적을 보이신 분은 전하이십니다. 전하께서는, 전하의 종이 전하의 뜻에 반하는 진언을 드렸건만, 그 종에 대하여 노여움을 품지 않으셨습니다."

모두들 왕과 쟈디그를 칭송하였다. 자기의 재산을 내놓은 법관과, 자기의 연인을 친구와 혼인시킨 사나이, 그리고 연인의 안위보다는 어머니의 안위를 택한 병사가, 왕으로부터 선물을 받았다. 또한 자신들의 이름이 고결한 이들의 명부에 오르는 것을 보았다. 쟈디그는 황금 술잔을 얻었다. 왕은 훌륭한 군주라는 명성을 얻었으나, 그것을 오래 간직하지 못하였다. 잔치는 법에 명시된 것보다 더 오래 연장되어 그날을 기렸다. 아시아에서는 아직도 그 축제의 기억을 간직하고 있다. 쟈디그가 홀로 중얼거렸다. "드디어 내가 행복하도다!" 그러나 착각이었다.

재상

왕이 그의 영상(領相)을 잃었다. 그는 쟈디그로 하여금 그 직을 수행케 하였다. 바빌론의 모든 아름다운 귀부인들이 왕의 그러한 선택에 환호하였다. 개국 이래 그토록 젊은 영상이 일찍이 없었기 때문이다. 모든 조신들은 몹시 화가 났다. 시샘꾼은 피를 토하였다. 또한 그의 코가 어마어마하게 부어올랐다. 왕과 왕비에게 사은의 예를 올린 후, 쟈디그는 앵무새에게도 고맙다는 인사를 하러 갔다. 그가 앵무새에게 말하였다.

"아름다운 새여, 그대가 나의 목숨을 구해 주고, 나를 영상의 자리에 올려놓았구나. 두 분 전하의 암캐와 말은 나에게 숱한 고통을 안겨 준 반면, 그대는 나에게 큰 은덕을 끼쳤구나.

인간의 운명이 그렇게 결정되는구나! 하지만 이토록 기이한 행복이 아마 머지않아 사라지겠지!"

"그렇습니다." 앵무새의 대답이었다.

그 대답에 쟈디그는 몹시 놀랐다. 하지만 그는 사물의 이치를 궁구하는 훌륭한 학자였고, 또한 앵무새들이 선지자들[25]이라고는 믿지 않았기 때문에, 즉시 마음의 평정을 되찾았고, 최선을 다하여 영상직을 수행하기 시작하였다.

그는 모든 사람들로 하여금 법률의 신성한 권능을 느끼게 하였다. 반면 자기의 지위로는 그 누구에게도 중압감을 주지 않았다. 각료회의에서는 어떠한 목소리도 위축되지 않게 하였고, 따라서 모든 대신들이 그의 눈치를 보지 않고 의견을 개진할 수 있었다. 그가 어떤 일에 판결을 내릴 때에는, 자의에 따르지 않고 법에 의지하였다. 그러나 법이 너무 가혹할 경우, 법을 완화하기도 하였다. 또한 제정된 법 조항이 없는 경우에는 그의 공평함이 법을 대신하였는데, 조로아스터의 공평함과 혼동될 지경이었다.

"무고한 사람을 단죄하느니, 차라리 실수로 죄인 하나를 살리는 것이 나으리라." 많은 나라가 이 위대한 원칙을 그에게서 배웠다. 그는 법이라는 것이, 신민들에게 겁을 주기 위해서뿐만 아니라, 그들을 구제하기 위해서 만들어졌다고 굳게 믿었다. 그의 으뜸가는 재능은, 모든 사람들이 모호함으로 덮고 흐려서 숨기려는 진실을 밝혀내는 것이었다.

쟈디그 또는 운명

그가 직무를 수행하기 시작한 초기부터, 그는 그 탁월한 재능을 발휘하였다. 바빌론의 어느 유명한 상인이 인도에서 세상을 떠났다. 그는 딸을 출가시킨 다음, 나머지 재산을 두 아들에게 공평하게 나누어 준다는 유언을 남긴 바 있었다. 또한 금화 삼만 닢을 별도로 남겨, 두 아들 중 자기를 더 사랑한다고 여겨지는 아들에게 선물로 주라는 유언도 있었다. 아버지의 부음이 전해지자, 큰아들은 아버지를 위해 묘당을 지었다. 반면 작은아들은, 자기 몫의 유산 중 일부를 떼어, 누이의 결혼 지참금을 늘려주었다. "아버지를 더 사랑하는 사람은 큰아들이야. 작은아들은 누이를 더 사랑해. 그러니 금화 삼만 닢은 큰아들 몫이야." 모두들 그렇게 말하였다.

쟈디그는 두 형제를 하나씩 차례로 불렀다. 그가 큰아들에게 말하였다.

"자네의 부친께서는 작고하지 않으셨네. 환후를 떨쳐 버리시고, 지금 바빌론으로 돌아오시는 중이라네."

"기쁜 일입니다. 그러나 묘당을 세우느라 저는 비싼 경비를 지출하였습니다!" 큰아들의 대답이었다.

곧이어 쟈디그는 작은아들에게도 같은 말을 하였다. 그러자 작은아들이 대답하였다.

"기쁜 일입니다. 제 수중에 있는 돈을 즉시 아버님께 돌려드리겠습니다. 하지만 제가 이미 누이에게 준 것은, 아버님께서 그대로 내버려 두셨으면 좋겠습니다."

"그대는 아무것도 돌려드리지 않아도 좋으니라. 금화 삼만 냥도 그대의 몫이니라. 아버지를 진정 사랑하는 사람은 그대이니라." 쟈디그의 말이었다.

매우 부유한 여인이 두 점성술사에게 결혼을 약속하였다. 그리고 몇 달 동안 두 점성술사에게서 가르침을 받은 끝에, 여인이 아기를 잉태하게 되었다. 두 점성술사는 서로 자기가 그녀와 혼인하겠노라 고집을 부렸다.

"두 분 중, 저로 하여금 제국에 신민 하나를 바칠 수 있게 해 주신 분을 남편으로 맞겠어요."

여인의 그 말에 둘 중 하나가 먼저 나섰다.

"그 훌륭한 과업을 이룬 사람은 바로 나요."

그러자 다른 점성술사도 지지 않으려 하였다.

"그 특권은 내가 가지고 있소."

"좋아요, 그렇다면 저는, 두 분 중 아이에게 더 훌륭한 가르침을 주실 분을 아이의 아버지로 인정하겠어요." 여인이 말하였다.

드디어 그녀는 아들 하나를 낳았다. 두 점성술사는 서로 자기가 아이를 기르겠다고 하였다. 결국 쟈디그에게로 가서 심판을 청하게 되었다. 쟈디그가 두 점성술사를 부른 다음, 한 사람에게 먼저 물었다.

"그대의 피후견인에게 그대는 무엇을 가르칠 생각인가?"

"연설의 여덟 구성 요소와 변론술, 점성술, 악령 연구, 본질과 우유성(偶有性)의 차이, 추상과 구상(具象), 모나드[26] 및 예정 조화[27] 등을 가르치려 합니다." 박학한 점성술사의 대답이었다.

그러나 다른 점성술사의 대답은 전혀 딴판이었다.

"저는 아이를, 올바르고 친구들을 사귈 자격이 있는 사람으로 만들려 노력하겠습니다."

쟈디그가 판결을 내렸다.

"그대가 아이의 실제 아비건 아니건, 아이의 어미와 혼인하라."

논쟁과 면담

그렇게 날마다 그는 재질의 기민함과 영혼의 선량함을 드러내었다. 사람들이 그를 보고 경탄하였지만, 또한 그를 좋아하기도 하였다. 그는 가장 운수 좋은 사람으로 여겨졌다. 제국이 온통 그의 이름으로 가득하였다. 모든 여인들이 그에게 추파를 던졌다. 모든 시민들이 그의 공평함을 기렸다. 학자들은 그를 자기네들의 심판관으로 여겼다. 심지어 사제들마저도, 그가 늙은 우두머리 점성술사 예보르보다 더 유식하다고 시인하였다. 이제는 그리푸스를 가지고 그에게 소송을 걸 엄두도 내지 않았다. 사람들은 쟈디그가 믿을 만하다고 하는 것만 믿었다.

 바빌론에는 일천오백 년 전부터 계속되어 온 커다란 논쟁거리 하나가 있었다. 그 논쟁이 제국을 고집스러운 두 종파로 갈라놓았다. 한 종파는 미트라[28]의 사원에 들어갈 때 반드시 왼쪽 발을 먼저 들여놓아야 한다고 주장하는 반면, 다른 종파는 그 풍습을 몹시 혐오스럽게 여기며, 반드시 오른쪽 발을 먼저 들여놓았다. 쟈디그가 어느 종파를 우대하는지 보기 위하여, 사람들은 신성한 불에게 바치는 엄숙한 축제의 날을 기다렸다. 온 세상의 눈이 그의 두 발에 집중되어 있었고, 도시 전체가 흥분 속에 숨을 죽이고 있었다. 쟈디그는 두 발을 모아 깡총 뛰어 사원 안으로 들어섰다. 그런 다음, 하늘과 땅을 다스리시며 아무도 편애하시지 않는 신께서는, 오른쪽 다리건 왼쪽 다리건, 어느 다리도 특별히 여기시지 않는다고 유창한 언변으로 설명하였다.

 시샘꾼과 그의 처는 쟈디그의 연설에 아름다운 수사(修辭)가 부족하다고 흠을 잡았다. 산맥과 동산들까지 춤을 추게 할 만한 연설이 아니었다는 것이다. "그는 무미건조하고, 천재적 소질도 없어요. 그의 연설에서는 바다가 도망치고, 별들이 떨어지며, 태양이 밀랍처럼 녹지도 않아요. 그는 동방의 훌륭한 화법을 가지고 있지 못해요." 두 내외의 말이었다.[29] 그러나 쟈디그는 합리적인 화법으로 만족하였다. 모든 사람들이 쟈디그의 편이었다. 그가 정도(正道)를 가고 있다든가, 그가 합리적이라든가, 그가 친절하다고 생각해서가 아니었다. 그가 수상(首相)이었기 때문이다.

그는 백색 점성술사들과 흑색 점성술사들 간의 분쟁도 성공적으로 무마하였다. 백색 점성술사들은, 신에게 기도할 때 겨울의 동방[30]을 향하는 것이 불경하다고 주장하였다. 반면 흑색 점성술사들은, 기도할 때 여름의 서방[31]으로 돌아서는 사람들을 신께서 몹시 싫어하신다고 하였다. 쟈디그는, 각자 원하는 방향으로 돌아서라고 언명하였다.

그는 아침나절에 공사(公私)에 관한 모든 사안들을 그렇게 처결해 치우고, 나머지 시간은 바빌론의 미화 사업에 몰두하였다. 또한 사람들이 관람하며 우는 비극들과 웃는 희극들을 상연케 하였다. 이미 오래전에 유행이 끝난 일이지만, 그것에 대한 그의 취향에 이끌려 그것을 부활시킨 것이다. 물론 비극이나 희극에 대하여 예술가들보다 더 잘 아는 척은 하지 않았다. 여러 종류의 혜택과 예우로 그들의 노고를 보상해 줄 뿐, 속으로 그들의 재능을 질투하지 않았다. 그리고 저녁에는 왕을 즐겁게 해드리고, 특히 왕비를 더욱 즐겁게 해드렸다. "위대한 재상이야!" 왕이 자주 하는 말이었다. "착한 재상이에요!" 왕비의 화답이었다. 그리고 왕과 왕비가 동시에 말하였다. "그가 교수형을 당했다면 커다란 손실이었을 것이로다!"

일찍이 고위직에 있던 남자들로서 그처럼 많은 귀부인들을 접견해야 했던 사람은 없었을 것이다. 대부분의 귀부인들은 실제 있지도 않은 일을 호소하기 위하여 그와의 면담을 청하였다. 실은 그와 일을 하나 저지르기 위해서였다. 시샘꾼의 처 또한 제일 먼저 면담을 청한 여인들 중의 하나였다. 그녀는 미트라 신과 젠드-아베스타 및 신성한 불을 두고 그에게 맹세하기를, 자기는 남편이 쟈디그에게 한 짓을 몹시 증오하였다고 하였다. 그러면서, 자기의 남편이 질투꾼이며 포악한 사람이라고 하였다. 또한 그에게 넌지시 암시하기를, 신들께서 남편을 벌하시기 위하여, 남자를 신들처럼 만들어주는 유일한 것을, 즉 신성한 불의 귀한 효능을, 남편에게는 주지 않으셨다고 하였다. 그 말을 마치며 그녀는 짐짓 자기의 스타킹 조임띠 리본을 흘려 떨어뜨렸다. 쟈디그는 평소처럼 공손히 그것을 주웠으나, 여인의 무릎에 다시 달아주지는 않았다. 그 불찰이 잘못인지는 모르되, 여하튼 그 작은 잘못이 가장 끔찍한 불운의 원인이 되었다. 쟈디그는 그 일을 더 이상 생각하지 않았으나, 시샘꾼의 처는 그 일을 두고두고 생각하였다.

다른 귀부인들이 날마다 그의 앞에 나타났다. 바빌론의 극비 기록에 의하면, 그가 여인들의 공세에 한 번 무너진 적이 있었다고 한다. 그러나 아무 쾌락도 느끼지 못하면서 관계를 가졌고, 방심한 채 여인을 애무하는 자신을 깨닫고 몹시 놀랐다고 한다. 그가 무의식 중에 보호의 정을 베푼 여인은 왕비 아스타르테의 침실 시녀였다. 그 다감한 바빌론 여인은 자신을 이렇게 위로하였다. "이 남자의 머리를 엄청나게 많은 일들이 가득 채우고 있음에 틀림없어. 나와 관계를 하는 동안에도 생각에 골몰하니 말이야." 그런데, 많은 사람들은 아무 말도 하지 않고, 또 어떤 이들은 신성한 말만 쏟아내는 그 순간에, 쟈디그의 입에서 '왕비!' 라는 외마디 소리가 튀어나왔다. 바빌로니아 여인은, 그가 절정의 순간에 정신을 차렸고, 따라서 자기를 '나의 왕비!' 라고 부른 것이라고 생각하였다. 그러나 여전히 건성으로 관계를 하던 쟈디그의 입에서, 이번에는 '아스타르테' 라는 이름이 튀어나왔다. 그 행복한 순간에, 모든 것을 자기에게 유리하게 해석하던 여인은, 그 이름을 듣고, 쟈디그가 다음과 같이 말하려는 것이라 생각하였다. "당신은 왕비 아스타르테보다 더 아름답소!" 그녀는 아름다운 선물들을 받아 들고 쟈디그의 저택을 나섰다. 그리고 친구인 시샘꾼의 아내를 찾아가 그 행복한 사건을 이야기해 주었다. 쟈디그의 선택에 시샘꾼의 처는 혹독한 마음의 상처를 입었다. 그녀가 왕비의 시녀에게 말하였다.

"그가 저에게는 이 스타킹 리본조차 다시 달아주지 않았어요. 차후로는 이것을 영영 사용하지 않을 거예요."

그러자 행운의 여인이 시샘꾼 여인에게 말하였다.

"호! 호! 왕비님의 스타킹 조임띠 리본과 같은 것을 사용하시는군요! 부인께서도 같은 제조인에게서 구입하시는 모양이죠?"

시샘꾼 여인은 깊은 생각에 잠겨 아무 대꾸도 하지 않더니,

시샘꾼 남편에게로 가서 조언을 청했다.

한편 쟈디그는, 사람들을 접견하거나 여러 사안에 대하여 판결을 내리면서도, 자신이 여전히 넋을 잃은 듯 방심하고 있음을 깨달았다. 하지만 자신도 그 곡절을 알 수가 없었다. 그것이 그의 유일한 괴로움이었다.

어느 날 그가 꿈을 꾸었다. 처음 그는 마른풀 위에 누워 있었던 것 같은데, 풀 몇 가닥이 그를 찔러 몹시 불편하였다. 곧이어 그가 장미꽃 듬뿍 깔린 침대 위에 나른히 누워 있는데, 문득 독사 한 마리가 나와, 날카롭고 독성 강한 혀로 그의 가슴팍에 상처를 내었다. 꿈에서 깨어 쟈디그가 탄식하였다. "아! 슬프도다! 오랫동안 건조하고 따가운 풀 위에 누웠다가, 이제야 장미 침대 위에 올랐도다. 그런데 독사는 무슨 징조란 말인가?"

질투

쟈디그의 불행은 그의 행복에서, 특히 그의 탁월한 자질에서 비롯되었다. 그는 날마다 왕과, 왕의 존엄한 아내 아스타르테를 배알하고, 그들과 대화를 나누었다. 대화의 매력은 호감을 사려는 욕구에 의해 증대되는 법, 그 욕구가 기지에 끼치는 작용은, 화장이 미모에 끼치는 영향과 같다. 쟈디그의 젊음과 우아함이 조금씩 아스타르테에게 인상을 남겼으되, 처음에는 그녀가 그 사실을 깨닫지 못하였다. 그녀의 정염(情炎)은 순진무구함 속에서 천천히 거세지고 있었다. 그녀는 아무 가책감 없이, 그리고 아무 두려움 없이, 부군과 국가가 귀중하게 여기는 남자를 대하고 또 그의 말을 들었다. 그녀는 왕에게 그를 칭찬하는 말을 끊임없이 하였고, 시녀들에게도 그의 이야기를 하였다. 시녀들은 그녀보다 한술 더 떠서 그를 칭송하였다. 모든 것이 합세하여 그녀의 가슴속에, 그녀가 미처 느끼지 못하는 화살[32]을 깊숙이 처박고 있었다. 그녀는 쟈디그에게 많은 선물을 했고, 그 선물 속에는 그녀가 생각한 것보다 훨씬 짙은 정분(情分)이 스며들어 있었다. 그녀는 오직 신하의 헌신적인 봉사에 만족한 왕비로서만 그에게 말을 건넨다고 믿었지만, 가끔 그녀의 표현들은 연정을 느낀 여인들의 언사와 다름없었다.

아스타르테는, 애꾸눈이들을 그토록 증오하던 세미르나, 남편의 코를 자르려 하던 다른 여인에 비해, 훨씬 아름다웠다. 아스타르테의 친숙한 태도, 그녀가 얼굴을 붉히며 그에게 건네는 다정한 언사, 그녀가 다른 곳으로 돌리려 하나 결국 그의 시선 위에 멈추고 마는 그녀의 시선, 그 모든 것들이 쟈디그의 가슴속에 불을 지폈고, 그는 그 사실에 몹시 놀랐다. 그는 힘써 저항하였다. 그를 항상 도와주던 학문의 지원을 청하였다. 그러나 학문으로부터 밝은 진실을 이끌어냈을 뿐, 위안은 얻지 못하였다. 의무와 은혜와 모독된 존엄성이, 복수의 신들처럼 그의 눈앞에서 어른거렸다. 그는 격렬히 항전하였고, 또 승리를 거두었다. 하지만 매 순간 거두어야 하는 그 승리의 대가로, 슬픈 탄식과 눈물을 감수해야 하였다. 그는 더 이상 왕비에게 전처럼 스스럼없이 말을 건네지 못하였다. 그것이 전에는 두 사람에게 큰 즐거움이었건만. 그의 눈에는 구름이 뒤덮인 것 같았고, 언사는 부자연스럽고 두서가 없었다. 그는 시종 눈을 내리깔았고, 혹시 자신도 모르게 아스타르테를 바라보는 경우, 그의 눈은 눈물에 젖은 그녀의 눈과 마주쳤다. 또한 그녀의 눈에서는 그 순간 화살 같은 불꽃이 작열하였다. 두 사람은 서로에게 이렇게 말하는 듯하였다. "우리는 서로를 찬미하건만, 서로 사랑할까 두려워하고 있어요. 우리는 우리들을 단죄할 화염에 소진되고 있어요."

쟈디그가 그녀를 배알하고 나올 때면, 착란 증세를 겪는 듯, 혹은 넋을 잃은 듯하였으며, 가슴은 도저히 감당할 수 없는 짐에 짓눌려 있는 것 같았다. 그러한 동요가 너무나 격렬하여, 그는 친구 카도르로 하여금 자기의 비밀을 짐작토록 해주었다. 살을 에는 듯한 고통을 오랫동안 견디다가, 더욱 날카로워진 통증이 유발하는 비명이나, 이마에 흐르는 식은땀으로 인해, 자기의 고통을 다른 이들에게 알릴 수밖에 없게 된 사람의 꼴이었다.

카도르가 그에게 말하였다. "자네가 자네 자신에게조차 감추고 싶어 하던 감정을 나는 이미 짐작하였네. 정염이란 그 누구의 눈도 속일 수 없는 징후를 가지고 있다네. 여보게 쟈디그, 내가 이미 자네의 심중을 읽었는데, 왕이라고 자기의 명예에 손상을 입힐 감정을 자네의 마음에서 발견하지 못하였을지, 냉정히 판단해 보시게. 왕이 가지고 있는 가장 큰 단점은, 그가 어느 남자들보다도 질투가 심하다는 것일세. 물론, 왕비께서 정염에 항거하시는 것보다, 자네는 훨씬 강력하게 그것을 제압하고 있음은 알고 있네. 자네는 학자이고 또 쟈디그니까. 하지만 아스타르테는 여자일세. 그녀는 자기가 아직은 결백하다고 믿기 때문에, 그만큼 조심성 없이 자기 시선의 웅변을 내버려 둘 걸세. 불행하게도, 그녀는 자신의 결백을 확신하기 때문에, 필요한 겉꾸밈을 등한히 하고 있네. 그녀에게 자책할 만한 것이 없는 한, 그만큼 나는 더욱 그녀가 염려된다네. 그대들 두 사람이 합의힐 수만 있다면, 그내들은 능히 모든 사람들의 눈을 속일 수 있을 걸세. 태동기의 억제된 정염은 빛을 발하며 터지되, 충족된 사랑은 스스로를 감출 줄 알기 때문일세." 쟈디그는 자기의 은인인 국왕을 배신하라는 친구의 제안에 몸서리를 쳤다. 그리고, 자기의 의지와는 상관없이 국왕에게 죄를 지은 처지인지라, 그 어느 때보다도 충성을 다하였다. 반면 왕비는 더욱 빈번히 쟈디그의 이름을 입에 올렸고, 그 이름을 말할 때마다 그녀의 이마가 심하게 붉어졌다. 또한 왕 앞에서 쟈디그에게 말을 건넬 때마다, 활기가 넘치는 듯하다가 문득 당황하는 기색을 보이고, 쟈디그가 물러간 다음에는 깊은 몽상에 잠기곤 하였다. 그 모습을 보고 왕의 마음이 몹시 산란해졌다. 왕은 눈에 보이는 모든 것을 믿었고, 보이지 않는 모든 것을 상상하였다. 특히 그는, 자기 부인의 슬리퍼가 푸른색인데 쟈디그의 슬리퍼도 푸른색이며, 자기 부인의 리본이 노란색인데 쟈디그의 모자가 노란색이라는 사실에 주목하였다. 그러한 것들이 까다로운 군주에게는 무시무시한 징후였다. 이미 날카로워진 그의 뇌리에서, 의심이 확신으로 급변하였다.

왕들과 왕비들의 종들은 모두 그들의 심중을 염탐하는 첩자들이다. 얼마 아니 되어, 아스타르테가 연정을 품고 있으며 모압다르가 질투심에 사로잡혀 있다는 사실이 모든 이들에게 알려졌다. 시샘꾼이 자기의 처를 시켜, 그녀의 스타킹 리본을 왕에게 보내게 하였다. 왕비의 것과 비슷한 것이었다. 게다가 불행하게도, 그 리본 역시 푸른색이었다. 왕은 복수할 생각만을 하게 되었다. 그는 어느 날 밤을 택하여 왕비를 독살한 다음, 동이 틀 무렵에는 사람을 시켜 밧줄로 쟈디그를 교살하기로 작정하였다. 그의 복수를 실천할 어느 무자비한 내시에게 명령이 내려졌다. 왕이 명령을 내릴 때, 그의 곁에 난쟁이 하나가 있었는데, 그는 벙어리였으나 귀머거리는 아니었다. 그는 항상 왕 가까이에 있었고, 따라서 집에서 기르는 짐승처럼, 가장 은밀하게 이루어지는 일들을 목격하곤 하였다. 그 난쟁이 벙어리가 왕비와 쟈디그에게 무척 애착하고 있었다. 그는 두 사람을 죽이라는 명령이 내려지는 것을 듣고 놀라움과 두려움에 휩싸였다. 하지만 단 몇 시간 이내에 시행될 그 무시무시한 명령을 당사자들에게 무슨 수로 알린단 말인가? 그는 글은 쓸 줄 몰랐으나 그림 그리는 법을 배웠고, 특히 사물을 비슷하게 그릴 줄 알았다. 그는 밤이 되자 왕비에게 전하고 싶은 바를 그림으로 옮겼다. 그림 한구석에는, 몹시 화가 나서 내시에게 명령을 내리는 왕의 모습을 그렸다. 푸른색 밧줄 한 가닥과 그릇 하나가, 푸른색 스타킹 리본들 및 노란색 리본들과 함께 탁자 위에 놓여 있었다. 왕비는 화폭 중앙에 그렸는데, 시녀들 품에 안겨 숨을 거두는 모습이었고, 쟈디그는 목이 졸린 채 그녀의 발치 아래에 쓰러져 있었다. 또한 지평선에는 해가 떠오르고 있었는데, 그 끔찍한 일이 동틀 무렵에 이루어질 것이라는 뜻이었다. 그림을 완성하기가 무섭게 난쟁이는 아스타르테의 시녀들 중 하나에게로 달려가, 그녀를 급히 깨운 후, 그림을 즉시 왕비에게 전해야 한다는 뜻을 표하였다.

한편, 밤이 이슥하였는데, 누가 쟈디그의 집 대문을 두드려 그를 깨우더니, 왕비가 보낸 편지를 그에게 건넸다. 그는 순간 꿈이 아닌가 의심하면서도, 떨리는 손으로 편지를 개봉하였다. 편지를 읽는 순간 그를 덮친 경악감, 그 망연자실, 그를 짓누르는 절망감을 누가 이루 다 형언할 수 있으랴! 편지의 내용은 다음과 같았다. '도망치시오. 즉시. 그러지 않으면 사람들이 그대의 목숨을 거둘 것이오. 도망치시오, 쟈디그, 우리의 사랑과 나의 노란색 리본의 이름으로 내가 그대에게 명령하오. 나는 죄를 짓지 않았소. 그러나 죄인으로 몰려 죽을 듯하오.'

쟈디그는 겨우 입을 열 기운밖에 없었다. 그는 사람을 보내어 카도르를 부른 다음, 아무 말 없이 그에게 왕비의 편지를 내밀었다. 카도르는 그에게 왕비의 명령을 따르라고 극구 권하며, 멤피스로 즉시 떠나라고 하였다. "만약 자네가 감히 왕비를 뵈러 가면 왕비의 죽음을 재촉할 뿐이네. 자네가 국왕을 배알한다 하여도 역시 왕비를 죽음으로 몰아넣을 걸세. 그녀의 운명은 내가 알아서 할 테니, 자네는 자네의 길을 가시게. 자네가 인도로 떠났다는 소문을 퍼뜨리겠네. 내가 머지않아 자네를 찾아가, 바빌론에서 일어난 일들을 알려 주겠네."

카도르는 즉시 걸음 빠른 단봉낙타 두 마리를 저택 비밀 출입문 앞에 대기시켰다. 그리고 숨을 거둘 지경이 된 쟈디그를 부축하여 낙타에 태웠다. 하인 하나만이 그를 수행하였고, 잠시 후, 놀라움과 슬픔에 사로잡힌 카도르의 시야에서 친구의 모습이 사라졌다.

그 찬연한 도망자가 바빌론 시가지를 내려다볼 수 있는 동산 기슭에 이르러, 고개를 돌려 왕비의 궁전을 바라보더니, 그 자리에서 기절하였다. 잠시 후 다시 깨어난 그는, 눈물을 흘리며 오직 죽기만을 바랄 뿐이었다. 그리고, 이 세상 제일의 왕비이며, 여인들 중 가장 사랑스러운 여인의 통탄스러운 운명에 대해 곰곰이 생각한 끝에, 잠시 자신을 되돌아본 후, 길게 탄식하였다. "도대체 인간의 삶이란 것이 무엇인가? 오! 미덕이여, 그대가 나에게 무슨 유익함을 주었는가? 두 여인은 나를 파렴치하게 속였고, 두 여인보다 훨씬 아름다우며 아무 죄도 없는 세 번째 여인은 죽을 처지에 놓였도다! 내가 행한 모든 선이 항상 나에게는 저주의 원천이 되었고, 내가 지극히 높은 자리에 오른 것은 불운의 끔찍한 절벽 아래로 떨어지기 위함이었노라. 내가 그 숱한 사람들처럼 악하게 처신하였다면, 나 역시 그들처럼 행복하였을 것이로다." 그 음울한 상념에 짓눌리고, 눈에는 슬픔의 장막이 드리워졌는데, 죽음의 창백함이 얼굴을 뒤덮고, 어두운 절망의 극단에서 영혼이 망가진 채, 그는 이집트를 향한 나그넷길을 계속 걸었다.

매 맞는 여인

쟈디그는 별들에 의지하여 방향을 잡아 나아갔다. 오리온 좌와 밝은 별 시리우스[天狼星]가 그를 카노보스 항구 쪽으로 인도하였다.[33] 그는, 우리 눈에 희미한 불똥처럼 보이는 광대한 빛의 천구(天球)들을 경탄하며 응시하였다. 또한 자연[34] 속에서는 기실 거의 보이지도 않는 점에 불과한 지구가, 우리의 탐욕스러운 눈에는 그토록 크고 고귀하게 보인다는 사실을 깨달았다. 그 순간 인간의 실상이, 있는 그대로 그의 뇌리에 선명히 떠올랐다. 작은 진흙 원자 위에서 서로를 잡아먹는 벌레들의 모습이었다. 그 진실한 모습이, 그 자신과 바빌론의 보잘것없음을 선명히 보여 주며, 그의 불행들을 사라지게 해주는 듯하였다. 그의 영혼은 무한으로 도약하여, 일체의 감각으로부터 자유로워져, 우주의 불변하는 질서를 응시하였다. 그러나 다음 순간, 스스로를 자각하고 자신의 마음속으로 되돌아와, 아스타르테가 자기를 위해 아마 죽었을지도 모른다는 생각을 하는 순간, 우주가 그의 눈앞에서 사라졌고, 광막한 대자연 속에서 그의 눈앞에 선명히 떠오르는 것은, 죽어가는 아스타르테와 불운한 쟈디그의 모습뿐이었다.

숭고한 철학과 절망적인 슬픔이 밀물과 썰물처럼 교차되는 동안에도, 그 물결에 자신을 맡긴 채, 그는 이집트 국경을 향하고 있었다. 그리하여 어느새, 그의 충직한 하인은 국경의 어느 촌락에 먼저 도착하여, 유숙할 곳을 찾고 있었다. 그동안 쟈디그는, 마을 변두리를 이루고 있는 공원 쪽으로 천천히 발걸음을 옮기고 있었다. 바로 그 순간, 한길로부터 멀지 않은 곳에서, 여인 하나가 눈물을 흘리며 하늘과 땅에 도움을 청하는데, 맹렬히 화가 난 듯한 남자 하나가 그녀의 뒤를 쫓는 광경이 보였다. 여인은 어느덧 남자에게 잡혔고, 그러자 여인이 남자의 무릎을 얼싸안았다. 남자는 여인에게 매질과 욕설을 마구 퍼부었다. 이집트 남자의 포악스러움과, 여인이 반복하여 용서를 비는 것을 보고, 쟈디그는 그 남자가 질투꾼이고 여자는 행실 단정치 못한 여인이라고 생각하였다. 그러나, 감동적으로 아름다우며, 불쌍한 아스타르테와 조금 닮기도 한 그 여인을 유심히 바라보고 있으려니, 그녀에게로 향한 연민과 이집트 남자에 대한 혐오감이 쟈디그의 가슴에 침투하였다. 그 순간 여인이 쟈디그에게 소리쳤다. "도와주세요. 남자들 중 가장 야만스러운 남자의 손아귀에서 저를 구출해 주세요. 제 목숨을 구해 주세요!"

그 절규를 듣고, 쟈디그는 급히 달려가, 여인과 야만스러운 남자 사이로 뛰어들었다. 그는 이집트 말을 조금 할 줄 알았고, 따라서 남자에게 이집트어로 말하였다.

"귀하에게 다소나마 인정이 있다면, 부탁하거니와, 아름다움과 연약함을 존중하시오. 방어 수단이라곤 눈물밖에 없어 귀하의 발아래 엎드린, 자연의 이 걸작품을 모독하실 수 있겠소?"

"아! 아! 너 또한 이년을 좋아하는구나! 그렇다면 내가 너에게 복수를 해야겠구나."

그렇게 대꾸하며, 몹시 화가 나 있던 남자는, 한 손으로 머리채를 휘감아 잡고 있던 여인을 내버려 둔 채, 자기의 창을 집어 들더니, 그것으로 이방인을 찌르려 하였다. 냉정을 잃지 않은 쟈디그는 미친 듯이 날뛰는 자의 창끝을 쉽게 피하였다. 그리고 날 근처 부분 창 자루를 움켜잡았다. 한 사나이는 당기고, 다른 사나이는 빼앗으려 하며 실랑이가 벌어졌다. 드디어 창이 부러졌다. 이집트 남자가 검을 뽑아 들자, 쟈디그 또한 자기의 검을 뽑았다. 두 남자가 싸움을 시작하였다. 하나가 수백 회를 거듭하여 급히 치자, 다른 하나는 능란한 솜씨로 방어하였다. 여인은 잔디밭에 앉아 머리 매무새를 고치며 싸움을 구경하였다. 이집트 남자가 더 건장한 반면, 쟈디그는 솜씨가 더 능란하였다. 쟈디그는 싸우되 그의 머리가 팔을 통제한 반면, 상대방은 마치 미친 사람처럼, 눈먼 노기가 그의 동작을 제멋대로 이끌었다. 쟈디그가 승세를 잡아 상대방의 검을 빼앗았다. 그러자 더욱 미친 듯이 노한 이집트 남자가 그에게 덤벼들려 하였다. 쟈디그가 그를 제압하여, 검 끝으로 그의 심장을 겨누며 땅바닥에 쓰러트렸다. 그러면서 그의 목숨을 해치지 않겠노라 하였다. 그러나, 분별을 잃은 이집트 남자가 단검을 뽑더니, 승자가 용서를 베푸는 틈을 이용하여 승자에게 부상을 입혔다. 분개한 쟈디그가 검을 그의 가슴팍 깊숙이 꽂았다. 이집트 남자는 끔찍한 비명을 지르더니, 몸부림을 치며 숨을 거두었다.

그제서야 쟈디그는 여인 앞으로 다가가서, 공손한 음성으로 말하였다.

"그를 죽인 것은 불가피한 일이었습니다. 하지만 부인을 위하여 제가 복수를 하였습니다. 제가 이제껏 본 남자들 중 가장 포악한 남자로부터 이제 부인께서는 해방되셨습니다. 부인,

저에게 요청하실 일은 없습니까?"

"있지! 네가 죽는 것이다, 악당 놈아! 너는 죽어야 해! 네가 나의 정인(情人)을 죽였어. 내가 네 심장을 발기발기 찢을 수 있으면 좋겠다!" 여인의 대답이었다.

"참말이지, 부인, 기이한 남자를 정인으로 두셨습니다. 그는 부인에게 사나운 매질을 가하였을 뿐만 아니라, 부인께서 저에게 도와달라고 하시자, 저의 목숨을 빼앗으려 하였습니다."

"나는 아직도 그분이 나에게 매질을 해주셨으면 좋겠어!" 여인이 목청을 높여 대꾸하였다. "나는 매질을 당할 만한 충분한 자격이 있어. 내가 그분에게 질투심을 안겨 드렸어. 오! 하늘이시여, 제발 그가 저에게 다시 매질을 할 수 있게 해주소서! 그리고 너, 네가 그분 대신 죽어야 해!"

쟈디그는 세상에 태어난 이후 그때보다 더 놀라고 더 화가 난 적이 없었다. 그가 여인에게 말하였다.

"부인, 당신이 아름다우시긴 해도, 저 또한 당신에게 매질을 가해야겠습니다. 그만큼 당신이 미쳤기 때문입니다. 그러나 저는 그러한 수고를 피하겠습니다."

그렇게 한마디 하고 나서 그는 다시 낙타 위로 올라, 촌락을 향해 발걸음을 옮겼다. 하지만 단 몇 걸음 옮기지 않아, 그는 바빌론으로부터 달려온 파발꾼 네 사람이 내는 소음 때문에, 뒤를 돌아보지 않을 수 없었다. 그들 중 하나가 여인을 보더니 소리쳤다. "이 여자일세. 우리에게 보여 준 초상화와 닮았어." 그들은 죽어 나자빠져 있는 사람은 거들떠보지도 않고, 다짜고짜 여인을 거칠게 움켜잡았다. 여인이 쟈디그를 향해 소리쳤다.

"관대하신 이방인이시여, 저를 다시 한 번 구해 주세요! 제가 당신을 나무란 것을 용서해 주세요. 저를 구해 주세요. 무덤에 갈 때까지 당신의 것이 되겠어요."

하지만 쟈디그는 더 이상 그녀를 위해 싸우고 싶지 않았고, 그리하여 간략하게 대꾸하였다.

"다른 사람들에게 청해 보시오! 더 이상 나를 끌어들이지 마시오."

게다가 그는 부상을 당해 피를 흘리고 있었으며, 따라서 오히려 도움을 받아야 할 처지였다. 또한 모압다르 왕이 보낸 듯한 바빌론 사람들을 보자 몹시 불안해졌다. 그는 도대체 왜 바빌론의 파발꾼들이 이집트 여인을 잡으러 왔는지 영문을 알 수 없었고, 특히 그 여인의 성격에 더욱 놀란 채, 촌락을 향해 걸음을 재촉하였다.

노예 생활

그가 이집트의 촌락으로 들어서자, 사람들이 즉시 그를 에워쌌다. 그리고 이구동성으로 소리쳤다.

"저놈이 아름다운 미쑤프를 납치했고, 클레토피스를 조금 전에 살해하였다!"

그러자 쟈디그가 즉시 대꾸하였다.

"여러분, 제가 여러분들의 아름다운 미쑤프를 혹시라도 납치하는 짓을, 신께서 막아주시기를 빌 뿐입니다. 그녀는 너무나 변덕스럽습니다. 또한 클레토피스에 관해 말씀드리자면, 저는 그를 살해하지 않았습니다. 그의 공격에 대해 저 자신을 방어하였을 뿐입니다. 그가 아름다운 미쑤프에게 무자비한 매질을 가하고 있기에, 제가 그녀를 위해 공손하게 자비를 청했고, 그러자 그가 저를 죽이려 하였습니다. 저는 피신처를 찾아 이집트에 온 이방인입니다. 또한 여러분의 보호를 빌러 온 제가, 처음부터 여인을 납치하고 살인을 저지른다는 것은 생각할 수 없는 일입니다."

당시의 이집트 사람들은 공정하고 인정이 많았다. 사람들은 그를 마을 회관으로 데리고 갔다. 그리고, 우선 그의 상처를 치료해 준 다음, 그를 신문하였다. 그와 그의 하인을 별도로 신문하였는데, 진실을 밝히기 위해서였다. 결국 쟈디그가 암살범이 아님은 입증되었다. 그러나 사람의 목숨을 해친 죄는 인정되었고, 법에 따라 그는 노예가 되었다. 그의 낙타 두 마리는 팔아서 마을의 수익으로 삼았고, 그가 지니고 있던 황금은 주민들이 나누어 가졌다. 그와 그의 여행 동무였던 하인은 광장에서 경매에 부쳐졌다. 세톡이라고 하는 아라비아 상인 하나가 다른 사람들보다 높은 가격을 불렀다. 그러나 힘든 노동에 적임인 하인이 주인보다 더 비싼 값에 팔리었다. 그 두 사람을 비교해 볼 필요조차 없었다. 그리하여 쟈디그는 자기 하인에게 종속된 노예가 되었다. 두 사람은 발목에 건 쇠사슬에 함께 묶였다. 그러한 상태로 아라비아 상인을 따라 그의 집으로 갔다. 쟈디그는 그렇게 가는 도중에도 자기의 하인을 위로하며, 꿋꿋이 견디라고 격려하였다. 그러나 한편, 평소의 습관대로, 인간의 삶에 대하여 깊은 생각에 잠기곤 하였다. 그가 하인에게 말하였다. "내 생애의 불운이 넘쳐 너의 삶까지 뒤덮는 것을 이제 깨닫겠구나. 지금까지 나에게 닥친 모든 일들이 기이하게 돌아갔어. 암캐 한 마리가 지나가는 것을 보았다는 죄목으로 벌금형에 처해졌고, 그리푸스 때문에 말뚝형을 받을 뻔하였어. 또한 왕을 칭송하는 시 몇 구절 지었다 하여 처형장으로 보내졌고, 왕비가 노란색 리본을 가졌다 하여 교살당할 처지에 놓이기도 했지. 그리고 이제는, 어떤 포악스러운 자 하나가 자기 여자에게 매질을 한 죄로, 내가 너와 함께 노예가 되었구나. 자, 그러니, 용기를 잃지 않도록 하자. 이 모든 일들이 아마 언젠가는 끝날 것이니까. 아라비아의 상인들이 노예들을 소유하는 것도 필연적인 일일지 모르느니라. 그런데, 나 또한 다른 이와 다름없는 사람이니, 내가 다른 사람처럼 노예가 되지 말아야 할 이유가 무엇이겠느냐? 이 상인이 무자비하지 않을 수도 있느니라. 그가 노예들로부터 도움 얻기를 바랄진대, 그들을 잘 대접해야 할 것 아니겠느냐." 쟈디그는 그러한 말을 하면서도, 가슴속 깊은 곳에서는, 바빌론의 왕비가 어찌 되었는지 그 운명을 근심하고 있었다.

상인 세톡은, 이틀 후, 노예들과 낙타들을 거느리고 황량한 아라비아를 향하여 길을 떠났다. 상인의 부족은 호렙[35] 사막 지경(地境)에 살고 있었다. 길은 멀고 험하였다. 길을 가는 동안, 세톡은 상전보다 그의 하인을 더욱 중히 여겼다. 하인이 낙타에 짐을 싣는 데 훨씬 능숙했기 때문이다. 또한 그리하여 소소한 특혜는 모두 하인에게 돌아갔다.

호렙을 이틀 여정쯤 남겨 놓은 지점에 이르렀을 때, 낙타 한 마리가 죽었다. 그리하여 낙타의 등에 실려 있던 짐을 노예들이 나누어 졌고, 쟈디그도 자기 몫을 받았다. 세톡은 노예들이 모두 허리를 구부리고 걷는 모습을 바라보며 웃기 시작하였다. 쟈디그가 선뜻 용기를 내어 그 이유를 설명한 다음, 상인에게 균형의 법칙을 가르쳐주었다. 놀란 상인은 그를 다른 눈으로 바라보기 시작하였다. 쟈디그는 자기가 상인의 호기심을 자극하였음을 간파하고, 그의 장사와 무관하지 않은 많은 것들을 가르쳐, 그의 호기심을 더욱 돋우었다. 예를 들어, 같은 체적의 여러 금속들 및 식료품들 각개의 고유 중량이라든지, 여러 유용한 짐승들의 속성, 쓸모없는 짐승을 쓸모 있게 만드는 방법 등이 그것이었다. 드디어 쟈디그가 상인의 눈에는 현인처럼 보였다. 세톡은 그동안 그토록 귀하게 여기던 쟈디그의 동료보다 그를 더 좋아하게 되었다. 그에 대한 처우도 좋아졌다. 또한 그것을 후회할 일도 생기지 않았다.

자기 부족이 사는 곳에 이르자, 세톡은 자기가 증인 두 사람 앞에서 빌려준 은 오백 온스를 갚으라고, 어느 히브리 사람에게 요구하는 일부터 시작하였다. 그러나 증인 두 사람은 이미 세상을 떠났다. 그리하여 그 히브리 사람은, 차용 사실이 입증될 수 없게 된지라, 아라비아 사람 하나를 배신할 방안을 주신 하느님께 감사드리며, 상인의 은을 고스란히 착복하였다. 세톡은 자기의 조언자가 된 쟈디그에게 괴로움을 털어놓았다.

"그 신의 없는 자에게 오백 온스를 어느 장소에서 빌려주셨습니까?" 쟈디그가 물었다.

"호렙 산 근처에 있는 어느 널찍한 바위 위에서였네." 상인이 대답하였다.

"주인님에게 빚을 진 사람의 성격은 어떠합니까?"

"사기꾼의 성격이지."

"하지만 제가 주인님께 여쭙는 것은, 그가 성마른 사람인지 혹은 침착한 사람인지, 또한 신중한 사람인지 혹은 경솔한 사람인지 하는 등의 성격입니다."

"내가 아는 한, 못된 채무자들 중 가장 성마른 자라네."

"좋습니다." 쟈디그가 힘주어 말하였다. "제가 판사 앞에서 주인님의 입장을 변호하도록 허락해 주십시오."

쟈디그는 그 히브리 사람을 법정에 출두시킨 다음, 판사에게 아뢰었다.

"공평무사함의 옥좌시여, 저는 이 사람이 갚고자 하지 않은 은 오백 온스를, 저의 주인님을 대신하여 요구하기 위하여 왔나이다."

"증인들이 있는가?" 판사가 물었다.

"없나이다. 모두 죽었나이다. 하지만 그 위에 앉아 은을 헤아리던 널찍한 바위는 남아 있나이다. 따라서 존귀하신 나리께서 그 바위를 가져오라 하명하시오면, 바위가 증언할 것으로 기대하옵니다. 히브리 사람과 저, 두 사람은 이곳에 남아, 바위가 도착하기를 기다리겠나이다. 바위를 가져오는 비용은, 저의 주인이신 세톡께서 부담하실 것입니다."

"좋도록 하라."

판사는 그렇게 대답하고 다른 사건들을 처결하기 시작하였다. 이윽고, 모든 일을 처결한 후, 판사가 쟈디그에게 물었다.

"그래, 그대의 바위는 아직 도착하지 않았는가?"

그러자 히브리 사람이 웃으며 대답하였다.

"나리께서 내일까지 이곳에 머무신다 하여도 바위는 도착하지 못할 것입니다. 그것이 이곳에서 육 마일 밖에 있으며, 장정 열다섯이 덤벼들어도 바위가 겨우 꿈쩍이나 할까 사료되옵니다."

그러자 쟈디그가 다시 아뢰었다.

"보십시오, 바위가 증언할 것이라고 말씀드리지 않았나이까? 이 사람이, 바위가 어디에 있는지 알고 있으니, 은을 그 바위 위에서 헤아렸음을 스스로 실토하는 것입니다."

당황한 히브리 사람은 이내 모든 것을 사실대로 고백하였다. 판사가 언도하기를, 그자가 은 오백 온스를 갚을 때까지, 그를 바위에 묶어놓고, 마시지도 먹지도 못하도록 하라고 하였다. 히브리 사람이 빚을 즉시 갚았다.

그 이후 아라비아에서는 노예 쟈디그와 바위가 큰 본보기로 여겨졌다.

분신자살

세톡은 황홀해서 자기의 노예를 가장 친밀한 벗으로 삼았다. 그 역시 바빌론의 왕처럼 쟈디그 없이는 지낼 수 없게 되었다. 쟈디그는 세톡에게 부인이 없음을 다행으로 여겼다. 그는 자기의 주인이 선량한 성품과 올곧음과 분별력을 갖춘 사람임을 알게 되었다. 하지만 그가 아라비아의 관습에 따라, 태양과 달과 별들을 천군(天軍)으로 받들어 숭배하는 것을 보고 애석하게 여겼다. 그는 가끔 주인에게 그 문제에 대하여 극히 조심스럽게 이야기를 하곤 하였다. 즉, 하늘에 있는 그것들도 다른 것들과 다름없는 물체들일 뿐이며, 따라서 한 그루 나무나 한 덩이 바위보다 더 숭배할 이유가 없다고 하였다. 그러자 세톡이 그에게 말하였다.

"하지만 그것들은 영구한 존재들이며, 우리가 그것들에게서 온갖 유익함을 얻는다네. 그것들이 자연에 활기를 주고, 계절의 질서를 잡아준다네. 뿐만 아니라 그것들은 우리들로부터 너무나 멀리 있어, 우리가 그것들을 숭배하지 않을 수 없다네."

"주인님께서는, 주인님의 상품들을 인도에까지 운반해 주는 홍해의 물에서 더 많은 이익을 얻으십니다. 또한 그 바닷물이 별들만큼 유구하지 않다고 어찌 장담할 수 있겠습니까? 그리고, 멀리 있는 것이라 하여 숭배하신다면, 주인님께서는 마땅히 이 세상 끝에 있는 강가리드인들[36]의 땅을 숭배하셔야 할 것입니다."

"아닐세, 별들은 너무나 밝게 반짝이기 때문에, 내가 그것들을 숭배하지 않을 수 없네." 세톡의 대답이었다.

저녁이 되자 쟈디그는, 세톡과 함께 식사를 하기로 되어 있는 장막 안에 무수히 많은 촛불을 밝혔다. 그리고 주인이 나타나자, 그 불 붙인 촛대들 앞에 무릎을 꿇고, 그것들을 향해 중얼거렸다. "영원하고 반짝이는 빛이시여, 저에게 항상 순조로움을 허락하소서!" 그렇게 읊조린 다음, 그는 세톡을 거들떠보지도 않고 홀로 식탁 앞에 앉았다. 세톡이 놀라 그에게 물었다.

"도대체 무슨 짓인가?"

"주인님이 하시는 대로 따랐을 뿐입니다. 저는 이 촛불들에게 경배할 뿐, 촛불들의 주인이시며 저의 주인이신 분은 무시합니다."

세톡은 그 우화 같은 말의 깊은 의미를 깨달았다. 자기 종의 지혜가 그의 영혼 속 깊숙이 침투한 것이다. 그는 더 이상 피조물들에게 향을 바치지 않고, 그것들을 창조한 영원한 존재만을 숭배하였다.

당시 아라비아에는 끔찍한 관습 하나가 있었다. 처음 스키티아 지방에서 전해져, 바라문(婆羅門)들의 영향력으로 인도에 정착된 후, 동방 전체를 위협하고 있던 관습이었다. 한 남자가 죽었을 때, 그의 총애를 받던 여인이 성녀가 되고자 할 경우, 그녀가 남편의 시신 위에서 함께, 사람들이 보는 가운데, 불에 타 죽는 관습이었다. 매우 엄숙한 의식으로, 그것을 미망인의 분신(焚身)이라 하였다. 그렇게 분신한 여인들을 가장 많이 배출한 부족이 가장 큰 존경을 받았다. 세톡의 부족에서 어느 아라비아 사람 하나가 죽자, 알모나라고 하는 신심 깊은 그의 미망인이, 북소리와 트럼펫 소리에 때맞춰 스스로 불더미 속으로 뛰어들겠다고 하며, 그 날짜와 시각을 공표하였다. 쟈디그는, 국가에 아이를 낳아줄 수 있고, 그렇지 못할 경우 자신들의 아이들을 기를 수 있는, 젊은 미망인들을 날마다 불에 태워버리는 그 끔찍한 관습이, 인간의 이익에 얼마나 배치되는지를 세톡에게 극구 설명하였다. 그러면서, 가능하다면, 그 야만스러운 관습을 타파해야 한다고 세톡을 설득하였다. 그러자 세톡이 그에게 말하였다.

"여인들이 스스로 불더미 속으로 뛰어들어 죽는 관습은 천년도 더 된 것이라네. 세월이 신성하게 만든 율법을 우리 중 누가 감히 바꾸겠는가? 오래된 악습보다 더 존중되는 것이 있겠는가?"

"인간의 양식(良識)이 악습보다 더 오래되었습니다." 쟈디그가 반박하였다. "부족장들과 상의해 보십시오. 저는 이번에 불더미에 뛰어들겠다고 하는 젊은 과부를 만나보겠습니다."

쟈디그가 미망인의 집을 방문하였다. 그는 그녀의 아름다움에 찬사를 보내어 환심을 산 다음, 그러한 매력적인 것들을 불에 태워버리는 것이 얼마나 아까운 일이냐고 하면서, 다시 그녀의 절개와 용기를 칭찬하였다. 그리고 여인에게 물었다.

"보아하니 부군을 엄청나게 사랑하시는 모양입니다?"

"제가요? 천만에요." 아라비아 여인의 대답이었다. "그 사람은 포악스럽고 질투가 심하여, 도저히 견딜 수 없는 남자였어요. 하지만 저는, 그를 화장하는 불더미 속으로 뛰어들기로 굳게 결심하였어요."

"말씀을 들으니, 산 채로 불더미 속으로 들어가는 것이 매우 감미로운 즐거움인 듯합니다."

"아! 생각만 하여도 소름이 끼치는 일이에요. 그러나 피할 수 없는 길이에요. 저는 신심 깊은 여자예요. 만약 제가 제 몸을 태우지 않는다면, 저에 대한 평판이 나빠질 것이고, 모든 사람들이 저를 비웃을 거예요."

쟈디그는, 그녀가 다른 사람들을 위하여, 즉 허세 때문에, 자신을 불더미 속에 처넣는다는 사실을 납득시킨 다음, 그녀가 조금이나마 삶을 사랑할 수 있도록 장시간 동안 그녀와 이야기를 나누었다. 그리하여 심지어, 그녀가 그에게 약간의 호감마저 품도록 하기에 이르렀다. 쟈디그가 여인에게 물었다.

"부인께서 스스로를 불에 태우시려는 그 허세를 버리신 다음, 장차 어찌하실 생각이십니까?"

"아! 저를 아내로 맞아주십사, 당신께 간곡히 청하겠어요." 여인의 대답이었다.

쟈디그는 아스타르테에 대한 생각으로 너무나 가득 차 있었기 때문에, 여인의 그러한 고백을 못 들은 척하였다. 하지만, 즉시 부족장들을 찾아가 그 이야기를 들려준 다음, 차후로는 미망인들이, 젊은 남자와 단둘이 한 시간 이상 대담을 한 이후에나 분신을 허락한다는 법률을 제정하라고 조언하였다. 그 이후 아라비아에서는 어느 여인도 분신하지 않았다. 그토록 여러 세기 전부터 내려오던 잔인한 관습을 단 하루 만에 타파한 것은, 오직 쟈디그의 덕이었다. 따라서 그는 아라비아의 은인이었다.

만찬

　지혜가 그 중심에 자리 잡은 사나이와 잠시도 떨어져 지낼 수 없게 된 세톡은, 그를 데리고 바스라의 큰 장에 갔다. 인간이 거주할 수 있는 모든 땅으로부터 가장 저명한 거상(巨商)들이 몰려드는 장이었다. 여러 고장에서 온 사람들이 한자리에 모인 것을 구경하는 것이, 쟈디그에게는 감동적인 위안이었다. 그가 보기에는 세계가 바스라에 모인 하나의 커다란 가족 같았다. 둘째 날부터 벌써, 그는 이집트인 하나와, 강가리드에서 온 인도인 하나, 카테[37] 사람 하나, 그리스인 하나, 켈트인 하나, 그리고 다른 여러 이방인들과 같은 식탁에 앉게 되었다. 그들은 아라비아 만[38] 쪽으로 자주 왕래하였던지라, 서로 의사소통을 할 수 있을 만큼 모두들 아라비아어에 익숙하였다. 이집트인이 몹시 노한 듯 큰 소리로 투덜거렸다.

　"이 바스라가 고약하기 짝이 없는 고장이군! 세상에서 가장 확실한 담보물을 제시했건만 황금 일천 온스를 거절하다니!"

　"그럴 수가!" 세톡이 말하였다. "도대체 어떤 담보물인데 그 금액을 거절하였소?"

　"내 숙모님의 시신을 담보로 제시하였소. 그분은 이집트에서 가장 착하신 분이었소. 나와 항상 함께 다니셨는데, 이곳으로 오는 도중에 돌아가셨소. 그리하여 시신을 그 어느 것보다도 아름다운 미라로 만들었소. 우리나라에서는 그 미라를 담보로 제시하면 무엇이든 얻을 수 있소. 그토록 확실한 담보를 제시했건만, 기껏 황금 일천 온스도 주려 하지 않으니, 참으로 괴이한 일이오."

그렇게 화를 내면서도 그는 삶은 닭 한 마리를 먹을 준비를 하였다. 바로 그 순간, 인도인이 그의 손을 잡으며, 괴로운 듯 소리쳤다.

"아! 무슨 짓을 하려는 거요?"

"이 닭을 먹으려 하오." 미라의 주인이 대답하였다.

"그런 짓을 저지르지 않도록 조심하시오." 강가리드 지방 사람이 다시 말하였다. "돌아가신 숙모님의 영혼이 이 닭의 몸으로 들어가셨을지도 모르오. 그러니, 당신도 당신 숙모님을 먹는 죄를 저지르고 싶지는 않을 것이오. 닭을 삶는다는 것은 자연을 드러내놓고 모독하는 짓이오."

"당신의 그 자연과 닭을 가지고 도대체 무슨 소리를 하려는 것이오?" 성마른 이집트인이 물었다. "우리들은 숫소 한 마리를 숭배하지만, 다른 소들은 잘 먹는다오."[39]

"당신들이 소를 숭배하다니! 그것이 가능한 일이오?" 갠지스 강 사람이 말하였다.

"그 무슨 일보다도 가능한 일이오." 이집트인이 대꾸하였다. "십삼만오천 년 전부터 내려오는 관습이오. 그리고 우리나라에서는 그것에 대하여 아무도 군소리하지 않소."

"아! 십삼만오천 년이라! 그 계산은 조금 과장되었소. 인도에 사람이 살기 시작한 지 팔만 년밖에 되지 않았소. 그리고 분명히 우리들이 당신들보다 오래된 백성이오. 또한 당신네들이 소를 제단에 올리고 꼬치에 꿰기 시작하기 훨씬 이전에, 브라마께서 소를 먹지 말라고 하셨소."

"당신네들의 그 브라마가 참으로 웃기는 짐승이군! 그것을 우리의 아피스에게 비교하다니! 그래, 당신들의 그 브라마가 무슨 아름다운 일을 하였소?"

"인간에게 읽고 쓰는 법을 가르치신 분이 그분이시며, 이 세상에 있는 모든 장기놀이도 그분에게서 비롯되었소."[40]

바라문교도의 그 말에, 곁에 있던 칼데아[41]인이 나섰다.

"당신이 잘못 알고 있소. 우리가 그토록 큰 혜택을 입은 것은 물고기 오아네스[42]로부터였소. 따라서 오직 그에게만 경의를 표하는 것이 옳소. 그것은 신성한 존재로서, 황금빛 꼬리에 수려한 남자의 얼굴을 가졌으며, 날마다 물에서 나와 땅 위에서 세 시간 동안 설법한다는 사실을 모든 사람들이 알고 있소. 그에게 자식이 여럿 있었는데, 모든 사람들이 알다시피 그들 모두가 왕이었소. 나는 집에 그의 초상화를 모셔놓고, 마땅한 도리에 따라 그것에 경배하오. 누구든 원하면 소를 먹을 수 있소. 그러나 물고기를 굽거나 삶는 것은 대단히 불경스러운 짓이오. 그뿐만 아니라, 당신들 모두 근본이 고귀하지 못하고 너무 일천(日淺)하여, 나와는 비교할 수조차 없소. 이집트 백성들의 역사는 기껏 십삼만오천 년에 불과하고, 인도인들은 팔만 년의 역사를 자랑하지만, 우리들에게는 사천 세기나 된 달력이 있소. 그러니 제 말씀을 믿고, 미친 소리들 집어치우시오. 여러분 모두에게 오아네스의 멋진 초상화 하나씩 드리리다."

그러자 캄발루[43] 사람이 나서며 말하였다.

"저는 이집트인들, 칼데아인들, 그리스인들, 켈트인들, 브라마, 황소 아피스, 잘생긴 물고기 오아네스 등 모두를 존경합니다. 그러나 아마 리(理) 혹은 천(天)이, 어떻게 부르든 상관없지만, 숫소들이나 물고기들에 못지않을 것입니다. 저의 나라에 대해서는 아무 말씀 드리지 않겠습니다. 하지만 이집트와 칼데아 및 인도를 합친 것만큼 광대합니다. 또한 저는 역사의 유구함 따위를 가지고 입씨름을 하지는 않겠습니다. 우리가 행복하면 그것으로 충분하지, 오래되었다는 것은 하등 문제가 되지 않기 때문입니다. 하지만 구태여 달력에 관해 말하자면, 아시아 전체가 우리의 달력을 표준으로 삼으며, 칼데아인들이 산술(算術)을 배우기 훨씬 이전부터 우리에게는 달력이 있었습니다."

"당신들 모두 무지하기 이를 데 없소." 그리스인이 큰 소리로 외쳤다. "카오스가 모든 것의 아버지이며, 형태와 질료가 오늘의 세상을 만들었다는 사실을 모르시겠소?"

그리스인의 말이 길어졌다. 하지만 그의 장광설은 켈트인에 의해 중단되었다. 입씨름이 계속되는 동안 술을 많이 마신 터라, 켈트인은 자신이 다른 모든 사람들보다 훨씬 박식하다고 믿었다. 그리고 맹세하며 이르기를, 퇴타트[44]와 떡갈나무의 겨우살이에 대해서만 이야기할 가치가 있다고 하였다. 그리하여 자기는 항상 겨우살이를 주머니에 넣어 가지고 다닌다고 하였다. 또한 자기네들의 조상인 스키타이인들만이, 이 세상에 존재했던 사람들 중 유일하게 선한 사람들이었다고 하였다. 물론 자기들이 가끔 사람을 잡아먹은 것은 사실이나, 그러한 일이 사람들이 자기네들을 존경하지 못할 이유는 되지 않는다고 하였다. 그리고 덧붙이기를, 만약 누구든 퇴타트를 헐뜯으면, 자기가 버릇을 고쳐주겠노라 하였다.

그러자 입씨름이 더욱 뜨거워졌고, 세톡이 보자니, 머지않아 식탁에 유혈이 낭자해질 것 같았다. 입씨름이 시작된 이후, 내내 침묵을 지키고 있던 쟈디그가 드디어 자리에서 일어섰다. 그는 우선, 광분하여 날뛰고 있던 켈트인에게, 그가 하는 말이 옳다고 하며, 자기에게도 겨우살이를 좀 달라고 하였다. 그런 다음 그리스인의 능변에 찬사를 보내며, 열에 들떠 있는 사람들을 가라앉혔다. 카테에서 온 사람에게는 거의 아무 말도 하지 않았는데, 모든 사람들 중 그가 가장 분별 있는 사람 같았기 때문이다. 그런 다음 모든 사람들을 향해 다시 말하였다.

"친구들이시여, 여러분들은 공연히 다투실 뻔하였습니다. 왜냐하면 여러분들의 견해가 결국은 같기 때문입니다."

그 말에 모두들 감탄하며 환호하였다. 그가 다시 켈트인에게 물었다.

"당신이 사실은, 이 겨우살이가 아니라 겨우살이와 떡갈나무를 만든 이를 숭배하는 것 아닙니까?"

"물론 그렇소!" 켈트인의 대답이었다.

"그리고, 이집트 양반, 당신 또한 특정 황소를 통해, 당신들에게 소들을 준 그분에게 경배하는 것 아니이리까?"

"그렇소." 이집트인의 대꾸였다.

"물고기 오아네스 또한, 바다와 온갖 물고기들을 만든 이에게 복종해야 하지 않겠습니까?" 쟈디그가 질문을 계속하였다.

"동감이오!" 칼데아인의 대답이었다.

쟈디그가 다시 덧붙여 말하였다.

"인도에서 오신 분과 카테에서 오신 분 역시, 당신처럼 최초의 근원을 인정하십니다. 물론 저는, 그리스 양반께서 말씀하신 그 아름다운 것들을 이해하지 못하였습니다. 그러나 그분 역시, 형태와 질료를 주관하는 최상위의 존재를 인정하시리라 확신합니다."

사람들의 찬탄을 받던 그리스인은, 쟈디그가 자기의 생각을 정확히 포착하였다고 하였다. 쟈디그가 그 말을 받아 다시 한마디 하였다.

"결국 여러분들의 견해는 모두 일치하며, 따라서 다투실 일은 전혀 없습니다."

쟈디그 또는 운명 71

모든 사람들이 그를 포옹하였다. 세톡은 아주 좋은 값에 식료품을 모두 판 다음, 자기의 벗 쟈디그를 데리고 부족이 있는 곳으로 돌아갔다. 그곳에 도착하는 순간, 쟈디그는 자기가 없는 동안 사람들이 그를 재판에 회부하였고, 그를 서서히 태워 죽이기로 결정하였다는 소식을 접하였다.

밀회

　그가 바스라에 간 사이에, 별들을 숭배하는 사제들은 그를 처벌하기로 결심하였다. 그들이 불더미 속으로 처박는 젊은 미망인들의 보석과 장신구들은 합법적으로 그들에게 귀속되었다. 따라서, 쟈디그가 그들에게 저지른 못된 짓에 비하면, 그를 불에 천천히 태워 죽이는 것은 경미한 벌에 불과하였다. 사제들은 쟈디그가 하늘의 군대[45]에 대하여 그릇된 생각을 가지고 있다며, 그를 고소하였다. 그들은 그에게 불리한 증언을 하였다. 그리고 그가, 별들이 바다 속으로 지지 않는다고 하는 말을 들었노라고 단호히 주장하였다. 그 무시무시하도록 불경스러운 말을 전해 들은 법관들은 몸을 떨었다. 그 반종교적인 말을 듣는 순간, 법관들은 모두 자기들의 옷을 찢을 태세였다.[46] 그 옷값을 지불할 만한 재산이 쟈디그에게 있었다면, 틀림없이 옷을 찢었을 것이다. 하지만 그들은, 괴로움의 절정에서, 쟈디그를 서서히 태워 죽이라는 판결을 내리는 것으로 만족하였다. 절망감에 사로잡힌 세톡은, 친구의 목숨을 구출하기 위하여 모든 영향력을 동원하였으나 아무 소용 없었고, 결국 입을 다물 수밖에 없었다. 삶에 대하여 큰 애착을 갖게 되었고, 또 그 면에 있어서 쟈디그의 은덕을 입은 젊은 미망인 알모나는, 그를 불더미에서 구출해 내기로 결심하였다. 불더미의 악습을 그녀로 하여금 깨닫게 해준 사람은 쟈디그였다. 그녀는 자기의 계획을 아무에게도 발설하지 않고 머릿속에 되새겼다. 쟈디그는 다음 날 처형당하게 되어 있었다. 그를 구출하려면 시간이 단 하루밖에 없었다. 그녀는 자비롭고 신중한 여인답게, 다음과 같이 일에 착수하였다.

그녀는 몸에 향수를 뿌린 다음, 가장 화려하고 교묘한 차림으로 자신의 아름다움을 한껏 돋보이게 하였다. 그런 다음 별들을 숭배하는 사제들의 우두머리를 찾아가, 은밀한 면담을 청하였다. 그 존경스러운 늙은이 앞에 이르자 그녀는 다음과 같이 허두를 열었다. "큰 암곰의 맏아드님이시여, 황소의 형제시여, 큰 개의 사촌[47]이시여(모두 그 고위 사제의 칭호였다), 당신에게 저의 가책감을 고백하러 왔나이다. 저는 저의 사랑하는 남편의 시신을 화장하던 그 불더미에 저 자신의 몸을 태우지 않은 엄청난 죄를 범하여, 무척 두렵나이다. 사실 제가 보전해야 할 것이 무엇입니까? 필경에는 소멸할 살덩이 하나뿐, 그것도 이미 시들었나이다." 그렇게 말하며 그녀는, 긴 비단

소매 속에 감추어져 있던, 감탄할 만큼 미끈하고 눈부시게 흰 팔을 드러내었다. 그리고 다시 한마디 하였다. "보시는 바와 같이 이렇게 보잘것없나이다." 하지만 우두머리 사제는 내심 대단한 팔이라고 생각하였다. 그의 두 눈이 그러한 생각을 말해 주었고, 그의 입이 그 생각을 확인해 주었다. 그는 평생에 그렇게 아름다운 팔을 본 적이 없다고 하였다. 그러자 미망인이 다시 말하였다. "아! 팔이 몸뚱이의 나머지 다른 부분들보다 조금 덜 망가졌을지 모르나이다. 하지만 젖가슴은 더 이상 보살필 필요조차 없다고 하실 것이옵니다." 그러면서 그녀는, 자연이 만든 것 중 가장 매력적인 젖가슴을 드러내었다. 상아공 위에 놓인 장미 꽃봉오리도, 그 젖가슴에 비하면, 회양목 목재에 꼭두서니 염료[48] 칠하여 놓은 것에 불과하였고, 세면장에서 갓 나온 새끼 양들의 털 색깔도 오히려 누르께하다고 할 만하였다. 그 젖가슴과, 애정의 불길로 부드럽게 반짝이며 애틋해하는 크고 검은 눈, 가장 순수한 우유의 백색에 섞인 가장 아름다운 진홍색으로 상기된 두 볼, 레바논 산맥의 탑과 같지 않은 코,[49] 아라비아해의 가장 아름다운 진주를 감추고 있는 산호의 두 자락과 같은 입술 등, 그 모든 것이 늙은이로 하여금, 자기 나이가 스물이라고 믿도록 하였다. 늙은이는 말을 더듬으며 연정을 고백하였다. 그가 불길에 휩싸여 있는 것을 보자, 알모나는 그에게 쟈디그의 사면을 청하였다. 그러자 늙은이가 말하였다.

"아! 나의 아름다운 부인이시여, 내가 당신의 뜻대로 그의 사면을 허락한다 해도, 나의 면죄부가 별 도움이 되지 못할 것이오. 나의 다른 동료 셋이 그것에 서명을 해야 하기 때문이오."

"여하튼 우선 서명이나 해주옵소서." 알모나가 말하였다.

"기꺼이 그러겠소. 다만, 나의 너그러움에 대한 보상으로 당신의 호의를 부탁하오."

"저에게 너무나 큰 영광을 베푸시옵니다. 좋으시다면, 해가 진 후, 그리고 밝게 빛나는 별 쉐아트[50]가 지평선에 보이는 시각에, 저의 침실로 왕림하옵소서. 제가 장밋빛 소파 위에 있을 것이오니, 당신의 이 하녀를 뜻대로 즐기시옵소서."

그렇게 대답한 다음, 알모나는 그를 연정에 들뜬 채, 그러나 자기의 기력에 대한 근심에 사로잡혀 있게 내버려 두고, 그가 서명한 것을 들고 그의 집을 나섰다. 그는 그날의 나머지 시간을 목욕하는 데 바쳤다. 또한, 세일론산 계피와 티도르 및 테르나테[51] 지방의 향신료를 섞어 빚은 음료를 마시며, 쉐아트 별이 나타나기를 초조하게 기다렸다.

그러는 동안 아름다운 알모나는 사제들의 두 번째 우두머리를 찾아갔다. 그는 알모나에게 단언하기를, 태양과 달 그리고 창천의 모든 불들이, 그녀의 매력에 비하면 도깨비불에 불과하다고 하였다. 그녀는 그에게도 같은 자비를 청하였고, 그 역시 같은 대가를 요구하였다. 그녀가 그러한 조건을 순순히 받아들였고, 알제니브[52] 별이 떠오르는 시각에 그가 그녀를 방문하기로 하였다. 그런 다음 그녀는 지체하지 않고 세 번째 우두머리와 네 번째 우두머리를 연속적으로 찾아가 서명을 받고, 별들이 뜰 때를 밀회 시각으로 정하였다. 그런 다음, 매우 중대한 일이 있다면서, 법관들을 자기의 집으로 불렀다. 그들이 도착하자, 그녀가 그들에게 네 우두머리의 서명을 보여 주며, 그들이 어떠한 대가를 받고 쟈디그의 사면을 팔았는지 설명하였다. 이윽고 약속된 시각에 네 우두머리가 속속 도착하였다. 그들은 그곳에서 동료들과 마주치자 몹시 놀랐고, 법관들을 보자 놀라움은 더욱 컸으며, 그들 앞에서 부끄러움을 감추지 못하였다. 쟈디그는 그렇게 구출되었다. 세톡은 알모나의 능란함에 매혹되어 그녀를 아내로 맞아들였다. 쟈디그는 생명을 구해 준 아름다운 여인의 발아래에 엎드려 예를 표한 후 길을 떠났다. 세톡과 그는 눈물을 흘리며 헤어졌고, 영원한 우정을 맹세하였다. 또한 둘 중 먼저 큰 행운을 얻는 사람이 상대에게 소식을 전하기로 약속하였다.

쟈디그는, 여전히 불운한 아스타르테를 생각하며, 그리고 악착스럽게 자기를 농락하고 박해하는 운명에 대해 끊임없이 숙고하며, 시리아 쪽을 향하여 걸었다. 그러면서 거듭 탄식하였다. "기막힌 일이로다! 암캐 한 마리 지나가는 것을 보았다는 죄목으로 황금 사백 온스라! 왕을 칭송하는 조잡한 노래 네 구절 때문에 참형을 언도받다니! 왕비의 슬리퍼 색깔이 나의 모자 색깔과 같다 하여 교살될 뻔하다니! 매 맞는 여인을 구출해 준 죄로 노예가 되다니! 그리고 아라비아의 젊은 미망인들의 목숨을 구해 준 죄로 화형에 처할 지경에 놓이다니!"

도적

쟈디그가 황량한 아라비아[53]와 시리아의 접경 지역에 이르러, 상당히 견고해 보이는 어느 성 앞을 지나려는데, 무장한 아라비아인들이 성에서 쏟아져 나왔다. 그는 즉시 그들에 의해 둘러싸였고, 어떤 자 하나가 그에게 큰 소리로 호령하였다. "그대들이 가지고 있는 것은 모두 우리에게 귀속되며, 그대들의 몸뚱이는 우리의 주인님께 돌아가리라." 쟈디그는 아무 대꾸 하지 않고 검을 뽑아 들었다. 용맹한 그의 시종 역시 주인의 행동을 따랐다. 두 사람은 앞장서 달려드는 아라비아인들을 무찔러 쓰러뜨렸다. 적들의 수가 배로 늘었다. 하지만 두 사람은 조금도 놀라지 않고, 싸우다 죽기로 결심하였다. 두 사나이가 수많은 적을 상대하고 있는 것을 바라보며, 사람들은 싸움이 오래가지 못할 것이라 생각하였다. 성주 아르보가드는 창가에 서서 쟈디그의 비범한 용맹함을 보고, 은근히 그를 아끼는 마음을 품었다. 그가 서둘러 내려와 부하들로 하여금 물러서게 하여, 두 나그네를 위험에서 구하였다. 그런 다음 쟈디그에게 말하였다. "내 땅 위로 지나가는 모든 것은 나의 소유이며, 다른 이들의 땅에서 내 눈에 띄는 것들 또한 그러하오. 하지만 내 보기에 당신은 용맹한 사람인지라, 그러한 나의 일상 법으로부터 당신을 제외시키겠소." 그는 쟈디그를 성안으로 들어가게 한 다음, 그를 정중히 대접하라는 명령을 내렸다. 저녁이 되자 아르보가드는 쟈디그와 함께 식사를 하겠다고 하였다.

성주는, 흔히들 '도적'이라고 부르는 아라비아인들 중 하나였다. 하지만 숱한 악행을 저지르면서도 가끔은 좋은 일도 하는 사람이었다. 그는 미친 듯 욕심 사납게 훔치지만, 후하게 베풀기도 하였다. 행동에 있어서는 불굴의 용기를 보이지만, 사람들과 교제할 때에는 매우 온순하였다. 또한, 식탁에 앉으면 질탕하게 먹고 마시며, 그럴 때에는 쾌활하였고, 특히 솔직하였다. 쟈디그가 그의 마음에 들었고, 점점 활기를 띠는 그의 대화 때문에, 저녁 식사가 늦게까지 계속되었다. 이윽고 그가 쟈디그에게 제안하였다.

"나는 당신에게 나의 휘하로 들어오라 권하고 싶소. 더할 나위 없이 탁월한 선택일 것이오. 이 직업이 나쁘지 않소. 그리고 언젠가는 당신이 내 자리에 오르게 될 것이오."

"공께서 언제부터 이 고귀한 직업에 종사하셨는지, 감히 여쭈어도 좋겠습니까?" 쟈디그가 물었다.

"아주 젊은 시절부터 시작하였소. 그 이전에는 어느 능란한 아라비아인의 시종으로 일했는데, 나는 그러한 나의 처지를 견딜 수가 없었소. 나는, 모든 사람들에게 평등하게 주어진 이 세계 속에, 운명이 나를 위해 남겨 준 몫이 없음을 깨닫고 절망하였소. 결국, 어느 늙은 아라비아인에게 괴로움을 호소하였소. 그러자 노인이 이렇게 말하였소. '아들아, 절망하지 마라. 옛날에 모래알 하나가 있었는데, 그 모래알은 자기가 사막 한가운데에 버려져 잊힌 미미한 티끌임을 슬퍼하였느니라. 그러나 몇 년 후, 모래알은 금강석으로 변하였고, 그것이 지금은 인도의 왕이 쓰고 있는 왕관의 가장 아름다운 장식품이 되었느니라.' 노인의 말씀이 나에게 강한 인상을 남겼소. 내가 당시 모래알임에 틀림없었고, 따라서 나는 금강석이 되기로 결심하였소. 나는 우선 말 두 필을 훔치는 것으로 시작하였소. 그런 다음 동료 둘을 규합하였고, 어느덧 작은 규모의 대상(隊商)들을 털 수 있게 되었소. 그리하여 처음 다른 사람들과 나 사이에 두드러졌던 불균형을 조금씩 줄였소. 나는 이 세상의 재화 중 나의 몫을 얻었을 뿐만 아니라, 그동안 잃었던 것 이상으로 보상을 받았소. 그러자 사람들이 나를 중시하게 되었소. 나는 도적 나리가 되었으며, 이 성 또한 혁혁한 도적질로 얻었소. 시리아 지방 태수가 이 성을 빼앗으려 하였으나, 나는 이미 부강해진 터라 그 누구도 겁내지 않게 되었소. 나는 태수에게 돈을 좀 주고 이 성을 지켰으며, 그 이후에는 나의 영지를 더욱 넓혀 갔소. 심지어 태수는 '황량한 아라비아'가 왕들 중의 왕[54]에게 바치는 세금 징수관으로 나를 임명하였소. 그리하여 나는 징수자의 역할을 수행할 뿐, 납부자의 역할은 맡지 않게 되었소. 그런데 바빌론의 재정과 군사를 담당하는 재상이, 모압다르 왕의 이름으로 나를 목 졸라 죽이라며, 어느 작은 지방 태수 하나를 보냈소. 그 태수가 재상의 명령서를 가지고 도착하였소. 나는 이미 모든 사실을 알고 있었던 터라, 나의 목을 조르기 위해 그가 데리고 온 네 사람을, 그가 보는 앞에서 목 졸라 죽였소. 그런 다음, 나를 목 졸라 죽이는 사명을 수행하는 대가로 얼마를 받기로 되어 있느냐고, 태수에게 물었소. 그가 대답하기를, 사례금이 금화 삼백 닢쯤 될 것이라 하였소. 나는 그로 하여금, 나와 함께 머물면 더 많은 돈을 벌 수 있다는 사실을 깨닫게 해주었소. 나는 그를 부두목들 중 하나로 임명하였고, 그가 지금은 나의 가장 탁월하고 부유한 두령들 중의 하나가 되었소. 내 말을 믿고 따르신다면, 당신 또한 그 사람처럼 성공할 것이오. 게다가, 모압다르 왕이 죽임을 당하여 바빌론이 온통 혼란스러워진 지금보다, 도적질하기에 더 좋았던 시절은 일찍이 없었을 것이오."

"모압다르가 죽임을 당하다니! 그러면 왕비 아스타르테는 어찌 되었소?" 쟈디그가 서둘러 물었다.

"왕비에 대해서는 아는 것이 전혀 없소." 아르보가드가 대답하였다. "내가 아는 것은, 모압다르가 미쳐서 죽임을 당하였고, 바빌론에 살인과 약탈이 횡행하며, 제국 전체가 비탄에 잠겨 있다는 사실뿐이오. 또한 나는 이미 멋지게 몇 건 했지만,

아직도 그곳에 털 만한 것들이 많이 남아 있다는 사실이오."

"하지만 왕비는? 왕비께서 어찌 되셨는지 혹시 아시는 것이 없소?"

"어떤 사람이 히르카니아의 어느 군주 이야기를 하였는데, 그녀가 소요의 와중에 죽지 않았다면, 아마 그 군주의 후궁들 중 하나가 되었을 거요. 하지만 나는 그러한 소식들보다 노획물에 더 관심이 많소. 나 역시 출동할 때마다 여인들 여럿을 얻었으나 단 하나도 수중에 두지 않았소. 그녀들이 아름다우면, 그 신분을 묻지 않고, 비싼 값에 팔아버렸소. 사람들은 여인의 신분을 사지 않소. 왕비라 할지라도 용모가 추하면 구매자를 만나지 못하오. 아마 내가 아스타르테 왕비를 팔아넘겼을지도 모르오. 혹은 그녀가 이미 죽었을지도 모르오. 여하튼 나에게는 별로 관심이 없소. 당신 또한 나보다 더 그녀에게 관심을 쏟을 필요는 없다고 생각하오."

그렇게 말하며 아르보가드는 어찌나 호탕하게 마셔대던지, 어찌나 뒤죽박죽 여러 가지 생각들을 쏟아내던지, 쟈디그는 그의 말에서 아무 단서도 얻지 못하였다. 그는 기가 막히고 절망하여, 꼼짝도 하지 않고 앉아 있었다. 그동안에도 아르보가드는 계속 마셔대며 숱한 이야기들을 늘어놓았고, 자기가 모든 사람들 중 가장 행복한 사람이라고 끊임없이 반복해 지껄여 대며, 자기처럼 행복한 사람이 되라고 쟈디그를 격려하였다. 드디어, 술기운에 조용히 사로잡혀, 그는 태평스럽게 잠자리에 들었다. 반면 쟈디그는 극도로 격렬한 불안감에 사로잡혀 밤을 지새웠다. 그러면서 홀로 탄식하였다. "뭐라고! 왕이 미치다니! 그가 죽임을 당하다니! 그를 불쌍히 여기지 않을 수 없구나. 제국이 갈가리 찢겼는데, 저 도적은 행복하다니! 오! 운수여! 오! 숙명이여! 일개 도적은 행복한데, 자연이 만든 것들 중 가장 사랑스러운 것은, 끔찍하게 죽었거나 죽음보다도 더 비참한 처지에서 살고 있을지도 모르다니! 오! 아스타르테, 어찌 되셨소?"

날이 밝자마자 그는 성안에서 마주치는 모든 사람들에게 왕비의 소식을 물었다. 그러나 모두들 자기들의 일에만 몰두한 채, 그의 물음에 대답하는 사람이 아무도 없었다. 지난밤에 약탈을 자행하였고, 그 노획물을 한창 나누는 중이었다. 그 소란스러운 어수선함 속에서 그가 얻을 수 있었던 것은, 떠나도 좋다는 허락뿐이었다. 그는 조금도 지체하지 않고 그 허락을 받아들여, 괴로운 상념에 깊숙이 잠긴 채 길을 떠났다.

쟈디그는 불안하고 동요된 채 발걸음을 옮겼고, 그의 뇌리는 온통 불쌍한 아스타르테와 바빌론의 왕, 신의 깊은 벗 카도르, 행복한 도적 아르보가드, 이집트 접경에서 바빌론 사람들에게 납치당한 그 변덕스러운 여인, 그리고 자신이 겪은 온갖 뜻하지 않던 일들과 불운 등으로 가득하였다.

어부

아르보가드의 성을 떠나 몇십 리쯤 갔을 때, 그는 어느 작은 강변에 이르렀으며, 그때까지 그는 자기의 운명을 한탄하며, 자신을 불행의 전형으로 여기고 있었다. 바로 그 순간, 강변에 누워, 거의 팽개쳐 놓다시피 한 그물 한 귀퉁이를 힘없는 손으로 잡은 채, 하늘을 바라보고 있는 어부 하나가 눈에 띄었다. 그리고 어부가 탄식하는 소리가 들려왔다.

"모든 인간들 중 내가 가장 불운한 자임에 틀림없도다. 모든 사람들이 인정하듯, 내가 바빌론에서는 가장 유명한 크림치즈 상인이었건만, 그러한 내가 망하다니! 나와 같은 사람은 결코 얻을 수 없는 가장 아름다운 여인을 아내로 맞았다가, 그녀에게 배신을 당했구나! 보잘것없는 집 한 채 수중에 남았었는데, 그것이 약탈당하고 파괴되는 것을 내 눈으로 보아야 하다니! 오두막에 피신하여 고기잡이로 생계를 삼으려 하건만, 고기 한 마리 잡히지 않는구나. 오! 그물아, 내가 이제 더 이상 너를 물속으로 던지지 않겠다. 그리고 내 몸을 던지겠다!" 그렇게 탄식하기를 마치더니, 그가 벌떡 일어나, 물속에 몸을 던져 목숨을 끊으려는 사람의 자세를 취하고 강물로 향하였다.

"아니! 나만큼 불운한 사람들이 있다니!" 쟈디그가 홀로 중얼거렸다. 하지만 어부의 목숨을 구해야겠다는 열의가 동시에 꿈틀거렸다. 그가 달려가 어부를 멈추게 한 다음, 측은하게 여기며 위로하는 기색으로 사연을 물었다. 사람들이 흔히 이르기를, 불운도 홀로 겪지 않으면 덜 불행하다고 한다. 하지만, 조로아스터의 말씀에 의하건대, 그것은 악의 때문이 아니라 필요 때문이라 한다. 우리가 불운에 빠졌을 때 불운한 사람에게로 이끌리는 것은, 우리의 동류(同類)에게로 이끌리는 것과 같다. 그러한 경우, 운수 좋은 사람의 즐거움은 하나의 모욕일 수도 있다. 반면, 불운한 두 사람은, 여리고 작은 두 그루 나무처럼, 서로에게 의지하여 스스로를 강화하고 폭풍우에 맞선다. 쟈디그가 어부에게 말하였다.

"어찌하여 불행 앞에 무릎을 꿇고 무너지려 하시오?"

"다른 방도가 보이지 않기 때문입니다. 저는 바빌론 근교에 있는 데를박 마을에서 가장 명망 있던 사람이었고, 아내의 도움을 받아, 제국 내에서 가장 질 좋은 크림치즈를 만들며 살아가고 있었습니다. 왕비 아스타르테와 그 유명한 재상 쟈디그 나리도 우리의 치즈를 매우 좋아하셨습니다. 제가 그 두 분 댁에 공급한 치즈만 해도 육백 조각이 넘지요. 그런데 어느 날, 시내로 물건값을 받으러 갔다가, 바빌론에 들어서는 순간, 왕비와 쟈디그가 사라졌다는 소식을 들었습니다. 저는 쟈디그 나리 댁으로 달려갔습니다. 물론 그분을 단 한 번도 뵌 적은 없습니다. 그분 댁에는 이미 군졸들이 국왕의 칙령을 받들고 와서, 차근차근 성실하게 약탈을 자행하고 있었습니다. 저는 즉시 왕비궁 주방으로 나는 듯이 달려갔습니다. 몇몇 주방 나리들이 저에게 이르기를, 왕비께서 돌아가셨다고 하였습니다. 다른 이들은 그녀가 옥에 갇히셨다고 하였으며, 또 다른 이들은 도주하셨다고 하였습니다. 하지만 그들 모두의 말이 공통적으로 저에게 확인시켜 준 것은, 아무도 저의 치즈 대금을 지불하지 않을 것이라는 사실이었습니다. 저는 아내와 함께 오르칸 나리 댁으로 갔습니다. 단골 고객들 중 한 분이셨소. 불운한 처지에 놓인 우리 내외는 그의 보호를 청하였습니다. 그는 저의 아내에게 선뜻 보호의 손길을 내밀었습니다. 하지만 저에게는 거절하였습니다. 제 아내의 피부는 그녀가 만들던, 그리고 제 불행의 실마리가 된, 크림치즈보다도 더 희었습니다. 또한 투로스[55]산 선홍색 피륙의 광채도, 그 흰색에 생기를 불어넣던 그녀의 살색보다는 더 화려하지 못하였습니다. 오르칸이 그녀를 자기 곁에 머물게 하고, 저를 쫓아낸 것은 그 살결 때문이었습니다. 저는 절망한 나머지 아내에게 편지를 보냈습니다. 편지를 가져간 사람에게 그녀가 이렇게 말하였습니다. '아! 아! 그래요, 나에게 이 편지를 보낸 사람이 누구인지 알겠어요. 그 사람 이야기 들은 적 있어요. 아주 질 좋은 크림치즈를 만든다고 하더군요. 내게도 치즈를 좀 가져오고, 대금을 지불토록 해요.' 그러한 불행에 빠져, 저는 사법에 호소하기로 작정하였습니다. 저에게 황금 육 온스가 남아 있었는데, 이 온스는 제가 상담을 청한 법률가에게 주고, 이 온스는 제 사건을 맡은 대소인에게, 그리고 나머지 이 온스는 판사의 서기에게 주었습니다. 그러나 그 모든 일이 끝났건만 재판은 아직 시작조차 되지 않았고, 저는 제 치즈와 아내를 합친 가격보다 더 많은 돈을 이미 탕진해 버렸습니다. 저는 아내를 되찾기 위해 제 집을 팔려고 마을로 돌아갔습니다. 제 집의 시세가 황금 육십 온스는 되었습니다. 하지만 빈털터리가 되어 급전이 필요하게 된 저의 처지를 모든 사람들이 알게 되었습니다. 내가 찾아간 첫 구매자는 저에게 삼십 온스를 제안하였습니다. 두 번째 구매자는 이십 온스, 그리고 세 번째는 십 온스를 내겠다 하였습니다. 저는 아무것도 눈에 뵈는 것이 없던 처지인지라, 그 가격에라도 계약을 매듭지으려 하였습니다. 그런데 바로 그때, 히르카니아의 군주가 바빌론에 들이닥쳐, 모든 것을 파괴하였소. 제 집 또한 샅샅이 노략질당한 다음 불에 탔습니다. 그렇게 돈과 아내와 집을 잃은 다음, 저는 나리께서 보시다시피 이 고장으로 물러났습니다. 그리고 어부짓으로 생계를 삼으려 노력하였습니다. 그러나 물고기들 역시 사람들처럼 저를 조롱합니다. 저는 아무것도 잡지 못하여 굶어 죽을 처지가 되었습니다. 거룩한 위안자시여, 당신이 아니었다면, 저는 강물 속으로 뛰어들어 죽었을 것입니다."

어부는 이야기를 단숨에 이어 갈 수가 없었다. 몹시 감동하여 들뜬 쟈디그가, 왕비의 안부를 물으며 자주 그의 이야기를 끊었기 때문이다.

"뭐라고! 왕비님이 어찌 되셨는지 아무것도 모르신다고?"

"모릅니다, 나리. 다만 제가 아는 것은, 왕비와 쟈디그가 저의 크림치즈 대금을 지불하지 않았고, 다른 이가 저의 아내를 빼앗아 갔으며, 따라서 제가 절망에 빠져 있다는 사실뿐입니다."

"나는 당신이 당신의 돈을 몽땅 잃지는 않을 것이라 은근히 기대하오." 쟈디그가 말하였다. "내가 그 쟈디그라는 사람에 관해 떠도는 이야기를 들은 적 있는데, 그가 매우 정직한 사람이라고 하더이다. 만약 그가 뜻대로 바빌론에 돌아가면, 당신에게 진 빚보다 더 후하게 갚을 것이오. 하지만, 별로 정직하지 못한 당신의 아내에 대해 한 말씀 드리겠는데, 그녀를 되찾으려 애쓰실 필요는 없을 것 같소이다. 내 말을 믿고 우선 바빌론으로 가시오. 나는 말을 타고 가는데 당신은 도보로 가시니, 내가 당신보다 먼저 그곳에 당도할 것이오. 도착하시는 즉시 그 저명한 카도르 공을 찾아가시오. 그리고 그의 친구를 만났노라고 하시오. 그런 다음 그 댁에서 나를 기다리시오. 어서 떠나시오. 아마 당신이 언제까지나 불운하지만은 않을 것이오."

그러고 나서 쟈디그는 홀로 중얼거렸다. "오! 전능하신 오로스마드시여! 당신은 저 사람을 위로하시기 위하여 저를 쓰셨습니다. 저를 위로하시기 위해서는 누구를 쓰시렵니까?" 그런 다음, 아라비아에서 가지고 온 돈의 절반을 어부에게 주었다. 어부는 황송하면서도 황홀하여, 카도르의 친구 앞에 엎드려 그의 발에 입 맞추며 말하였다. "당신은 구원의 천사이십니다."

그러는 동안에도 쟈디그가 여전히 한편 소식을 묻기도 하고, 다른 한편 눈물을 흘리자, 어부가 놀라며 물었다.

"아니! 나리, 선을 베푸시는 나리께서도 저에 못지않게 불행하십니까?"

"그대보다 백배는 불행하다오."

"하지만 베푸는 이가 받는 이보다 더 가엾다니, 어찌 그럴 수가 있으리까?" 순박한 어부가 물었다.

"그대의 가장 큰 불행은 결핍인 반면, 나의 불행은 심정에서 비롯되었기 때문이라오."

"혹시 오르칸이 나리의 아내를 빼앗았습니까?"

어부의 그 말에, 쟈디그의 뇌리에 지난 모든 일들이 다시 떠올랐다. 그는 왕비의 암캐로부터 도적 아르보가드에 이르기까지, 모든 일들을 되씹어 보았다. 그러고는 어부에게 말하였다.

"아! 오르칸은 처벌받아 마땅하오. 그러나 일반적으로 그러한 사람들이 운명의 총아들이라오. 여하튼 카도르 공 댁으로 가시오. 그리고 그곳에서 나를 기다리시오."

그들은 서로에게 작별을 고하였다. 어부는 자기의 운명에 감사하며 걸었다. 그리고 쟈디그는 자기의 운명을 탓하며 말을 달렸다.

바실리스코스

쟈디그가 어느 아름다운 초원에 이르니, 많은 여인들이 무엇인가를 열심히 찾고 있었다. 그는 선뜻 한 여인에게로 다가가서, 그녀들을 돕겠다고 하였다. 그러자 시리아 여인이 그에게 말하였다.

"조심하십시오. 아예 그런 생각은 하지도 마십시오. 우리가 찾는 것은 오직 여인들만이 만질 수 있습니다."

"그것참 기이한 물건이군요. 감히 청하옵거니와, 여인들에게만 만지는 것이 허락된 그것이 무엇인지, 저에게 가르쳐주실 수 있습니까?"

"바실리스코스[56]입니다."

"바실리스코스라 하셨습니까, 부인? 그런데 무슨 이유로 바실리스코스를 찾으십니까?"

"우리들의 상전이시며 주인이신 오굴 님을 위해서입니다. 이 초원 끝 강변에 있는 저 성이 그분의 것입니다. 저희들은 그분의 천한 종들이온데, 오굴 나리께서 병환이 나셨습니다. 그분의 주치의가 그분에게 아뢰기를, 장미 향수에 삶은 바실리스코스 한 마리를 잡수시라 하였습니다. 그런데 그것이 매우 희귀한 짐승이고, 또 오직 여인들의 손으로만 잡을 수 있는지라, 오굴 나리께서 약속하시기를, 저희 중 그것을 한 마리 잡아 오는 사람을 총희(寵姬)로 삼겠다 하셨습니다. 제가 그것을 찾도록 저를 제발 내버려 두십시오. 만약 저의 동료들이 저를 고해바치면 제가 어떤 대가를 치러야 하는지 잘 아실 것입니다."

　쟈디그는, 시리아 여인과 다른 여인들이 그 바실리스코스를 찾도록 내버려 둔 채, 계속하여 걸었다. 어느 작은 냇가에 이르니, 다른 여인 하나가 잔디밭 위에 엎드려 있는데, 그녀는 아무것도 찾는 것 같지 않았다. 그녀의 몸매는 당당해 보였으나, 얼굴은 너울로 가리워져 있었다. 상체를 냇물 쪽으로 수그리고 있던 그녀의 입에서 깊은 한숨이 새어 나왔다. 그녀는 손에 작은 막대기 하나를 들고, 냇물과 잔디밭 사이에 있는 고운 모래 위에 글자들을 쓰고 있었다. 쟈디그는 그 여인이 무슨 글자를 쓰는지 보고 싶은 호기심에 사로잡혔다. 다가가서 보니 철자 'Z'가 보이고 다음에 'A'가 나타났다. 그러더니 'D'가 나타났다. 그의 온몸이 전율하였다. 그리고, 그의 이름의 마지막 두 철자[57]를 보는 순간, 그의 놀라움은 일찍이 그 유례가 없던 것이었다. 그는 잠시 꼼짝도 못하고 서 있었다. 이윽고 그가 더듬거리는 음성으로 침묵을 깨트렸다. "오! 자애로운 부인이시여! 도대체 어떤 놀라운 사연으로, 당신의 신성한 손이 쟈디그의 이름을 모래 위에 쓰게 되었는지, 이 불운한 이방인이 당신께 감히 여쭙는 것을 용서하옵소서." 그 음성과 그 언사에 여인이 떨리는 손으로 너울을 쳐들고 쟈디그를 바라보더니, 감격과 놀라움과 기쁨의 비명을 질렀다. 그리고 그녀의 영혼을 일시에 사로잡는 다양한 감격에 더 이상 견디지 못하고, 기절하며 쟈디그의 품으로 쓰러졌다. 아스타르테 바로 그녀였다. 바빌론의 왕비였다. 쟈디그가 숭배하던, 그러나 숭배하기 때문에 그 스스로 자신을 꾸짖던 그 여인이었다. 쟈디그가 그 운명을 그토록 슬퍼하고 근심하던 바로 그 여인이었다. 그는 한동안 넋을 잃었다. 그리고 혼란스러움과 애정이 뒤섞인 나른함으로 다시 뜬 아스타르테의 눈을 뚫어지게 들여다보며 소리쳤다. "오! 영원한 권능이시여! 미약한 인간들의 운명을 주재하시는 분이시여, 저에게 아스타르테를 돌려주시나이까? 이러한 때에, 이러한 곳에서, 이러한 처지로 그녀를 다시 보다니!" 그는 아스타르테 앞에 무릎을 꿇은 다음, 그녀의 발아래에 있는 먼지 속에 이마를 처박았다. 바빌론의 왕비가 그를 다시 일으켜, 자기 곁 냇가에 앉게 하였다. 그녀는 여러 차례에 걸쳐 거듭 눈을 닦았다. 눈물이 끊임없이 솟구쳐 흘렀기 때문이다. 또한 같은 이야기를 스무 번이나 다시 시작해야 했다. 흐느낌에 번번이 끊겼기 때문이다. 어떠한 우연으로 두 사람이 그렇게 다시 만나게 되었느냐고 그에게 묻고는, 문득 다른 질문으로 그의 대답을 방해하였다. 자기의 불운에 대한 이야기를 시작하다가는 쟈디그가 겪은 고초를 알고 싶어 하였다. 그러던 끝에, 두 사람이 영혼의 동요를 조금 진정하기에 이르렀고, 그러자 쟈디그가 자신이 그 초원까지 어떻게 오게 되었는지를 간략하게 이야기하였다. 그리고 다시 왕비에게 물었다.

"하지만 오! 불운하고 존경스러운 왕비시여! 의사의 처방에 따라 바실리스코스를 장미 향수에 삶으려고 그것을 찾고 있는 노예 여인들과 어울리시어, 노예의 복색으로 이 궁벽한 곳에 와 계시다니, 어찌된 사연이오니까?"

"저 여인들이 바실리스코스를 찾는 동안을 이용하여 그간 겪은 고초와, 그대와의 재회 순간 이후 제가 하늘을 용서하게 된 모든 사연을, 말씀드리겠어요. 아시다시피 저의 부군이신 국왕께서는, 당신이 모든 남자들 중 가장 호감 주는 사람이라는 사실을 못마땅하게 여기셨어요. 그러한 이유로, 어느 날 밤, 사람들을 시켜 당신을 교살하고 저를 독살하려 하셨던 것입니다. 지존의 그러한 밀령을, 저의 난쟁이 벙어리가 저에게 알리도록, 하늘이 도우신 사실은 당신도 알고 계십니다. 신의 깊은 카도르가, 당신으로 하여금 저의 뜻에 따라 급히 떠나시게 한 다음, 밤중에 비밀 통로를 따라 저의 처소로 잠입하였습니다. 그리고 저를 아무도 모르게 오로스마드의 신전으로 안내하였어요. 그러자, 점성술사인 그의 형제 하나가 저를 거대한 신상 속에 숨겼는데, 그것의 기단(基壇)은 신전의 밑바닥까지 내려가 있었고, 머리는 천장에 닿아 있었어요. 저는 마치 매장되듯 그 신상 속에 갇혀 있었지만, 점성술사의 헌신적인 도움으로 부족한 것 없이 지낼 만했어요. 한편 새벽녘이 되자, 폐하의 약제사가 사리풀, 아편, 독당근, 헬레보루스, 바곳 등을 섞어 다린 탕제를 들고 저의 처소로 왔어요. 그동안 다른 관리 하나는, 푸른색 올가미를 가지고 당신의 처소로 떠났어요. 그들이 도착해 보니 이미 아무도 없었어요. 카도르는 왕을 더욱 감쪽같이 속이기 위하여, 짐짓 왕 앞에 나아가 저희 두 사람을 규탄하였어요. 아울러, 당신은 인도를 향해 떠났고, 저는 멤피스로 향했노라고 아뢰었어요. 즉시 심복들을 풀어 당신과 저의 뒤를 쫓게 하였지요. 저의 뒤를 쫓던 군졸들은 저의 얼굴을 몰랐어요. 제가 저의 얼굴을 드러낸 것은 오직 당신 앞에서뿐이었고, 그것도 제 부군 앞에서, 그분의 허락이 내려질 때뿐이었어요. 군졸들은 저의 초상화만을 한 번 보고 저를 추적하였어요. 몸집이 저와 비슷하고, 매력은 저보다 아마 더 뛰어난 여인 하나가, 이집트 접경에서 그들의 눈에 띄었어요. 그녀는 마침 눈물을 흘리며 배회하고 있었다는군요. 군졸들은 그녀가 바빌론의 왕비임을 의심치 않았다고 합니다. 그리하여 그녀를 모압다르에게로 데려왔어요. 그들의 실수가 처음에는 왕을 격노케 하였어요. 그러나 이내, 그 여인을 유심히 살핀 후, 그녀가 매우 아름답다는 사실을 깨닫고는, 왕의 마음이 누그러졌어요. 그녀의 이름은 미쑤프라고 하는데, 후에 사람들이 저에게 가르쳐주기를, 그 이름이 이집트어로는 '아름다운 변덕쟁이'를 뜻한다고 했어요. 실제로 그녀는 변덕스러웠어요. 하지만 변덕 못지않게 기교도 뛰어났어요. 그녀는 모압다르의 마음에 들었고, 그를 어찌나 사로잡았던지, 자기가 그의 부인 행세를 하게 되었어요. 그러자 그녀의 성격이 여지없이 본색을 드러냈고, 아무 두려움 없이 멋대로 온갖 미친 짓을 서슴지 않았어요. 그녀는 늙고 통풍에 걸린 우두머리 점성술사에게 자기 앞에서 춤을 추어보라고 하였습니다. 점성술사가 거절하자 그를 포악스럽게 박대하였어요. 또한 왕실 시종장에게 사탕조림한 과일을 넣어 파이를 만들라고도 하였습니다. 시종장이 자기는 과자 제조인이 아니라고 항변하였지만, 결국 파이를 만들 수밖에 없었습니다. 그러나 파이가 너무 탔고, 그것을 트집 잡아 그를 축출하였습니다. 그녀는 시종장직을 자기 난쟁이에게 주었고, 황제의 옥새를 관리하는 상서(尙書)직은 어느 시동에게 맡겼습니다. 그녀가 그렇게 바빌론을 다스렸고, 그리하여 모든 사람들이 저를 아쉬워하게 되었어요. 저를 독살하고 당신을 교살하려고 할 때까지도 상당히 올곧던 왕은, 그 변덕스러운 미녀에게로 향한 경이로운 사랑 속에, 자기의 모든 장점들을 처박아 익사시켰어요. 신성한 불에 예배를 드리는 날, 왕이 신전에 몸소 거동하였어요. 저는 신상 속에 숨어서, 그 신상의 발밑에 엎드려 미쑤프를 위해 신들에게 간구하는 그를 내려다보았어요. 저는 음성을 높여 엄숙하게 외쳤어요. '미친 여인과 혼인하기 위하여 사려 깊은 아내를 죽이려 한, 이미 폭군으로 변한 왕의 소원을, 신들은 결코 들어주지 않으리라!' 모압다르는 그 말을 듣고 어찌나 혼비백산하였던지, 그 순간 이후 머리에 이상이 생겼습니다. 제가 내린 신탁과 미쑤프의 방자함이 그의 정신을 뒤흔들어 놓기에 충분하였습니다. 그는 결국 며칠 아니 되어 미쳐버렸습니다. 하늘이 내리신 벌로 비친 그의 광증이 반란의 신호가 되었습니다. 모두들 봉기하여 서둘러 무기를 집어 들었습니다. 그토록 오랫동안 한가한 무기력증 속에 잠겨 있던 바빌론이, 끔찍한 내란의 무대로 변했습니다. 사람들이 저를 신상의 몸통으로부터 꺼내어 한 당파의 우두머리로 추대하였습니다. 카도르는 당신을 바빌론으로 모셔오기 위하여 멤피스로 달려갔습니다. 그 불행한 소식을 들은 히르카니아의 군주는, 자기의 군대를 끌고 돌아와, 칼데아 지방에 제3의 세력을 형성하였습니다. 그가 왕을 공격하였습니다. 왕은 미친 이집트 계집과 함께 그를 맞아 싸웠습니다. 모압다르가 적의 창에 찔려 죽고, 미쑤프는 승리자들의 수중으로 들어갔습니다. 저 역시 불운하여 히르카니아 편에게 생포되었고, 제가 저들의 군주 앞에 끌려갔을 때, 미쑤프 또한 그곳에 끌려왔습니다. 그 군주가 미쑤프보다는 제가 더 아름답다고 생각하였다는 말씀을 들으시면, 당신의 마음이 물론 즐거우실 것입니다. 하지만 그가 저를 자기의 후궁으로 보냈다는 사실을 아신다면 화가 나실 것입니다. 그는 저에게 다짐하기를, 준비하고 있는 작전을 수행한 다음 즉시 저에게로 오겠다고 하였습니다. 그 말을 들은 저의 슬픔이 어떠했을지 생각해 보세요. 모압다르와의 인연이 완전히 끊겨, 이제 쟈디그의 소유가 될 수 있는데, 그 야만인의 사슬에 묶이게 된 것이었습니다. 저는, 저의 지체와 감정에서 비롯된 자긍심에 따라, 매몰차게 대꾸하였습니다. 제가 항상 듣기로는, 하늘이 저와 같은 사람들에게는 고귀한 성격을 주시어, 말 한마디 눈짓 하나로도, 예의를 잊은 무뢰한들로 하여금 깊은 경외심에 사로잡히게 할 수 있다고 합니다. 그리하여 저는 왕비답게 말을 하였습니다. 하지만 시녀 취급을 당하였습니다. 히르카니아 녀석은, 아예 저에게는 말조차 직접 건네지 않고, 자기의 검둥이 내시에게 이르기를, 제가 엉뚱한 년이기는 하나 제법 예쁘다고 하였습니다. 그리고 내시에게 분부하기를, 저를 잘 돌보며 다른 총희들처럼 가꾸라고 하였습니다. 그가 저에게 총애를 베풀 좋은 기회가 도래하였을 때, 저의 피부가 더욱 싱싱해져서, 그 총애를 받을 자격이 갖추어지도록 하라는 것이었습니다. 저는 그에게, 차라리 자살하겠노라 하였습니다. 그는 웃으며 대꾸하기를, 저처럼 생긴 사람은 결코 자살하지 않는다고 하였습니다. 그러더니, 가축 사육장에 앵무새 한 마리 집어넣고 난 사람처럼, 제 곁을 떠났습니다. 이 세상의 첫째 왕비에게, 그리고 더 나아가, 쟈디그에게 가 있는 가슴에게, 그 처지가 어떠하였겠습니까!"

이야기를 듣던 쟈디그가 그녀의 무릎을 얼싸안고 눈물로 그것을 적셨다. 아스타르테가 그를 다정하게 일으켜 앉히며 이야기를 계속하였다.

"저는 한 야만인의 지배하에 놓이게 되었고, 또 함께 갇힌 미친 여인의 경쟁자가 될 처지가 되었습니다. 그녀가 이집트에서 겪은 일을 저에게 이야기해 주었습니다. 저는 그녀가 묘사한 당신의 용모와, 그 시기, 당신이 타고 가신 단봉낙타, 그리고 다른 여러 정황에 미루어, 그녀를 위해 결투를 벌인 사람이 쟈디그라고 판단하였습니다. 그리고 당신이 멤피스에 계시리라는 것을 의심치 않았습니다. 따라서 그곳으로 탈출하기로 결심하였습니다. 그리고 미쑤프에게 말하였습니다. '아름다운 미쑤프, 당신이 나보다는 훨씬 쾌활해요. 따라서 히르카니아의 군주를 즐겁게 해주기에는 나보다 당신이 더 적격이에요. 내가 도망칠 수 있도록 도와줘요. 그러면 당신이 이곳을 독차지할 것이고, 경쟁자 하나를 떨쳐 버림과 동시에 나를 기쁘게 해주는 거예요.' 미쑤프가 저의 탈출을 도왔습니다. 덕분에 저는 이집트 출신의 하녀 하나를 대동하고 은밀히 떠날 수 있었습니다. 제가 이미 아라비아 근처에 이르렀을 때, 아르보가드라고 하는 유명한 도적이 저를 납치하여 상인들에게 팔았고, 상인들이 다시, 오굴 공이 살고 있는 이 성으로 저를 데려왔습니다. 오굴은 제가 누구인지도 모르는 채 저를 샀습니다. 그는 진수성찬만을 찾는 탐식가이며, 신이 자기를 이 세상에 내놓은 것은 오직 식탁을 차지하도록 하기 위해서였다고 믿는 사람입니다. 그의 몸은 극도로 비대하여, 그 비대함이 언제라도 그를 질식시킬 수 있습니다. 그의 소화기능이 원활할 때는 그의 신임을 별로 얻지 못하는 주치의가, 그가 일단 과식을 하면 그를 폭압적으로 다스립니다. 주치의가 그에게 감언이설로 아뢰기를, 장미 향수에 삶은 바실리스코스가 있으면 그를 치유할 수 있다고 하였습니다. 그리하여 오굴 공이, 하녀들 중 자기에게 바실리스코스를 가져오는 사람과 혼인하겠노라고 약속을 하였습니다. 보셨다시피 저는 그녀들이 그 영광을 얻기 위해 서두르도록 내버려 두었습니다. 그리고, 하늘이 저에게 당신을 다시 보도록 허락한 순간 이후처럼, 그 바실리스코스를 찾고 싶은 마음이 적었던 적은 없습니다."

이야기를 마치자, 아스타르테와 쟈디그는, 오랫동안 억제되었던 감정과 그들의 불행 및 사랑이, 가장 고아하고 가장 뜨거운 가슴에 부어 넣을 수 있던 것을, 서로에게 털어놓았다. 그리고 사랑을 주재하는 정령들이, 두 사람의 고백을 베누스의 영역[58]으로까지 이끌어갔다.

여인들은 아무것도 찾지 못한 채 오굴의 성으로 돌아갔다. 쟈디그는 몸소 오굴 앞에 현신하여 다음과 같이 말하였다. "하늘로부터 불멸의 강건함이 내려오시어, 평생 나리와 함께하소서! 저는 의사이옵니다. 나리의 환후 소식을 듣고 급히 달려오는 길입니다. 또한 장미 향수에 삶은 바실리스코스를 가져왔나이다. 물론 나리와 혼인하기를 청하지는 않겠습니다. 제가 나리께 바라는 것은, 며칠 전 나리 수중에 들어온 바빌론 출신의 젊은 노예 계집 하나를 풀어주십사 하는 것입니다. 그리고 제가 만약 관후하신 오굴 나리의 환후를 치유하는 행운을 얻지 못할 경우, 기꺼이 그녀 대신 노예로 이곳에 남겠나이다."

제안은 즉각 수락되었다. 아스타르테는 쟈디그의 시종을 대동하고 바빌론으로 떠났다. 그러면서, 그간 바빌론에서 일어난 일들을 속히 그에게 알리겠노라 약속하였다. 두 사람의 이별은 뜻하지 않은 해후의 순간에 못지않게 애절하였다. 위대한 책 아베스타(젠드)에 이르기를, 재회의 순간과 이별의 순간이 인생의 가장 중대한 두 시기라고 하였다. 쟈디그는 그가 맹세하는 것만큼 왕비를 사랑하였고, 왕비는 그녀가 그에게 하는 말 이상으로 쟈디그를 사랑하였다.

쟈디그가 오굴에게 아뢰었다. "나리, 저의 바실리스코스는 입으로 섭취하는 것이 아니옵니다. 그것의 약효는 모두 나리의 기공(氣孔)을 통하여 체내로 들어가야 하옵니다. 제가 그것을, 잔뜩 부풀리고 다시 얇은 가죽으로 싼, 가죽 주머니 속에 넣었습니다. 나리께서는 그 가죽 주머니를 발로 힘껏 밀기만 하시옵소서. 그러면 제가 여러 차례 거듭하여 나리께 그것을 되돌려보내겠습니다. 그러한 요법을 단 며칠만 시행해 보시오면, 저의 치료술이 어떠한 효험을 보일지 아실 것이옵니다." 오굴은 첫날 숨이 너무 가빠서 몹시 허덕였다. 그는 자기가 과로 때문에 죽을 것이라고도 생각하였다. 그러나 두 번째 날에는 피곤을 덜 느꼈고 잠도 잘 잤다. 그리고 한 주일이 지난 후에는, 기력과 건강과 몸의 가벼움은 물론, 한창 아름답게 피어나던 시절의 명랑함까지 되찾았다. 쟈디그가 그에게 아뢰었다. "나리께서는 공놀이를 하시며 그동안 식음을 절제하셨습니다. 그리고 바실리스코스라는 것이 자연 속에는 존재하지 않으며, 절제와 운동만으로도 건강을 유지하실 수 있음을 염두에 두옵소서. 또한 폭음폭식과 건강을 병행시킬 수 있다고 하는 의술은, 화금석(化金石)[59]이나 점성술 혹은 점성술사들의 신학만큼이나 공상적인 의술이옵니다."

오굴의 주치의는, 쟈디그가 의술에 얼마나 위험한 인물인지를 직감하고, 약제사와 공모하여, 바실리스코스를 찾으러 그를 저세상으로 보내기로 하였다. 선행을 한 죄로 항상 벌을 받던 그가, 이번에도 역시, 한 성주의 탐식증을 치유해 준 죄로 그러한 운명에 놓이게 되었다. 저들이 그를 화려한 만찬에 초대하였다. 두 번째 음식이 나올 때 그를 독살하기로 되어 있었다. 그러나 첫 번째 음식을 먹고 났을 때, 아름다운 아스타르테로부터 급한 전갈이 왔다. 그는 즉시 식탁에서 일어나 길을 떠났다. "아름다운 여인의 사랑을 받을 경우, 항상 세속적 난관을 벗어날 수 있느니라." 위대한 조로아스터께서 하신 말씀이다.

결투

불운하였던 아름다운 왕녀가 항상 그러하듯, 왕비는 바빌론에서 열광적인 환영을 받았다. 그 무렵 바빌론은 훨씬 평화로운 것 같았다. 히르카니아의 군주도 어느 전투에서 죽임을 당하였다. 승리한 바빌론 사람들은, 자기들이 장차 선출할 왕을 아스타르테가 부군으로 맞아야 한다고 선포하였다. 사람들은, 아스타르테의 부군이며 바빌론의 왕이라는 자리가, 즉 이 세상의 가장 으뜸인 자리가, 음모나 파당에 의해 결정되기를 원치 않았다. 그들은, 가장 용맹하고 지혜로운 사람을 왕으로 추대하기로 맹약하였다. 화려하게 장식한 계단으로 둘러싸인 커다란 격투장이, 시가지로부터 몇십 리 떨어진 곳에 마련되었다. 투사들은 무장을 완벽하게 갖추고 그곳에 임하기로 되어 있었다. 그들 각자에게는 격투장의 계단 뒤에 마련된 거처 하나씩을 주었다. 각 거처는 서로 떨어져 있었고, 거처에 들어간 투사는 누구의 눈에 띄어서도, 사람들에게 신분이 알려져서도 아니 되었다. 그들은 우선 창 네 자루를 획득해야 했다.[60] 기사 넷을 제압하는 행운을 얻은 투사들은, 곧이어 자기들끼리 싸우기로 되어 있었다. 그렇게 하여, 격투장에 마지막까지 남는 사람을 최후의 승자로 정하기로 하였다. 그 승자는 나흘 후, 같은 복색과 문장(紋章)으로 점성술사들 앞에 현신하여, 그들이 내는 수수께끼들을 풀어야 했다. 만약 그 승자가 수수께끼를 풀지 못하면 그를 왕으로 인정할 수 없었다. 그리고 처음부터 다시 무술 시합을 재개하되, 격투와 수수께끼에서 모두 승리하는 자가 나타날 때까지 계속하기로 하였다. 가장 용맹하고 가장 지혜로운 사람을 왕으로 추대하고 싶은 마음이 그토록 절실하였던 것이다. 그동안 왕비는 엄한 감시하에 두기로 하였다. 다만 그녀가 너울을 쓴 채 경기를 관람하는 것만은 허용하기로 하였다. 그러나 그녀의 남편 후보자들 중 그 누구에게도 그녀가 말을 건넬 수는 없었다. 특혜나 불공정함이 개입지 못하게 하기 위함이었다.

이상이 아스타르테가 연인에게 급히 보내온 소식이었다. 그가 자기를 위하여 그 누구보다도 탁월한 용맹과 기지를 발휘해 주기 바라는 희망을 담은 소식이었다. 그는 즉시 길을 떠났다. 그리고 베누스에게 자기의 용기를 강화시켜 주고 기지를 밝게 해달라고 빌었다. 그 엄숙한 날 하루 전에 그는 유프라테스 강변에 도착하였다. 그리고, 규율에 따라 얼굴과 이름을 가린 채, 다른 투사들 속에 섞여 자기의 문장(紋章)[61]을 등록하였다. 그런 다음, 제비를 뽑아 배정된 거처로 가서 휴식을 취하였다. 그를 찾기 위하여 이집트에 갔다가 헛걸음만 하고 바빌론으로 돌아온, 그의 친구 카도르가, 왕비가 마련한 갑주(甲冑) 일습을 그의 처소로 보냈다. 또한 페르샤산 명마 한 필도 왕비의 분부에 따라 함께 보냈다. 쟈디그는 그 선물들이 아스타르테로부터 온 것임을 직감하였다. 그리하여, 그의 용기와 사랑이, 그 선물들로부터 새로운 힘과 희망을 얻었다.

다음 날, 왕비가 온갖 보석으로 장식한 닫집 아래에 좌정하고, 바빌론의 귀부인들과 각계각층 백성들이 격투장 둘레의 계단을 가득 메우자, 투사들이 원형 격투장에 나타났다. 그리고 각자 자기의 문장을 우두머리 점성술사의 발아래에 가져다 놓았다. 그 문장들을 놓고 제비뽑기를 하였는데, 쟈디그의 것이 마지막 차례가 되었다. 제일 먼저 나선 투사는 이토바드라고 하는 부유한 나리였는데, 허풍선이에다 용기는 별로 없고, 몹시 졸렬하며 기지도 없는 사람이었다. 그의 하인들이, '그와 같은 사람'이 왕이 되어야 한다고, 그를 구워삶았다. 그 또한 하인들에게 화답하였다. "'나와 같은 사람'이 다스려야 하느니라."[62] 그리하여 그를 발끝부터 머리끝까지 무장시키게 된 것이다. 그는 초록색 에나멜을 칠한 황금 갑옷을 입었고, 투구에 초록색 깃털 장식을 달았으며, 초록색 리본으로 장식한 창을 들었다. 그러나 이토바드가 자기 말을 다루는 모습을 보는 순간, 사람들은 하늘이 바빌론의 왕홀(王笏)을 그러한 사람을 위해 예비하지 않았음을 즉각 깨달았다. 그를 향해 달려든 첫 번째 기사가 그를 안장테 밖으로 꺼내 놓았고, 두 번째 기사가 그를 말 꽁무니 위에 자빠트리자, 그의 두 다리는 허공을 향하였고, 두 팔은 양쪽으로 뻗치었다. 세 번째 기사는 아예 창도 사용하지 않았다. 그의 곁을 슬쩍 스쳐 지나며 그의 오른쪽 다리를 잡고 반대 방향으로 돌리자, 그가 모래밭 위로 떨어졌다. 경기 담당 마부들이 웃으며 그에게로 달려와, 그를 다시 안장 위에 올려놓았다. 네 번째 기사는 그의 왼쪽 다리를 잡아 반대쪽으로 떨어지게 하였다. 야유하는 함성에 휩싸여 그는 자기

거처로 다시 돌아갔고, 규정에 따라 그곳에서 하룻밤을 묵어야 했다. 그는 겨우 발걸음을 떼면서도 투덜거렸다. "'나와 같은 사람'에게 이 무슨 일이람!"

다른 기사들은 책무를 수행함에 좀 더 나았다. 연속하여 상대 둘을 제압한 이도 있었고, 몇몇 기사는 셋까지 이겼다. 기사 넷을 제압한 사람은 오탐 대공뿐이었다. 드디어 쟈디그가 싸울 차례가 되었다. 그는 연속하여 기사 넷을 멋있게 안장에서 끌어내렸다. 따라서 오탐과 쟈디그 중 누가 최후의 승자로 남을지 결과를 기다려야 했다. 오탐은 푸른색과 황금색 갑주를 갖추었고, 투구의 깃털 장식도 같은 색이었다. 반면 쟈디그의 것은 백색이었다. 사람들의 희원은 푸른색 기사와 백색 기사 두 편으로 갈리었다. 왕비는 두근거리는 가슴으로 백색을 위해 하늘에 기도하였다.

두 맹장은 날렵하게 치고 스치며 이내 다시 말 머리를 돌려 서로에게로 돌진하였다. 두 사람의 창 솜씨가 어찌나 눈부신지, 또한 안장 위에 앉아 있는 자태가 어찌나 당당한지, 왕비를 제외한 모든 사람들은, 바빌론에 왕이 두 사람 있기를 바랐다. 드디어 그들의 말이 지치고, 창들도 부러져, 쟈디그는 다른 계략을 쓸 수밖에 없었다. 그가 푸른색 기사의 뒤로 돌아가더니, 몸을 날려 그 기사가 탄 말의 꽁무니에 올라앉음과 동시에, 그의 허리를 잡아 그를 땅바닥으로 내동댕이친 다음, 선뜻 그의 안장을 차지하였다. 그리고 즉시 말을 몰아, 쓰러져 있는 오탐의 주위를 깡충거리며 돌게 하였다. 원형 경기장 전체가 환호하였다. "백색 기사 승리!" 오탐이 노하여 다시 일어서더니 검을 뽑아 들었다. 쟈디그 또한 군도(軍刀)를 손에 쥐고 말에서 뛰어내렸다. 두 사람이 그렇게 투기장 모래 위에 다시 마주 서니, 새로운 싸움이 시작되었고, 용력과 민첩함이 두 사람에게 번갈아 승세를 안겨 주었다. 투구의 깃털 장식과 팔받이의 못들, 그리고 갑옷의 사슬 고리 등이, 격렬하게 가해진 무수한 칼질에 멀찌감치 날아갔다. 그들은 오른쪽 왼쪽으로, 머리건 가슴팍이건 가리지 않고, 마구 찌르고 베었다. 물러서다가는 다시 돌진하고, 서로 노려보다가는 다시 어우러져, 서로 잡고 뱀처럼 몸을 뒤틀다가, 사자처럼 가격하였다. 그들이 상대를 가격할 때마다 쉴 새 없이 불꽃이 튀었다. 이윽고 쟈디그가 잠시 정신을 가다듬고 멈추더니, 헛 시늉을 한 차례 한 다음, 오탐을 가격하여 쓰러트리고 그를 무장해제시켰다. 그러자 오탐이 소리쳤다. "오! 백색의 기사여, 바빌론을 통치하실 분은 당신이오!" 왕비의 기쁨은 그 절정에 달하였다. 푸른색 기사와 백색 기사를, 그리고 다른 모든 기사들을, 규정에 따라 각자의 처소로 인도해 갔다. 벙어리들이 먹을 것을 가져와 그들의 시중을 들었다. 쟈디그의 시중을 든 벙어리가 왕비의 그 난쟁이 벙어리였을 것임은 충분히 짐작할 수 있는 일이다. 그런 다음 그들을 홀로 내버려 두어, 다음 날 아침까지 수면을 취하게 하였다. 그리고 승자는 자기의 문장(紋章)을 우두머리 점성술사에게로 가져가, 등록된 문장과 대조 후 자기의 정체를 드러내게 되어 있었다.

쟈디그는 비록 연정에 사로잡혀 있었으나, 너무나 곤한 나머지, 깊은 잠에 빠졌다. 반면, 그의 곁 처소에 있던 이토바드는, 밤이 깊었으나 잠을 이루지 않고 있었다. 그리고 밤중에 일어나 쟈디그의 처소로 들어가, 그의 백색 갑주와 문장을 가지고 나오며, 그 자리에 자기의 초록색 갑주를 놓아두었다. 새벽이 되기가 무섭게 그는 으쓱거리며 우두머리 점성술사를 찾아가, '자기와 같은 사람'이 승리자라고 호언하였다. 아무도 그러한 일은 예상조차 못 하였다. 하지만 쟈디그가 아직 잠자고 있는 시각에 그가 승자로 선포되었다. 아스타르테는 몹시 놀라고 또 절망감을 품은 채 바빌론으로 돌아갔다. 쟈디그가 잠에서 깨어났을 때에는, 원형 경기장이 거의 텅 비어 있었다. 그는 자기의 갑주를 찾았으나 초록색 갑주밖에 눈에 띄지 않았다. 다른 것이 곁에 없으니 그것이라도 몸에 걸칠 수밖에 없었다. 한편 놀라고 한편 노여워, 그는 맹렬한 기세로 그것들을 걸치고 발길 닿는 대로 무작정 걸었다.

경기장 계단과 모래밭에 남아 있던 사람들이 일제히 그에게 야유를 퍼부었다. 심지어 그를 에워싸고 그를 정면에서 모욕하기도 하였다. 일찍이 어떤 남자도 그토록 모욕적인 굴욕을 감수해 보지 않았을 것이다. 그의 참을성이 한계에 달하였다. 그는 군도를 꼬나잡고, 감히 자기를 모욕하는 군중을 쫓아버렸다. 하지만 장차 어찌해야 좋을지 막막하기만 하였다. 왕비도 만날 수 없고, 그녀가 보내준 백색 갑주를 공공연히 요구할 수도 없었다. 그녀를 곤경에 빠뜨릴 위험이 뒤따를 수 있기 때문이었다. 그렇게, 그녀가 깊은 슬픔에 잠겨 있는 동안, 그는 맹렬한 노기와 불안감에 휩싸여 있었다. 그리고, 자기의 별이 자기를 속수무책인 상태로 불행 속으로 처박는다는 생각에 사로잡힌 채, 유프라테스 강변을 오락가락하였다. 또한 그러면서, 애꾸눈이들을 증오하던 여인의 일부터 갑주 사건에 이르기까지, 자기에게 닥쳤던 액운들을 하나하나 뇌리에 다시 떠올려보았다. 그러면서 홀로 탄식하였다. "너무 늦게 일어난 죄로 내가 이 지경에 놓였구나! 조금만 덜 잤어도 바빌론의 왕이 되고, 아스타르테도 얻을 수 있으련만! 학문과, 올바른 처신과, 용기가, 나에게 오직 불운만 가져다주는구나." 드디어 그의 입에서 섭리[63]에 대한 불평이 터져 나왔고, 이 세상의 모든 것이, 선한 사람들을 박해하고 초록색 기사와 같은 자들을 융성케 하는, 잔인한 운명에 의해 지배된다고 믿고 싶은 충동을 느꼈다. 또한 그의 괴로움들 중 하나는, 자기에게 그토록 많은 야유가 쏟아지게 한 초록색 갑주를 걸치고 다니는 일이었다. 마침 상인 하나가 근처를 지나갔다. 그는 초록색 갑주를 헐값에 판 다음, 상인으로부터 승복 한 벌과 긴 모자 하나를 샀다. 그것들로 다시 몸을 감싼 다음, 절망감에 휩싸여, 그리고 끊임없이 자기를 박해하는 절대자를 은밀히 원망하며, 유프라테스 강변을 따라 무작정 걸었다.

은자

그렇게 걷던 중, 희고 엄숙한 수염이 허리띠까지 늘어진 어느 은자(隱者)와 마주쳤다. 은자는 손에 책 한 권을 들고 그것을 열심히 읽고 있었다. 쟈디그는 걸음을 멈추고 깊숙이 머리를 숙여 예를 표하였다. 은자가 그의 인사에 답례하는데, 그 기색이 어찌나 고아하고 부드러운지, 쟈디그는 그와 이야기를 나눠보고 싶은 호기심을 느꼈다. 그가 노인에게, 무슨 책을 읽느냐고 물었다. "운명에 관한 책이라오. 조금 읽어보시겠소?" 은자가 책을 쟈디그의 손에 쥐여 주며 말하였다. 그러나 여러 나라 말에 능통한 쟈디그이건만, 그 책만은 단 한 자도 해득할 수 없었다. 그리하여 그의 호기심이 더욱 커졌다.

"보아하니 슬픔이 깊은 것 같소." 인자한 노인이 말하였다.

"아! 그럴 만한 곡절이 너무나 많습니다!" 쟈디그의 대답이었다.

"내가 당신과 동행하는 것을 허락하신다면, 아마 내가 당신에게 유익할 수도 있을 것이오. 내가 가끔은 불행한 사람들의 영혼 속에 위안을 불어넣기도 했다오."

쟈디그는 노인의 기색과 수염, 그리고 책에 대하여, 자신의 내부에서 존경심이 일어나는 것을 느꼈다. 은자와의 대화 중, 그에게서 탁월한 지혜를 발견하기도 하였다. 은자가 운명과 정의, 윤리, 지고한 선(善), 인간의 나약함, 미덕 및 악덕 등에 대해서 이야기하는데, 그 유창함이 어찌나 발랄하고 감동적인지, 쟈디그는 항거할 수 없는 매력에 의해 그에게로 이끌려 감을 느꼈다. 은자가 쟈디그에게 간곡히 청하기를, 바빌론으로 돌아갈 때까지는 자기 곁을 떠나지 말라고 하였다. "내가 자청하여 당신에게 이러한 자비를 구하는 것이오. 지금부터 며칠 동안, 내가 무슨 짓을 하든, 나와 헤어지지 않겠노라 오로스마드의 이름으로 맹세해 주시오." 노인의 그 말에 따라 쟈디그가 맹세하였고, 그들은 함께 길을 떠났다.

두 나그네는 저녁나절, 어느 화려한 성에 도착하였다. 은자는 자신과 자기를 수행하는 젊은이를 유숙시켜 달라고 청하였다. 지체 높은 나리로 여길 만한 문지기가, 친절하되 거만한 태도로 그들을 안내하였다. 그들은 시종장에게 소개되었고, 시종장이 성주의 화려한 저택을 그들에게 보여 주었다. 두 나그네가 성주의 식탁 말석에 앉게 되었으나, 성주는 그들을 아예 거들떠보지도 않았다. 하지만 그들 역시 다른 사람들처럼, 정중하고 풍성한 대접을 받았다. 그런 다음, 에메랄드와 루비 등으로 장식한 황금 대야에 몸을 씻게 하였다. 그리고 아름다운 침소로 안내하였다. 다음 날 아침, 시종 하나가 그들 각각에게 금화 한 닢씩을 준 다음, 성을 떠나라고 하였다.

"이 댁 주인이, 조금 거만하긴 해도, 관후한 사람 같습니다. 사람을 대접함이 귀족답습니다." 길을 가며 쟈디그가 말하였다. 그런데 그 말을 하며 쟈디그가 보자니, 은자가 들고 있는 커다란 주머니가 불룩했다. 주머니 속에는 보석으로 장식한 황금 대야가 들어 있었다. 은자가 훔친 것이었다. 쟈디그는 감히 아무 말도 하지 못하였다. 다만 기이한 놀라움에 사로잡힐 뿐이었다.

정오 무렵, 은자는 어느 인색한 부자가 사는 작은 집의 대문을 두드렸다. 그러면서 그 집에서 몇 시간 동안만 쉬어 가겠다고 하였다. 옷차림 누추한 늙은 머슴 하나가 퉁명스러운 어조로 그를 맞았고, 그와 쟈디그를 외양간으로 안내하였다. 그러더니 썩은 올리브 몇 알과 거친 빵, 변질된 맥주를 그들에게 가져다주었다. 은자는 전날 저녁에 못지않게 만족스러운 기색으로 먹고 마시었다. 그런 다음, 혹시 무엇을 훔쳐 가지 않을까 하여 두 나그네를 감시하며, 그들에게 어서 떠나라고 재촉하던 늙은 머슴에게, 아침에 얻은 금화 두 닢을 주며 그의 대접에 사례하였다. 그리고 덧붙여 말하였다. "간곡히 청하건대, 주인을 뵙게 해주시오." 놀란 머슴이 두 나그네를 주인에게 안내하였다. 은자가 주인을 향해 말하였다. "후덕하신 나리, 공께서 저희들을 대접하심에 고결함을 보이셨는데, 저의 답례가 지극히 초라합니다. 고마운 마음을 표하고자, 보잘것없으나 이 황금 대야를 드리오니, 뿌리치지 마옵소서." 인색한 부자는 놀라서 자빠질 지경이었다. 은자는 부자가 정신을 수습할 틈도 주지 않고, 자기의 젊은 길동무와 함께 서둘러 그 집을 나섰다.

"어르신, 이 모든 것이 도대체 무슨 뜻입니까?" 쟈디그가 은자에게 물었다. "어르신께서는 다른 사람들과 전혀 다르신 것 같습니다. 어르신을 후하게 대접한 나리에게서는 보석으로 장식한 황금 대야를 훔치시더니, 어르신을 무례하게 대접한 노랑이에게 그 대야를 주셨습니다."

"젊은이, 허영심 때문에, 그리고 자기의 부유함을 자랑하기 위하여 나그네들을 대접하는, 그 후한 사람은, 이번 일을 겪은 후 더 현명해질 것이오. 반면 그 인색한 사람은, 다른 이들을 더 융숭하게 대접하게 될 것이오. 무슨 일을 보든 놀라지 말고 나를 계속 따라오시오."

쟈디그는 자기가 인간들 중 가장 미친 자와 어울린 것인지, 혹은 가장 현명한 사람과 어울린 것인지 종잡을 수가 없었다. 하지만 은자의 언사에 그를 압도하는 힘이 있을 뿐만 아니라, 자신이 그에게 한 맹세 때문에, 쟈디그는 그를 계속 따라가지 않을 수 없었다.

저녁나절, 그들은 쾌적하게 지은 어느 집 앞에 당도하였다. 하지만 그 집은 조촐하였고, 윤택함도 인색함도 풍기지 않았다. 그 집의 주인은, 세속을 떠나 지혜와 미덕을 평화롭게 가꾸며 살아가지만, 조금도 무료함을 느끼지 않는 학자였다. 그는 즐거운 마음으로 그 집을 지었고, 허세라고는 전혀 없는 고아한 심성으로 방문객들을 맞곤 하였다. 그가 손수 두 나그네를 맞아, 우선 그들을 편안한 거처로 안내하여 쉬게 하였다. 잠시 후 그가 몸소 두 사람을 찾아와, 식사를 하자고 하였다. 정갈하고 품위를 갖춘 식사였다. 식사를 하면서 그는, 최근 바빌론에서 일어난 여러 사태에 대하여 조심스럽게 이야기하였다. 그는 진실로 왕비를 애호하는 것 같았다. 그리고 또한, 옥좌를 놓고 다투던 그 격투장에 쟈디그가 나타났더라면 좋았을 것이라고 하였다. 그러면서도 한마디 덧붙였다. "하지만 바빌론 사람들에게는 쟈디그 같은 분을 왕으로 모실 만한 자격이 없습니다." 쟈디그는 얼굴을 붉혔고, 동시에 슬픔이 더욱 커짐을 느꼈다. 그들은 대화를 하는 동안, 세상사가 항상 가장 현명한 사람들의 뜻대로만 이루어지는 것이 아니라는 데에 의견을 같이하였다. 한편 은자는, 사람이 절대자께서 마련하신 길을 도저히 알 수 없으며, 지극히 작은 한 부분만을 보고 전체를 판단하는 것은 잘못이라고, 시종 주장하였다.

정염에 관한 이야기도 나누었다.

"아! 정말 치명적인 것입니다!" 쟈디그가 말하였다.

"선박의 돛을 부풀리는 바람과 같은 것이지요." 은자의 대답이었다. "바람이 가끔 선박을 침몰시키기는 하지만, 그것이 없이는 선박이 항해를 할 수 없지요. 담즙이 분노와 병을 일으키지만, 그것 없이는 사람이 목숨을 부지할 수 없어요. 이 땅

위에 있는 모든 것이 위험하지만, 또한 모든 것이 우리에게는 필요하지요."

쾌락에 관해서도 이야기를 나누었는데, 은자는 그것이 신의 선물이라고 하였다. "왜냐하면, 인간은 감각들과 사념들을 스스로 만들지 못하고, 그 모든 것들을 받을 뿐이기 때문이오. 인간이 느끼는 고통과 쾌락 역시, 그의 존재처럼, 외부로부터 그에게로 오는 것이오."

쟈디그는, 그토록 어처구니없는 짓을 저지른 사람이 어떻게 그러한 이치를 펼칠 수 있는지, 탄복하지 않을 수 없었다. 즐거운 것 못지않게 유익한 대화를 나눈 후, 주인은 두 나그네를 그들의 침소까지 안내해 주었다. 그러면서, 그토록 지혜롭고 덕망 높은 분들을 자기에게 보내주신 하늘을 기렸다. 그리고 자연스러우면서도 고아한 태도로, 두 나그네에게 노잣돈을 주는데, 그 태도가 조금도 불쾌감을 일으키지 않았다. 은자가 돈을 사양하며, 다음 날 동이 트기 전에 바빌론으로 떠나야 하기 때문에, 미리 하직을 고하겠노라 하였다. 그들의 작별 인사는 은은한 정으로 넘쳤다. 쟈디그는 그 친절한 사람으로 향한 존경심과 애정으로 가슴이 뿌듯하였다.

은자와 쟈디그는, 거처에 자기들만 남자, 오랫동안 주인을 칭찬하였다. 동이 틀 무렵, 노인이 자기의 길동무를 깨우며 말하였다. "지금 떠나야 하오. 그러나 모든 사람들이 아직 자고 있는 동안에, 나의 존경과 애정의 징표를 저 사람에게 남겨야겠소." 그렇게 말하며 노인은, 촛불 하나를 집어 들더니, 그것으로 집에다 불을 놓았다. 쟈디그는 공포에 사로잡혀 비명을 지르며, 그 끔찍한 짓을 저지하려 하였다. 은자가 항거할 수 없는 힘으로 그를 이끌고 그 집을 떠났다. 집은 순식간에 화염에 휩싸였다. 여행 동무를 이끌고 상당히 멀찌감치 간 은자가, 집이 타는 것을 태연하게 바라보며 중얼거렸다. "다행이로다! 나를 유숙시켜 주신 인정 많으신 주인의 집이 깡그리 파괴되는구나! 복 받으신 분이로다!" 그 말을 듣고 쟈디그는, 웃음을 터뜨리고 싶기도 하고, 그 존귀한 노인에게 욕설을 퍼붓고 싶기도 하고, 그에게 매질을 가하고 싶기도 하고, 혹은 그로부터 멀리 도망치고 싶기도 하였다. 하지만 결국 아무 단안도 내리지 못한 채, 여전히 은자의 강력한 영향력에 이끌려 다니며, 자신의 뜻과는 상관없이 마지막 유숙처에 도착하였다.

그들이 도착한 곳은 자비롭고 미덕을 갖춘 어느 미망인의 집이었는데, 그녀는 나이 열넷이며 귀여운 조카와 함께 살고 있었으며, 그 조카가 그녀의 유일한 희망이었다. 그녀는 나그네들을 지성껏 대접하였다. 다음 날 그녀는, 얼마 전에 끊어져 건너기가 위험해진 다리까지, 두 나그네를 모셔다 드리라고 조카에게 분부하였다. 소년은 서둘러 두 나그네를 앞장서서 안내하였다. 그들이 다리 위에 도달하였을 때, 은자가 소년을 곁으로 불렀다. "이리 오너라. 내가 너의 숙모님께 고마움을 표해야겠구나." 소년이 다가가자, 은자는 소년의 머리채를 움켜잡더니, 그를 강물 속으로 던져버렸다. 떨어진 소년이 잠시 수면 위로 떠오르더니, 이내 급류 속으로 처박혔다. 쟈디그가 고함을 쳤다.

"오! 괴물! 인간들 중 가장 간악한 범죄자!"

"당신은 나에게 더 큰 인내를 약속하였소." 은자가 쟈디그의 말을 끊었다. "절대자께서 불을 놓으신 그 집의 폐허에서, 집주인이 엄청난 보물을 발견하였다는 사실을 알아두시오. 또한 절대자께서 그 목을 비틀어버린 저 아이가, 한 해 후에는 자기의 숙모를, 그리고 두 해 후에는 당신을 살해할 것이라는 사실도 알아두시오."

"누가 당신에게 그런 사실을 말해 주었소, 야만스러운 이여? 또한 당신의 그 운명의 책에서 그러한 일들을 읽었다 해도, 당신에게 아무 해도 끼치지 않은 아이를, 물속에 처박아 죽이는 일이 당신에게 허용되었다는 말씀이오?"

바빌론의 청년이 그렇게 말하며 보자니, 노인의 수염이 사라지고, 얼굴은 젊은이의 용모로 변하는 것이었다. 또한 은자의 복장이 사라지더니, 아름다운 날개 넷이 그의 장엄하고 빛나는 몸을 빛으로 감싸고 있었다.

"오! 하늘이 보내신 이여! 오! 천사여! 이 미약한 인간에게 영원한 질서에 순응하는 것을 가르치시려고, 창천으로부터 내려오셨나이까?" 쟈디그가 땅바닥에 엎드리며 외쳤다.

"인간들은 아무것도 모르면서 판단하느니라. 모든 인간들 중 오직 그대만이 깨우침을 받을 자격이 있었느니라." 천사 제라드⁽⁶⁴⁾가 말하였다.

쟈디그가 그에게, 한 말씀 아뢰어도 좋으냐고 허락을 청한 다음 물었다.

"저는 저 자신의 능력을 믿지 못하옵니다. 하지만 감히 청하옵거니와, 한 가지 의문점을 밝혀 주옵소서. 저 아이를 물속에 처박아 죽이느니, 바르게 훈육하여 덕성 있는 사람으로 만드는 것이 낫지 않으리까?"

"그가 만약 덕성을 갖추었고 또 이번 죽음을 피하였다면, 그가 장차 아내로 맞을 여인과 그 사이에서 태어날 아들 그리고 그 자신, 세 사람이 모두 살해될 운명이었느니라."

"아니! 그렇다면 범죄와 불행이 존재하는 것과, 불행이 선한 사람들의 머리 위로 떨어지는 것이, 모두 불가피한 일이옵니까?"

"못된 자들은 항상 불행할 수밖에 없느니라. 그들은 이 지상에 있는 얼마 아니 되는 의인들에게 시련을 겪게 하는 일에 사용되느니라. 또한 하나의 선이나마 태어나게 하지 않는 악은 없느니라."

"하지만, 오직 선만 존재하고 악이 없다면 어떻겠나이까?"

"그러면 이 땅이 전혀 다른 땅으로 변할 것이니라. 뭇 일들의 필연적 연계가, 지혜로움으로 이루어진 다른 질서를 보일 것이니라. 그런데, 완벽할 수밖에 없는 그 다른 질서는, 악이 범접할 수 없는 절대자의 영원한 거처 이외에는 있을 수 없느니라. 절대자께서는 수백만의 세계를 창조하셨으되, 그것들 중 서로 닮은 것은 하나도 없느니라. 그 무한한 다양성이 그분의 무한한 권능을 드러내는 특징들 중 하나이니라. 이 지상에 있는 나뭇잎들 중, 그리고 하늘의 광대무변한 벌판에 널려 있는 천체들 중, 자기들끼리 서로 닮은 것은 하나도 없느니라. 또한, 그대가 태어난 이 작은 원자[65] 위에 있는 모든 것들은, 전체[66]를 포용하는 이의 변함없는 질서에 따라, 이미 정해진 자리와 시각에 처해야 하느니라. 사람들은 조금 전에 죽은 아이가 우연히 물에 빠졌다고 생각하느니라. 또한 집이 불에 탄 것도 우연히 생긴 일이라고 믿느니라. 그러나 우연이라는 것은 없느니라. 모든 것이 시련이거나 벌이거나 보상이거나 경고이니라. 모든 사람들 중 자기가 가장 불행한 사람이라고 믿던 그 어부를 상기해 보라. 오로스마드께서 그대를 보내시어 그의 운명을 바꾸어놓으셨느니라. 미약한 필멸의 존재여, 마땅히 숭배해야 할 것에 맞서 다투는 짓을 멈추라."

"하지만……." 쟈디그가 다시 말을 하려 하였다. 그러나 '하지만'이라는 말이 그의 입에서 나오는 순간, 천사는 이미 하늘의 열 번째 영역을 향해 날아가고 있었다. 쟈디그는 무릎을 꿇고 앉아 절대자를 찬송하며 자신을 그 앞에 복속시켰다. 허공 저 높은 곳에서 천사가 그에게 소리쳤다. "바빌론으로 떠나거라!"

수수께끼

쟈디그는, 곁에 벼락이 떨어져 넋을 잃은 사람처럼, 무턱대고 걸었다. 그가 바빌론으로 들어선 것은, 격투장에서 무예를 겨루던 사람들이, 수수께끼를 풀고 또 우두머리 점성술사의 질문에 답하기 위하여, 벌써부터 궁전의 커다란 대기실에 집결해 있던 날이었다. 초록색 갑주를 입은 기사를 제외하고는, 모든 기사들이 도착해 있었다. 쟈디그가 시가지에 나타나자 백성들이 그의 주위에 몰려들었다. 눈들은 그를 바라보는 데 지칠 줄 몰랐고, 입들은 그를 칭송하는 데 지칠 줄 몰랐으며, 가슴들은 제국이 그의 것이 되기를 비는 데 지칠 줄을 몰랐다. 시샘꾼은 그가 지나가는 것을 보자 몸서리를 치며 외면하였다. 백성들이 그를 옹위하여 기사들이 모여 있는 곳으로 갔다. 그의 도착 소식을 들은 왕비는 근심과 희망이 교차하는 심한 동요에 휩쓸려 있었다. 특히 불안감이 그녀를 집어삼키고 있었다. 그녀는 쟈디그가 왜 무장을 하지 않았는지, 그리고 어떻게 이토바드가 백색 갑주를 입게 되었는지, 도무지 영문을 알 수가 없었다. 쟈디그가 나타나자 웅성거리는 소리가 들리기 시작하였다. 그를 보자 많은 사람들이 놀라며 기뻐하였다. 그러나 무예를 겨루었던 기사들에게만 입장이 허락되었다.

"저 또한 다른 이들처럼 싸웠습니다. 그러나 다른 사람이 지금 저의 갑주를 입고 있습니다. 따라서, 그 사실을 입증하는 명예를 얻을 순간을 기다리며, 우선 저에게도 수수께끼를 풀 자격을 허락하십사 청하는 바입니다." 쟈디그의 그 요청이 투표에 부쳐졌다. 하지만 정직하다는 그의 명성이, 사람들의 머리에 아직도 어찌나 선명하게 각인되어 있었던지, 그들은 그의 요청을 수락하는 데 조금도 주저하지 않았다.

우두머리 점성술사가 우선 다음과 같은 질문을 던졌다. "이 세상의 모든 것들 중, 가장 길되 동시에 가장 짧고, 가장 빠르되 가장 느리며, 가장 분할하기 쉽되 가장 길게 뻗어 있고, 가장 등한시하되 가장 아까워하며, 그것이 없으면 아무것도 이루어지지 않고, 작은 것은 무엇이든 삼켜버리되 큰 것은 무엇이든 생생하게 만드는 것, 그것이 무엇인가?"

이토바르드가 대답할 차례가 되었다. 그는, '자기와 같은 사람'은 수수께끼 따위에 대해서는 아는 것이 없으며, 창을 힘차게 휘둘러 적을 제압하면 충분하다고 대답하였다. 어떤 이들은 그것이 운수라 하는가 하면, 어떤 이들은 땅, 그리고 또 다른 이들은 빛이라고 하였다. 쟈디그는 그것이 시간이라고 하였다. 그리고 덧붙여 설명하였다. "시간이 영겁을 재는 척도이니 그것보다 더 긴 것이 없고, 우리가 세우는 모든 계획에는 시간이 부족하니 그것보다 짧은 것이 없습니다. 기다리는 사람에게는 시간처럼 느린 것이 없고, 즐기는 사람에게는 시간처럼 빠른 것이 없습니다. 시간은 무한히 크게 뻗어가지만, 무한히 작게 분할되기도 합니다. 모든 사람들이 시간을 등한시하지만, 잃어버린 시간은 아까워합니다. 시간이 없이는 아무것도 이루어지지 않습니다. 후세에 알려질 가치가 없는 하찮은 것들을 시간은 망각 속에 던져버리되, 위대한 것들은 불후하게 만듭니다." 사람들은 쟈디그의 말이 옳다고 하였다.

그다음에는 이러한 질문을 던졌다. "우리가 감사한다는 인사도 하지 않고 받으며, 방법도 모르는 채 그것을 즐기고, 그것이 어느 상태인지조차 모르면서 다른 이에게 주는, 그리고 자신도 모르게 잃는 것, 그것이 무엇입니까?"

각자 나름의 견해를 피력하였다. 그러나, 그것이 생명이라는 정답을 맞힌 사람은 쟈디그뿐이었다. 그는 다른 모든 문제도 못지않게 쉽사리 설명하였다. 이토바드는 번번이 말하기를, 그보다 쉬운 문제가 없다며, 자기가 문제를 풀 생각만 하였다면 쟈디그처럼 쉽사리 풀 수 있었다고 하였다. 정의와, 지고의 선, 통치술 등에 관한 질문도 있었다. 쟈디그의 대답이 가장 명료하고 정확한 것으로 판정되었다. 하지만 심판관들은 아쉬움을 감추지 못하였다.

"저토록 탁월한 기지를 가진 사람이 그토록 형편없는 기사라니, 참으로 애석한 일이로다."

"고명하신 분들이시여, 무예 경기장에서는 제가 승리의 영광을 쟁취하였습니다." 쟈디그가 이렇게 말하며 나섰다. "백색 갑주는 원래 저의 것입니다. 제가 잠든 틈을 타서 이토바드 공이 그것을 몰래 수중에 넣으셨을 뿐입니다. 아마 그것이 초록색 갑주보다 자신에게 더 잘 어울린다고 생각하신 모양입니다. 저는 제공께서 보시는 이 자리에서, 지금 입고 있는 승복 차림과 검 한 자루만으로, 그가 저에게서 약취한 저 아름다운 백색 갑주를 상대하여, 용맹하신 오탐 공을 이긴 명예가 저에게 있음을 그에게 입증해 보일 준비가 되어 있습니다."

이토바드는 그러한 도전을 자신만만하게 수락하였다. 자신은 투구를 쓰고 갑옷을 입은 데다 팔목까지 온통 감싼지라, 나이트캡에 실내 가운만 걸친 상대 하나쯤은 쉽게 제압할 수 있으리라 확신하였던 것이다. 쟈디그가, 기쁨과 두려움에 휩싸여 자신을 바라보고 있던 왕비에게 예를 표하며, 검을 뽑았다. 이토바드는 아무에게도 예를 표하지 않고 검을 뽑았다. 그리고, 아무것도 두려울 것이 없다는 기세로, 쟈디그에게 덤벼들었다. 쟈디그의 머리를 반으로 쪼갤 기세였다. 쟈디그는, 흔히들 말하는 검의 강한 부분으로 상대방 검의 약한 부분을 막았고, 그리하여 이토바드의 검이 부러졌다. 그러자 쟈디그는 상대방의 몸통을 휘어잡아 그를 땅바닥에 쓰러트렸다. 그런 다음, 검의 날카로운 끝으로 갑옷의 틈을 겨누며 그에게 말하였다. "공의 무장해제를 순순히 받아들이시오. 그러지 않으면 내가 공을 죽이겠소." 이토바드는 이번에도 '자기와 같은 사람'에게 닥친 액운에 놀라며, 쟈디그가 하는 대로 내버려 두었다. 쟈디그는 화려한 투구와 든든한 갑옷, 아름다운 팔목받이, 번쩍이는 허벅지 덮개 등을 태연히 벗겨 자신이 착용한 다음, 아스타르테에게로 달려가 그 앞에 무릎을 꿇었다. 한편 카도르는 갑주가 쟈디그의 것임을 수월하게 입증하였다. 쟈디그는 모든 사람들의 동의하에 왕으로 추대되었다. 특히 아스타르테의 동의를 얻었으며, 그녀는 그 무수한 시련 끝에, 자기의 연인이 온 세상 사람들 앞에서 당당한 자기의 부군이 되는 모습을 바라보는, 달콤한 기쁨을 맛보았다. 이토바드는 자기의 저택으로 돌아가 나리 칭호 듣는 것으로 만족하였다. 쟈디그는 옥좌에 올랐고, 또한 행복하였다. 그는 천사 제라드가 한 말을 뇌리에 간직하고 있었다. 금강석으로 변한 모래알 이야기도 뇌리에 떠올렸다. 왕비와 그는 함께 절대자를 찬송하였다. 쟈디그는 아름다운 변덕쟁이 미쑤프를 풀어주어, 마음대로 이 세상을 쏘다니게 하였다. 또한 사람을 보내어 도적 아르보가드를 부른 다음, 그에게 군대의 상당한 요직을 주면서, 그가 진정한 전사로 처신할 경우 최고의 지위까지 승진시킬 것으로 되, 도적질을 계속하면 목을 매달겠노라고 언약하였다.

아라비아의 후미진 두메에 있던 세톡도, 아름다운 알모나와 함께 불러, 바빌론의 교역을 총괄케 하였다. 카도르는 그의 공헌에 걸맞는 자리를 주어 지극히 아끼었다. 그는 군주의 벗이 되었고, 당시 벗을 둔 군주는 지상에 쟈디그 하나뿐이었다. 난쟁이 벙어리도 잊지 않았다. 어부에게는 아름다운 집 한 채를 주었다. 오르칸에게는, 거금을 어부에게 지불하고 어부의 처를 돌려주라는 판결이 내려졌다. 그러나 현명해진 어부는 돈만을 받았다.

  아름다운 세미르는, 쟈디그가 애꾸 신세를 면치 못하리라고 믿은 것을 후회하였고, 아조라 또한 그의 코를 자르려 했던 것을 원통해하였다. 쟈디그는 그녀들에게 선물을 보내어 그녀들의 괴로움을 어루만져 주었다. 시샘꾼은 미칠 듯한 노기와 수치심을 이기지 못하여 죽었다. 제국은 평화와 영광과 풍요를 누리었다. 그때가 이 지상에서 가장 아름다운 세기였으니, 정의와 사랑으로 다스렸기 때문이다. 사람들은 쟈디그를 찬양하였고, 쟈디그는 하늘을 찬양하였다.

깡디드 또는 낙천주의[1]

Candide ou l'Optimisme

1장

멋진 성에서 자란 깡디드, 추방

　베스트팔렌 지방에 있는 툰더-텐-트롱크 남작 나리의 성에, 자연으로부터 가장 유순한 성품을 받고 태어난 소년이 있었다. 그의 용모에 그의 영혼이 그대로 드러나 있었다. 그의 두뇌 비할 데 없이 단순하였으되 판단력은 상당히 올곧았다. 사람들이 그를 깡디드[2]라 부른 것도 그러한 이유 때문인 듯하다. 그 성에서 오래전부터 기거하던 하인들은 그 소년이 남작님의 누이와 인근에 살던 어느 착하고 정직한 귀족 사이에서 태어났을 것이라 짐작하고 있었다. 하지만 남작의 누이는 그 귀족과 혼인하기를 끝내 거절하였던바, 청년의 귀족 혈통이 칠십일 대(代) 선조까지만 확인되었고, 족보의 나머지 부분은 세월의 횡포 속에서 인멸되었기 때문이라고 하였다.

　남작은 베스트팔렌 지방에서 가장 세력 큰 나리들 중 하나였던바, 그의 성이 출입문 하나와 창문 여럿을 갖추고 있었기 때문이다. 성의 접견실까지도 융단으로 치장되어 있었다. 가끔 사육장에 있는 모든 개들이, 필요할 경우에는 사냥에 동원되었다. 그의 마부들이 곧 그의 조마사(調馬師)들이었고, 마을의 보좌신부가 그 성의 부속사제였다. 모두 그 보좌신부를 예하(猊下)라 불렀고, 그가 옛날이야기를 할 때마다 모두들 웃었다.[3]

체중이 약 350리브르[4]였던 남작의 부인은 그 체중 덕분에 매우 깊은 존경의 대상이 되었고, 그녀를 더욱 존경스럽게 보이게 하던 위엄으로 그 성에 큰 영예를 안겨 주었다. 그녀의 딸 뀌네공드는 나이 열일곱에, 혈색이 좋은 데다 싱싱하고 통통하며 먹음직스러웠다. 남작의 아들은 모든 면에서 아버지에 비해 손색이 없었다. 가정교사 판글로스[5]는 곧 집안의 신탁(信託)[6]이었다. 그리하여 어린 깡디드는 그 나이와 성품에 어울리게 그의 가르침들을 고지식하게 믿었다.

판글로스는 형이상학-신학-우주론-바보학[7]이라는 것을 가르쳤다. 그는, 원인 없는 결과는 없으며, 존재 가능한 세계들 중에서도 가장 훌륭한 이 세계에서 남작 각하의 성이 모든 성들 중 가장 아름답고, 부인께서는 존재할 수 있는 모든 남작부인들 중 가장 훌륭한 분이라는 사실 등을 멋지게 증명해 보이곤 하였다. 그가 자주 말하였다.

"범사가 달리 존재할 수 없다는 것이 입증되었어요. 왜냐하면, 모든 것이 하나의 목적을 위해 만들어진지라, 모든 것은 필연적으로 최선의 목적을 위해 만들어졌기 때문이에요. 코들이 안경을 지탱하기 위하여 만들어졌다는 사실에 주목하세요. 그리하여 우리에게는 안경이 있는 것입니다. 사람의 두 다리는 분명 바지를 입도록 제정되었고, 그래서 우리에게는 바지가 있습니다. 돌들은 큰 조각으로 잘려 성들을 짓는 데 사용되기 위하여 형성되었고, 따라서 각하께서는 아름다운 성 하나를 가지고 계십니다. 이 지방에서 가장 위대하신 남작께서는 가장 훌륭한 거처에 사셔야 합니다. 또한 돼지들은 먹히도록 만들어졌기 때문에, 우리들이 사철 돼지고기를 먹습니다. 따라서 모든 것이 선이라고 주장한 사람들은 멍청한 소리를 지껄인 것입니다. 당연히 최선이라고 해야 했습니다."

깡디드는 주의 깊게 귀를 기울였고 천진스럽게 믿었다. 왜냐하면, 비록 그러한 생각을 당사자에게 감히 털어놓지는 못하였지만, 그는 뀌네공드 아씨가 극도로 아름답다고 생각하였기 때문이다. 그가 결론 내리기를, 툰더-텐-트롱크 남작으로 태어나는 행운 다음의 이 등급 행운은 뀌네공드 아씨로 태어난 행운이고, 삼 등급 행운은 그녀를 날마다 보는 것이며, 사 등급 행운은 그 지방에서 가장 위대한, 따라서 지구상에서 가장 위대한, 철학자 판글로스 사부의 가르침을 듣는 것이라고 하였다.

어느 날 뀌네공드는 성 근처에 있는 흔히들 '파르크'[8]라고 하는 작은 숲에서 산책을 하던 중, 덤불 속에서 판글로스 박사가, 모친의 침실 하녀인 귀엽고 매우 고분고분한 작은 여자아이에게 실험물리학을 가르치는 광경을 목격하였다. 퀴네공드 아씨의 과학적 소질이 매우 컸던지라, 그녀는 목전에서 반복되는 실험을 숨소리 하나 내지 않고 관찰하였다. 그녀는 박사의 충족이유(充足理由)[9]를, 결과와 원인을, 명료하게 깨달았다. 그리고 몹시 동요되고, 무엇에 골몰하여, 박식한 여인이 되고 싶은 열망에 사로잡힌 채, 자기가 젊은 깡디드의 충족이유가 되거나, 그가 자기의 충족이유가 능히 될 수 있으리라는 생각을 하며 돌아왔다.

그녀는 성으로 돌아오는 길에 깡디드와 마주쳤고, 그리하여 얼굴을 붉혔다. 깡디드 역시 얼굴을 붉혔다. 그녀가 더듬거리며 그에게 인사를 하였고, 깡디드는 자기가 무슨 말을 하는지도 모르면서 그녀에게 말을 건넸다. 다음 날, 점심 식사 후 식당에서 나오다가, 퀴네공드와 깡디드가 병풍 뒤에서 마주쳤다. 퀴네공드가 손수건을 바닥에 떨어뜨렸고, 깡디드가 그것을 주워서 그녀에게 건넸다. 그녀가 그의 손을 천진스럽게 잡았고, 젊은이가 아가씨의 손에 천진스럽게 입을 맞추었는데, 그 동작이 열렬하고 감동적이고 유난히 우아하였다. 두 사람의 입이 마주쳤고, 눈에서 불꽃이 일었고, 무릎이 덜덜 떨렸고, 손들이 어지럽게 방황하였다. 툰더-텐-트롱크 남작께서 병풍 근처를 지나시다가 그 원인과 결과를 보셨고, 깡디드의 꽁무니에 거센 발길질을 가하여 성에서 추방하였다. 퀴네공드가 기절하였다. 그녀가 다시 깨어나자, 남작 부인께서 그녀의 따귀를 호되게 때렸다. 그리하여, 이 세상에 존재할 수 있는 성들 중 가장 아름답고 쾌적한 성안에 있던 모든 것들이 침울함 속에 잠겼다.

2장

불가레스족[10] 병영에 간 깡디드

깡디드는 지상낙원에서 추방당한 후, 눈물을 흘리며, 하늘을 바라보며, 남작의 딸들 중 가장 아름다운 남작의 딸을 간직하고 있는 가장 아름다운 성 쪽으로 자주 고개를 돌리며, 어디로 가는지도 모르면서 오랫동안 걸었다. 그는 저녁도 거른 채, 들판에서 밭고랑 사이에 몸을 눕혀 잠을 청하였다. 함박눈이 쏟아졌다. 깡디드는 다음 날, 꽁꽁 언 몸으로 돈 한 푼 없이, 시장기와 나른함으로 죽을 지경이 되어 발트베르코프-트라르브크-디크도르프[11]라는, 근처의 도시로 무거운 발걸음을 옮겼다. 그가 구슬픈 심정으로 어느 선술집 출입문 앞에 멈추어 섰다. 하늘색 제복을 입은 남자 둘이 그를 보았고, 그들 중 하나가 동료에게 말하였다. "동무, 저기에 잘빠진 젊은이 하나가 있는데, 그의 체구가 딱 제격이오."

그들이 깡디드에게 다가와 함께 식사를 하자고 지극히 정중하게 청하였다. 깡디드가 매력적일 만큼 겸손하게 답변하였다.

"공들께서는 저에게 큰 영광을 베푸십니다만, 저에게는 저의 식사비를 지불할 돈이 없습니다."

"아! 공이시여." 하늘색 제복들 중 하나가 말하였다. "당신의 용모와 자질을 갖춘 분들께서는 절대 어떤 비용도 지불하실 필요 없습니다. 공의 신장이 오 삐에 오 뿌쓰 아닙니까?"

"예, 공들이시여, 그것이 저의 신장이올시다." 그가 읍하며 대답하였다.

"아! 공이시여, 어서 식탁에 앉으시오. 저희들이 공의 식사비를 부담함은 물론, 공과 같은 분께서 돈이 없어 시달리는 것을 그냥 보고만 있지는 않겠습니다. 인간이란 오직 서로 돕기 위해서 창조되었습니다."

"옳은 말씀입니다." 깡디드가 말하였다. "그것이 바로 판글로스 씨가 항상 저에게 하시던 말씀입니다. 또한 이제야 모든 것이 최선의 상태에 있음을 깨닫겠습니다."

그들이 몇 에뀌[12]를 받으라고 간곡히 권하는지라, 그가 돈을 받으며 차용증을 써주려 하였으나, 그들은 극구 사양하였다. 이윽고 식탁 앞에 앉았다. 그들 중 한 사람이 물었다.

"혹시 지극한 마음으로 사랑하지 않으십니까……?"

"오! 물론이죠, 저는 뀌네공드 아씨를 지극한 마음으로 사랑합니다."

"그런 뜻이 아니라, 저희들은 공께서 불가레스족의 왕을 지극한 마음으로 사랑하시는지 여쭙는 것입니다."

"천만에요." 그가 대답하였다. "저는 그 왕을 일찍이 뵌 적이 없습니다."

"아니, 이럴 수가! 그분은 왕들 중 가장 매력적인 분이십니다. 그분의 건강을 축원하는 술잔을 함께 듭시다."

"오! 기꺼이 그리하겠습니다." 깡디드가 그러면서 잔을 기울이자 그들 중 하나가 그에게 말하였다.

"그렇게 하신 것으로 충분합니다. 공께서는 이제 불가레스족의 버팀목이고 기둥이며 수호자일 뿐만 아니라 불가레스족의 영웅이십니다. 공의 입신출세는 이미 성취된 거나 다름없고, 영광도 보장되었습니다."

그러더니 즉시 그의 발에 고랑을 채운 다음 자기네들의 병영으로 끌고 간다. 그런 다음, 오른쪽으로 돌아서라고 하다가 왼쪽으로 돌아서라 하고, 막대기를 추켜올려라 하다가 다시 내리라 하더니, 그것으로 총을 겨누어 발사하는 흉내를 내라고 한 다음, 부지런히 걸으라고 한다.[13] 그런 다음 그에게 몽둥이질 서른 번을 한다. 다음 날에는 그의 훈련이 조금 덜 서툴러서 몽둥이질을 스무 번만 당하였다. 그리고 그다음 날에는 그에게 몽둥이질을 열 번만 하였고, 그리하여 동료들이 그를 비범한 사람이라 여겼다.

깡디드는 그저 어리둥절하여, 자기가 왜 영웅인지 까닭을 알 수가 없었다. 어느 아름다운 봄날, 그는 무작정 앞만 보고 걸으며 산책길에 나섰다. 자기의 두 다리를 자기의 즐거움을 위하여 사용하는 것이, 모든 동물들에게 부여된 것과 다름없는 인간의 특권이라고 믿었기 때문이다.[14] 그가 채 이십 리도 가지 못하였는데, 신장이 육 삐에나 되는 영웅들 넷이 그에게 달려들어 오랏줄로 묶더니, 그를 지하 감옥으로 끌고 간다. 재판정에 선 그에게, 연대의 병사 전원으로부터 몽둥이질 서른여섯 번씩을 당할지, 혹은 뇌수에 납덩이 열두 개를 한꺼번에 받을지, 어느 쪽을 택하겠느냐고 물었다. 인간의 의지는 본질적으로 자유로운 것이며, 따라서 그 둘 중 어느 것도 원치 않는다고 그가 항변하였으나 소용없었다. 그리하여 하나를 선택할 수밖에 없었다. 그는 흔히 '자유'라고들 칭하는 신의 선물에 입각하여, 연대 전원으로부터 몽둥이질 서른여섯 번씩을 당하는 쪽으로 결단을 내렸다. 연대원들의 몽둥이가 우선 두 번씩 그의 몸뚱이 위를 산책하였다. 연대의 병사 수는 이천이었다. 따라서 두 번의 산책은 곧 몽둥이질 사천 번이었고, 그 동안에 그의 목덜미에서 엉덩이에 이르기까지, 모든 근육과 힘줄이 갈가리 찢겨 드러났다. 세 번째 산책을 시작하려는 찰나에, 깡디드가 더 견디지 못하고, 자기의 머리통을 부수는 자비를 베풀어달라고 빌었다. 그러한 은혜가 그에게 베풀어졌다. 그의 눈을 띠로 동여 가리우고 무릎을 꿇리었다. 바로 그 순간, 불가레스족의 왕이 그곳을 지나다가, 그의 죄가 무엇이냐고 물었다. 그 왕은 위대한 천분을 타고난 사람이었던지라, 깡디드에 관한 이야기를 듣고 나더니, 그가 이 세상의 물정에 캄캄한 젊은 형이상학자임을 간파하였다. 그리하여 깡디드에게 관대한 사면을 내렸고, 왕의 그러한 관대함은 모든 신문들이 칭송할 뿐만 아니라, 여러 세기를 두고 칭송될 것이다. 마음씨 착한 어느 외과의사가, 디오스코리데스가 일찍이 처방했던 완화제로, 삼 주 동안 깡디드를 치유하였다. 그의 피부가 조금씩 형성되고 또 걸을 수도 있게 되었을 때, 불가레스족의 왕이 아바레스족[15]의 왕을 상대로 전투를 벌였다.

3장

깡디드의 탈출

그 두 군대처럼 아름답고 민첩하고 광휘롭고 정연한 것은 없었다. 나팔, 피리, 오보에, 북, 대포 등이 어찌나 멋진 화음(和音)을 이루던지, 일찍이 지옥에도 그러한 소리는 없었을 것이다. 대포들이 우선 쌍방의 군사 육천씩을 쓰러뜨렸다. 그다음에는 화승총들이 세상의 가장 멋진 부분으로부터, 그 표면을 오염시키고 있던 녀석들 구천 내지 일만을 들어냈다. 총검 역시 병사 몇천의 죽음을 야기한 충족이유였다. 희생자의 수가 도합 삼만여에 이르렀다. 철학자처럼 덜덜 떨기만 하던 깡디드는, 그 영웅적 도살이 진행되는 동안, 최선을 다하여 몸을 숨겼다.

드디어, 두 왕이 각자의 진영에서 감사 예배를 드리는 동안, 그는 다른 곳으로 가서 결과와 원인 들에 대하여 사유를 펼치기로 결심하였다. 그는 죽은 사람들과 죽어가는 사람들의 더미를 넘어 우선 근처에 있는 마을에 도달하였다. 마을은 잿더미가 되어 있었다. 그것은 공법(公法)의 여러 규칙에 의거해 불가레스족 병사들이 태운 아바레스족 마을이었다. 한편에서는 총검에 찔려 체처럼 구멍투성이가 된 노인들이, 피투성이 젖가슴에 매달린 아이들을 안은 채 목이 따여 죽어가는 아내들의 모습을 바라보고 있었으며, 다른 한편에서는, 몇몇 영웅들의 자연스러운 욕구를 충족시켜 준 후 복부가 갈라진 아가씨들이 마지막 숨을 내쉬고 있었다. 또 어떤 사람들은, 반쯤 불에 탄 채, 어서 자기들의 목숨을 끊어달라고 큰 소리로 애원하고 있었다. 잘린 팔들과 다리들 곁 땅바닥 위로 뇌수가 질펀하게 흩어져 있었다.

깡디드는 급히 그곳을 빠져나와 다른 마을로 들어갔다. 그 마을은 불가레스족의 마을이었는데, 아바레스족 영웅들 또한 같은 짓들을 저질렀다. 깡디드는 꿈틀거리는 팔과 다리 들을 넘어, 혹은 폐허를 헤치면서 계속 걸어, 드디어 전쟁터를 벗어났다. 그의 배낭에는 먹을 것이 조금 있었으며, 그동안 뀌네공드 아씨는 단 한순간도 잊지 않았다. 그가 홀랜드에 도착하였을 때, 그의 비축 식량이 바닥났다. 하지만, 그 나라 사람들이 모두 부유하며 또 예수교도들이라는 말을 들었던지라, 뀌네공드 아씨의 아름다운 눈 때문에 추방당하기 전에 남작님의 성에서 받던 것에 못지않은 대접을, 그곳에서도 받으리라는 점은 의심하지 않았다.

그는 근엄해 보이는 여러 사람에게 보시(布施)를 청하였다. 그들 모두 대답하기를, 그가 만약 계속 그러한 직업으로 살아가면, 그에게 어찌 살아야 하는지를 가르치기 위하여, 그를 감화원으로 보내겠다고 하였다.

그리하여 이번에는, 많은 청중 앞에서 한 시간 동안이나 적선에 관하여 홀로 떠들던 사람에게 호소하였다. 그 웅변가가 그를 흘겨보며 물었다.

"여기에는 무엇하러 오셨소? 이곳에 좋은 동기로 오셨소?"

"원인(동기) 없는 결과는 없습니다." 깡디드가 겸손하게 대답하였다. "모든 것은 필연적으로 얽혀 있으며 최선을 향해 준비되어 있습니다. 제가 뀌네공드 아씨 곁에서 쫓겨난 것이나, 몽둥이세례를 받은 것, 또 제 손으로 벌 수 있을 때까지는 빵을 구걸해야 하는 것 등은 필연이며, 그 모든 일이 달라질 수는 없었습니다."

"친구여." 연설자가 물었다. "교황이 메시아의 적이라는 사실을 믿으시오?"

"그러한 말은 아직 듣지 못하였습니다. 하지만 그가 메시아의 적이건 아니건, 저에게는 지금 빵이 없습니다."

"자네는 빵을 먹을 자격이 없네. 꺼져, 악당 녀석, 꺼져, 불쌍한 놈, 다시는 내 앞에 얼씬도 하지 마."

그 웅변가의 아내가 창문 밖으로 고개를 내밀고 있다가 그들의 대화를 들었고, 낯선 남자가, 교황이 메시아의 적인지 아닌지 모르겠다고 하는 말에, 그 남자의 머리 위로 ×××를 잔뜩 쏟아부었다. 오! 하늘이시여! 여인들의 극단적인 종교적 열성이여!

세례를 받지 않은, 쟈끄라고 하는 착한 재침례파 신자 한 사람이, 자기의 형제들 중 하나를, 털이 없고 발 둘 달린 그리고 영혼 하나를 가지고 있는 존재[16]를, 그토록 무자비하고 추잡스럽게 대하는 광경을 목격하였다. 그가 깡디드를 자기 집으로 데려가 몸을 깨끗이 씻긴 다음, 빵과 맥주를 대접하고, 이 플로린[17]을 선물하였다. 그리고 당시 홀랜드에서 생산되던 페르샤 피륙을 짜는 자기 공장에서 일을 배우도록 해주려 하였다. 깡디드가 그의 앞에 거의 엎드리다시피 하고 큰 소리로 말하였다. "이 세상의 모든 것은 최선의 상태에 있다고 하신 판글로스 선생님의 말씀이 옳았습니다. 제가, 검은 외투를 입은 그 신사와 그의 부인이 저에게 보여 주신 냉혹함보다는, 당신의 지극한 관대함에 비교할 수 없을 만큼 더 감동을 받았기 때문입니다."

다음 날, 산책을 나갔다가, 그는 온몸이 농포로 뒤덮이고, 눈에서 생기가 사라지고, 코끝이 부식되고, 입이 비뚤어지고, 치아가 까맣고, 목구멍으로 말을 하고, 격렬한 기침에 시달리며, 그때마다 이빨 하나씩을 뱉는 거지를 만났다.

4장

깡디드와 판글로스의 재회

 깡디드는 끔찍한 모습보다는 연민에 마음이 더 크게 흔들려, 정중한 재침례파 신자 쟈끄로부터 받은 이 플로린을 그 무시무시한 거지에게 주었다. 그 유령이 깡디드를 뚫어지게 바라보더니, 눈물을 흘리며 그의 목을 얼싸안았다. 깡디드가 두려움에 사로잡혀 흠칫 물러섰다. 그 비참한 거지가 역시 비참한 젊은이에게 말하였다.
 "당신의 친애하는 판글로스를 이제는 알아보지 못하시겠소?"
 "내가 지금 무슨 소리를 듣고 있는가? 당신이 저의 귀하신 사부님이라니! 당신이 이토록 끔찍한 형편에 계시다니! 도대체 어떤 불운을 겪으신 것입니까? 어찌하여 모든 성 중 가장 아름다운 그 성에 아니 계신 것입니까? 처녀들 중의 진주이며 자연의 걸작품인 뀌네공드 아씨께서는 어찌 되셨습니까?"

"더 이상 견디지 못하겠소……."

판글로스의 그 말에, 깡디드가 그를 부축하여 재침례파 신자의 집 마구간으로 데려간 다음, 빵을 조금 먹게 하였다. 판글로스가 기운을 좀 회복하자 깡디드가 물었다.

"그래 뀌네공드는요?"

"그녀는 죽었습니다."

그 말에 깡디드가 기절하였다. 판글로스가 마침 우연히 마구간에 있던 저질 식초를 조금 사용하여 그를 다시 깨어나게 하였다. 깡디드가 다시 눈을 뜨더니 절규하며 물었다.

"뀌네공드가 죽다니! 아! 최선의 세계여, 그대는 어디에 있는가? 하지만 그녀가 무슨 병으로 죽었습니까? 혹시 제가 꽁무니에 거센 발길질을 당한 후, 그 부친의 아름다운 성에서 추방당하는 것을 보고 충격을 받은 것입니까?"

"아닙니다. 그녀는 무방비 상태에서 한껏 겁탈을 당한 후, 불가레스족 군사들에 의해 배가 갈리었습니다. 그들은 그녀를 보호하려던 남작님의 머리를 부수었습니다. 남작 부인께서는 몸이 점점이 잘리셨습니다. 제가 가르치던 도련님 역시 그분의 누이와 똑같은 대접을 받았습니다. 한편, 성은 돌 하나 제자리에 남아 있지 않습니다. 헛간은 물론, 양 한 마리, 오리 한 마리, 나무 한 그루 남아 있지 않습니다. 하지만 우리들을 위하여 복수가 이루어졌습니다. 불가레스족 어느 나리 소유인 인근 남작령에서, 아바레스족 군사들이 우리가 당한 것에 못지않게 갚아주었습니다."

그 말을 듣던 깡디드가 다시 기절하였다. 그러나 이내 다시 깨어나, 해야 할 말을 다 한 다음, 판글로스를 그토록 가련한 상태로 만들어놓은 원인과 결과, 그리고 충족이유에 대하여 물었다.

"아!" 판글로스가 말하였다. "그것은 사랑입니다. 인류의 위안거리이고 우주의 보호자이며 감각 능력을 갖춘 뭇 존재의 영혼인 그 다정한 사랑입니다."

"아!" 깡디드가 말하였다. "저도 겪었습니다 그 사랑을, 뭇 심정의 군주이며 우리의 영혼인 그 사랑을. 하지만 치른 대가는 입맞춤 한 번과 꽁무니에 가해진 스무 번의 발길질뿐이었습니다. 도대체 그 아름다운 원인이 어떻게 선생님께 그토록 추한 결과를 안겨 드릴 수 있었습니까?"

판글로스가 다음과 같이 대답하였다.

"오, 나의 귀한 벗님 깡디드! 우리의 존귀하신 남작 부인의 예쁘장한 시녀 빠께뜨를 그대도 아실 거요. 내가 그녀의 품에서 낙원의 달콤함을 맛보았는데, 그 달콤함이 보시다시피 나를 삼켜버린 이 지옥의 고통을 야기시켰소. 그녀가 이 고통에 감염되었고, 그로 인하여 아마 죽었을 것이오. 빠께뜨는 그 선물을 어느 프란체스코회 수도사로부터 받았는데, 매우 박식했던 그 수도사가 그 근원으로 거슬러 올라가 내력을 밝혔던 모양이오.[18] 즉, 그는 그 선물을 어느 늙은 백작 부인으로부터 받았고, 백작 부인은 그것을 기병대의 어느 대위로부터 받았고, 대위는 그것을 어느 후작 부인으로부터 받았고, 후작 부인은 그것을 어느 시동으로부터 받았고, 시동은 그것을 어느 예수회파 수도사로부터 받았고, 수도사는 수련기 수도사 시절에 그것을 크리스또포로 꼴롬보(콜럼부스)의 동료들 중 하나로부터 직접 받았다오.[19] 하지만 나는 그것을 아무에게도 물려주지 못할 것이오. 내가 죽어가고 있기 때문이오."

"오! 팡글로스." 깡디드가 놀라 소리쳤다. "참으로 기이한 족보입니다! 그렇다면 그 근원이 마귀 아닙니까?"

"전혀 그렇지 않습니다." 위대한 사나이가 대답하였다. "그것이 최선의 세상에서는 하나의 불가결한 것, 즉 필요한 성분이었습니다. 왜냐하면 생식의 근원을 중독시키거나 심지어 생식을 막는, 즉 자연의 위대한 목표에 정면으로 배치되는 그 병을, 만약 꼴롬보가 아메리카의 어느 섬에서 얻지 못하였다면, 지금 우리들에게는 초콜릿도 진홍색 염료로 사용하는 곤충 꼬치닐야[20]도 없을 것이기 때문입니다. 또한 우리가 살고 있는 대륙에서는 이 병이, 우리들의 입씨름 버릇처럼, 우리들에게만 있는 질환임을 주목해야 할 것입니다. 터키인, 인도인, 페르샤인, 중국인, 시암인, 일본인 들에게는 이 병이 아직 알려지지 않았습니다. 하지만 몇 세기 후에는 그들 역시 이 병을 알게 될 충족이유가 있습니다. 그동안 우리들 사이에서는 이 병이 경이로울 만큼 급속도로 확산되었는데, 특히 여러 국가들의 운명을 결정할 정직하고 교육 잘 받은 용병들로 구성된 대규모 군대들에서 더욱 그러합니다. 군사 삼만이 같은 수의 적과 대치하여 전투를 벌일 경우, 쌍방에 매독 환자가 이만씩은 될 것이라고 단정해도 좋습니다."

"정말 찬탄할 만한 일이군요." 깡디드가 말하였다. "하지만 우선 치료를 받으셔야겠습니다."

"하지만 무슨 수로? 벗님이시여, 나에게는 돈 한 푼 없소. 이 지구의 표면 어디에 가도, 돈을 지불하지 않으면, 혹은 누가 우리를 위하여 대신 돈을 지불해 주지 않으면, 자락(刺絡)이나 관장(灌腸)조차 받을 수 없다오."

그 말을 듣고 깡디드가 결단을 내렸다. 그는 자기를 거두어 준 그 자비심 많은 재침례파 신자 쟈끄의 발아래에 엎드려, 자기의 벗이 놓인 딱한 처지를 어찌나 감동적으로 고하였던지, 쟈끄는 판글로스 박사를 받아들이는 데 조금도 머뭇거리지 않았고, 자기가 비용을 대어 그를 치료해 주었다. 판글로스는 치료를 받는 동안 눈 하나와 귀 하나밖에 잃지 않았다. 그는 글을 잘 쓰고 산술에 능하였다. 그리하여 재침례파 신자 쟈끄는 그를 자기의 장부 담당 직원으로 삼았다. 두 달 후, 무역과 관련된 일로 리스본에 가게 된 쟈끄는, 두 철학자를 자기의 선박에 태워 함께 떠났다. 판글로스가 쟈끄에게 모든 것이 최선의 상태에 있음을 설명해 주었다. 쟈끄는 그와 견해를 달리하였다. 그가 말하였다.

"인간들이 자연을 부패시켰음이 틀림없소. 왜냐하면, 그들이 늑대로 태어나지 않았건만 늑대로 변했으니 말이오. 신께서는 인간에게 구경 이십사의 대포도 총검도 주시지 않았건만, 인간이 총검과 대포를 만들어 서로 죽이고 있소. 파산도 비슷한 현상으로 간주할 수 있을 듯하오. 사법은 파산한 사람들의 재산을 덮쳐, 당연히 채권자들에게로 돌아가야 할 것을 횡령하고 있소."

"그 모든 것들이 불가결하였습니다." 애꾸눈이 철학자가 반박하였다. "그리고 개인적 불운들이 공익(公益)을 만듭니다. 그리하여 개인적인 불운이 많으면 많을수록 그만큼 모든 것이 좋아집니다."

그들이 한창 그렇게 입씨름을 하고 있는데, 대기가 어두워지고 사방에서 질풍이 일어나더니, 리스본 항구가 보이는 지점에서 무시무시한 폭풍이 선박을 덮쳤다.

5장

폭풍, 파선, 지진, 그 이후

　승객들의 절반은, 모든 신경 속에, 그리고 제멋대로 뒤흔들린 체액들[21] 속에, 선박의 요동질이 야기시킨 형언할 수조차 없는 고통 때문에 약해지고 초주검이 되어, 자기들이 직면하고 있던 위험을 근심할 기운마저 없었다. 나머지 절반은 비명을 질러대며 기도를 하였다. 돛이 찢기고 돛대들이 부러졌으며 선체가 갈라졌다. 꿈지럭거릴 기운이 있는 사람은 각자 자기의 일을 하고 있었으되, 서로 간에 의사소통도 없었고, 일을 지휘하는 사람도 없었다. 재침례파 신자는 배의 조정을 조금 거들고 있었다. 그는 상갑판에 있었다. 맹렬히 화가 난 듯한 선원 하나가 그를 거세게 때려 바닥에 쓰러뜨렸다. 하지만 그를 힘껏 때리느라고 몸의 균형을 잃은 선원은 심하게 비틀거리더니, 선박 밖으로 곤두박질하였다. 그의 몸이 부러진 돛대에 걸려 허공에 매달렸다. 마음씨 착한 쟈끄가 달려가, 선원이

다시 올라올 수 있도록 도왔다. 그러나 선원을 돕느라고 기울인 힘에 이끌려 그의 몸이 바다로 처박혔다. 선원의 목전에서 일어난 사고이건만, 선원은 그에게 눈길 한번 던지지 않았다. 깡디드가 뱃전으로 다가가서 보니, 그의 은인이 수면 위로 잠시 떠올랐다가 영영 모습을 감추었다. 그가 은인을 찾으려 바다로 뛰어들고자 하였으나, 철학자 판글로스가 그를 만류하면서 리스본의 정박지가 만들어진 것은 그 재침례파 신자가 그곳에서 익사하도록 하기 위해서였음을 증명해 보였다. 그가 '선험적(先驗的)'[22]으로 그것을 증명하고 있는 동안에, 선체가 완전히 갈라져, 판글로스와 깡디드 및 덕망 높던 재침례파 신자를 익사시킨 난폭한 선원을 제외하고, 모든 것이 물속으로 사라졌다. 악당 선원 녀석은 운 좋게 해안까지 헤엄쳐 갔으며, 판글로스와 깡디드는 판자 하나에 몸을 의지하여 해안에 닿았다.

  정신을 조금 수습한 후 그들은 리스본을 향해 걸었다. 그들 수중에 돈이 조금 남아 있어, 태풍으로부터 무사히 몸을 피했으니, 그 돈으로 시장기로부터도 무사히 피해야겠다는 생각을 하고 있었다.

  은인의 죽음을 슬퍼하며 그들이 막 시내로 들어서려는데, 발밑에서 땅이 흔들렸다. 항구에서는 바닷물이 부글거리며 치솟아 정박 중인 배들을 마구 부수었다. 화염과 재가 소용돌이를 이루어 길과 광장 들을 뒤덮었다. 집들이 무너지고, 지붕들이 집들의 토대 위로 나자빠지며, 토대마저 산산이 흩어졌다. 남녀노소를 합쳐 모두 삼만 명이 도시의 잔해 밑에 깔려 으스러졌다. 선원이 휘파람을 불면서, 또 욕설을 섞어가며 말하였다.

"여기에 수입을 올릴 만한 것이 좀 있겠군."

"이 현상의 충족이유가 무엇일까?" 판글로스가 중얼거렸다.

"세상의 마지막 날이야!" 깡디드가 소리쳤다.

선원은 거침없이 잔해 속으로 달려 들어가, 돈을 찾으려 죽음과 맞섰고, 돈을 발견하여 그것으로 취하도록 마셨다. 그런 다음, 취기가 가시자, 무너진 집들의 폐허 위에서 그리고 이미 죽었거나 죽어가는 사람들 속에서 만난, 선의를 가진 여인으로부터 특별한 호의[23]를 매입하였다. 판글로스가 그의 소매를 당기며 말하였다.

"벗이여, 그것은 좋은 일이 아니오. 당신은 보편적 도리에 어긋난 일을 하고 계시오. 당신은 당신에게 허여된 시간을 잘못 쓰고 계시오."

"젠장! 나는 선원이고, 바타비아[24]에서 태어났어. 나는 일본에 네 차례 여행하면서 십자가를 네 차례 밟고 지나갔어.[25] 자네가 그 보편적 도리를 내세우는데, 이제 여기에서 자네의 호적수를 제대로 만났군!"

돌 파편 몇 조각이 깡디드에게 부상을 입혔다. 그리하여 그는 길바닥에 쓰러져 온갖 잔해에 뒤덮였다. 그가 판글로스에게 말하였다.

"아! 포도주와 기름을 조금 구해다 주시오. 내가 죽어가고 있소."

"이 지진은 새삼스러운 일이 아니오." 판글로스가 대답하였다. "아메리카에서 리마 시도 지난해에 같은 지진을 겪었소. 원인이 같으면 결과도 같은 법이오. 지하에서 긴 유황층이 리마에서 리스본까지 이어져 있음에 틀림없소."

"그보다 더 개연성이 큰 일은 없을 것이오." 깡디드가 말하였다. "하지만, 제발, 기름과 포도주를 조금만 구해다 주시오."

"개연성이라니, 그 무슨 말씀이오?" 철학자가 반박하였다. "나는 그것이 이미 증명되었다고 확신하오."

깡디드가 의식을 잃었다. 그러자 판글로스가 근처에 있는 샘터에서 물을 조금 떠다 주었다.

다음 날, 잔해 더미의 틈바구니로 미끄러져 들어가 먹을 것을 찾아내어, 기운을 조금 회복하였다. 그런 다음 그들은 다른 사람들처럼, 죽음을 모면한 주민들을 돕는 일을 하였다. 그들의 도움을 받은 몇몇 시민들은, 그러한 참화 속에서 마련할 수 있는 최선의 식사를 그들에게 대접하였다. 식사를 하던 자리가 구슬펐던 것은 사실이다. 식탁에 둘러앉은 모든 사람들이 눈물로 빵을 적셨다. 하지만 판글로스는 모든 일이 달리 전개

될 수는 없었다고 확언하면서 그들을 위로하였다. "왜냐하면 이 모든 것이 최선이기 때문입니다. 왜 그런가 하면, 리스본에 화산이 있다고 할 경우, 그것이 다른 곳에 있을 수는 없기 때문입니다. 왜냐하면, 모든 것이 있는 곳에 그것들이 없을 수는 없기 때문입니다. 왜냐하면 모든 것이 선이기 때문입니다." 그가 한 말이었다.

종교재판소의 포리(捕吏)인, 땅딸막하고 얼굴 검은 남자가 그의 옆에 앉아 있었는데, 그 남자가 점잖게 말하였다.

"말씀을 들으니 공께서는 아마 원죄(原罪)를 믿지 않으시는 것 같습니다. 왜냐하면, 만약 모든 것이 최선의 상태에 있다면, 타락도 처벌도 없을 것이기 때문입니다."

"각하께 정중히 용서를 빕니다만, 인간의 타락과 그로 인한 저주 또한, 존재할 수 있는 세계들 중 최선의 세계 속에 필연적으로 들어왔습니다." 팡글로스가 더욱 정중한 어조로 그렇게 말하였다.

"공께서는 그렇다면 자유를 믿지 않으십니까?" 종교재판소 포리가 물었다.

"각하께서 너그럽게 혜량해 주시리라 믿습니다만, 자유는 절대적 필요에 의해 존속할 수 있습니다. 왜냐하면 우리가 자유로운 것이 필요했기 때문입니다. 그리고 왜냐하면 정해진 의지가……."

팡글로스가 한창 말을 하고 있는 중인데, 종교재판소 포리

깡디드 또는 낙천주의 151

가, 자기에게 뽀르또인가 오뽀르또[26]인가 하는 포도주를 따르고 있던 무장한 시종에게 눈짓을 하였다.

6장

지진 예방을 위한 멋진 화형식

리스본의 사분의 삼을 파괴한 지진이 지나간 후, 그 나라의 현인들은, 백성들에게 멋진 화형식을 보여 주는 것 이상으로 효과적인 지진 예방책은 없다는 결론을 내렸다. 장엄한 의식을 곁들여 몇 사람을 괄지 않은 불에 서서히 태워 죽이는 것이, 지진을 예방할 수 있는 확실한 비책이라고, 꼬임브라[27] 대학이 단언하였다.

그리하여 자기 자식의 대모(代母)였던 여자를 아내로 맞아들인 비스까야[28] 지방 사람 하나와, 닭고기를 먹으며 그 껍질을 벗겨 버린 뽀르뚜갈 사람 둘을 체포하였다. 식사가 끝난 후, 사람들이 달려와 판글로스 박사와 그의 제자 깡디드를 포박하였다. 한 사람은 말을 한 죄 때문이고, 다른 한 사람은 그 말에 동의하는 기색으로 귀를 기울인 죄 때문이었다. 두 사람 모두 끌려가서 각자 극도로 시원한 거처에 유폐되었다. 그 속에서는 태양 때문에 불편을 겪는 일이 결코 없었다. 여드레 후에 그들 두 사람 모두에게 산-베니또라고 하는 지옥의 옷을 입혔다. 그리고 머리에는 종이로 접은 뾰족한 삼각모를 씌웠다. 깡디드의 삼각모와 그가 입은 지옥의 옷에는 불꽃들이 거꾸로 그려져 있었고, 마귀 그림에는 꼬리도 발톱도 없었다. 그러나 판글로스가 입은 옷과 모자에는 발톱과 꼬리를 갖춘 마귀들이 그려져 있었고, 불꽃들이 꼿꼿이 서 있었다. 그들은 그러한 차림으로 엄숙한 행렬을 지어 걸었고, 성가 합창으로 이루어진 아름다운 음악을 곁들인 비장한 강론을 들었다. 깡디드는 성가가 합창되는 동안 그 박자에 맞추어 엉덩이에 몽둥이질을 당하였고, 비스까야 지방 사람과 닭고기의 껍질을 먹지 않으려 했던 두 사람은 산 채로 불에 태워졌으며, 판글로스는 비록 그것이 관습은 아니었으나, 교수형을 당하였다. 같은 날, 무시무시한 폭음을 내며 다시 지진이 일어났다.

깡디드는 두려움에 사로잡혀 당황하며 넋을 잃은 채, 또한 피투성이가 되어 온몸을 꿈틀거리며 홀로 탄식하였다. "만약 이곳이 존재할 수 있는 세상들 중 최선의 세상이라면, 나머지 다른 세상들은 도대체 어떨까? 내가 엉덩이에 몽둥이질만을 당한 것은 그래도 괜찮아. 불가레스족 병영에서도 이미 당했으니까. 하지만, 오! 나의 귀하신 판글로스여! 철학자들 중 가장 위대한 분이시여, 당신이 교수형을 당하는 것을 보고도 그 영문조차 몰라야 하다니! 오! 다정하신 재침례파 신자여, 인간들 중 가장 훌륭하신 당신이 항구에서 익사하셔야 하다니! 오! 뀌네공드 아씨여, 처녀들 중의 진주여, 사람들이 당신의 배를 갈라야 하다니!"

그는 설교를 듣고, 엉덩이에 몽둥이질을 당하고, 죄를 용서받고, 축복을 받은 다음, 겨우 몸을 추슬러 그곳을 떠나 발걸음을 옮기고 있었다. 그때, 노파 하나가 다가오더니 그에게 말하였다. "젊은이, 용기를 내어 저를 따라오세요."

7장

노파의 보살핌, 재회

깡디드는 어떤 엄두도 낼 수 없었다. 하지만 노파를 따라 어느 작은 집으로 들어갔다. 그녀가 연고 한 단지를 주며 몸에 문지르라고 하였다. 그리고 먹을 것과 마실 것을 가져다주었다. 그녀가 상당히 깨끗한 작은 침대 하나를 가리키며 말하였다. "우선 잡숫고 마신 다음 주무세요. 아또차의 마리아와 빠도바의 안또니오 성자와 꼼뽀스뗄라의 야꼬부스 성자께서 당신을 보살펴 주시길 빌어요. 저는 내일 다시 오겠어요." 자기가 보고 당한 모든 일들에 이미 놀란 깡디드였지만, 노파의 그러한 자비에 더욱 놀란 그는, 그녀의 손에 입을 맞추려 하였다. 그러자 노파가 그에게 말하였다.

"입을 맞추셔야 할 손은 저의 손이 아닙니다. 제가 내일 다시 오겠습니다. 연고를 몸에 골고루 문지르시고, 충분히 식사를 하신 다음 주무세요."

그토록 엄청난 불운을 겪었지만, 깡디드는 먹고 잠을 잤다. 다음 날 노파가 조반거리를 가지고 오더니, 그의 등을 살펴본 다음, 다른 종류의 연고를 손수 발라주었다. 그런 다음 점심거리를 가져왔다. 저녁나절에 저녁 식사거리를 가지고 다시 왔다. 그리고 그다음 날 역시 같은 일을 반복하였다. "당신은 누구십니까? 누가 당신으로 하여금 이토록 큰 호의를 베푸시도록 하였습니까? 제가 어찌 감사를 드려야 하겠습니까?"

깡디드가 그렇게 거듭 물었지만, 착한 여인은 아무 대꾸도 하지 않았다. 그녀가 저녁나절에 다시 왔다. 그러나 이번에는 저녁 식사거리를 가져오지 않았다. 그리고 깡디드에게 말하였다. "저를 따라오시되, 아무 말씀 하지 마세요." 그녀가 그의 팔을 잡고 부축하여 전원 지역으로 약 사분의 일 마일쯤 갔다. 그들이 도착한 곳은 어느 외딴 집이었는데, 정원과 수로(水路)들로 둘러싸여 있었다. 노파가 문 하나를 두드렸다. 문이 즉시 열렸고, 노파가 비밀층계를 통하여 깡디드를 황금색으로 치장한 어느 작은 방으로 안내한 다음, 황금실로 수를 놓은 비단에 감싸인 긴 안락의자에 그를 앉히더니, 문을 다시 닫고 가버렸다. 깡디드는 자기가 꿈을 꾸고 있다고 생각하였다. 그리고 지나간 세월이 불행한 꿈이었던 반면, 현재는 유쾌한 꿈이라 여겼다.

잠시 후 노파가 다시 나타났다. 그녀는 온몸을 떨고 있는 여인 하나를 힘들게 부축하고 있었는데, 보석들로 뒤덮여 번쩍이고 너울을 쓴 여인의 몸매는 장중하였다. "너울을 걷어 올리세요." 노파가 깡디드에게 말하였다. 젊은이가 다가가서 멈칫거리는 손으로 너울을 쳐들었다. 그 어떤 순간인가! 얼마나 뜻밖의 일인가! 그는 자기가 뀌네공드 아씨를 보고 있다고 생각하였다. 하지만 그가 정말로 그녀를 보고 있었다. 틀림없이 그녀였다. 그는 더 이상 감당하지 못하였다. 말 한마디 하지 못하고 그녀의 발아래에 쓰러졌다. 뀌네공드는 안락의자 위에 쓰러졌다. 노파가 두 사람의 얼굴에 주정(酒精) 섞인 물을 마구 뿌려댔다. 그들이 다시 깨어나 서로 말을 주고받기 시작하였다. 처음에는 말이 자주 끊기고, 질문과 대답이 중간에서 서로 엉켰으며, 한숨과 눈물과 비명이 뒤섞였다. 노파가 두 사람에게 소음을 줄이라고 당부한 후, 그들을 자유롭게 내버려 두었다.

"아니! 바로 당신이군요." 깡디드가 그녀에게 말하였다. "살아 계셨군요! 당신을 뽀르뚜갈에서 다시 만나다니! 그렇다면 그들이 당신을 겁간하지 않았나요? 철학자 판글로스가 저에게 말한 것과는 달리, 그들이 당신의 배를 가르지도 않았군요?"

"아니에요, 모두 사실이에요." 아름다운 뀌네공드가 말하였다. "하지만 그 두 일을 겪었다 하여 꼭 죽는 것은 아니에요."

"하지만 당신의 부친과 모친께서는 살해당하셨나요?"

"그것은 틀림없는 사실이에요." 뀌네공드가 눈물을 흘리며 대답하였다.

"그리고 당신의 오라버님은?"

"저의 오라비 역시 살해되었어요."

"그런데 어떤 연유로 뽀르뚜갈에 오시게 되었습니까? 그리고, 제가 이곳에 있다는 것을 어떻게 아셨습니까? 또한 그 무슨 기이한 곡절이 있기에 사람을 시켜 저를 이 집으로 데려오도록 하셨습니까?"

"그 모든 사연을 말씀드리겠어요. 하지만 그보다 먼저, 당신이 저에게 하신 천진난만한 입맞춤 때문에 발길질을 당하신 이후, 당신에게 닥친 모든 일들을 이야기해 주세요."

깡디드는 정중히 예의를 갖춰 그녀의 소청에 응하였다. 그리하여, 비록 어리둥절한 상태였고, 음성이 떨리고 약하였으며, 등마루에 아직도 통증을 느끼고 있었지만, 그들이 헤어지던 순간 이후에 겪은 일들을 가장 고지식한 어투로 이야기하였다. 이야기를 듣고 난 뀌네공드가 하늘을 쳐다보며, 착한 재침례파 신자와 판글로스의 죽음을 애도하였다. 그러고 나서 깡디드에게 다음과 같은 이야기를 들려주었는데, 그는 그녀의 말을 단 한마디도 놓치지 않았고, 그의 눈은 그녀를 집어삼킬 듯하였다.

8장

꿔네공드의 이야기

"저는 침대 속에서 깊이 잠들어 있었어요. 그때, 우리의 아름다운 툰더-텐-트롱크 성으로 불가레스족 군사들을 보내는 것이 하늘의 뜻에 기꺼웠던 모양이에요. 그들은 저의 아버님과 오라비의 목을 땄고, 어머님의 몸을 점점이 토막 내었어요. 신장이 육 삐에나 되는 거구의 불가레스 군사 하나가, 그 광경 앞에서 기절한 저를 보고는, 겁간하기 시작하였어요. 그 서슬에 제가 다시 깨어나 정신을 차렸고, 저는 비명을 지르고 몸부림을 치며 그를 물어뜯고 할퀴는가 하면, 그의 눈을 뽑으려고도 하였어요. 아버님의 성에서 일어나고 있는 모든 일이 하나의 관습이라는 사실을 몰랐기 때문이에요. 그 포악스러운 자가 저의 왼쪽 옆구리를 칼로 찔렀고, 그 상흔이 아직도 남아 있어요."

"아! 그 상처를 제가 볼 수 있으면 좋겠습니다." 고지식한 깡디드가 말하였다.

"당신에게 언젠가는 보여 드리겠어요, 하지만 이야기를 계속하겠어요."

"계속하십시오." 깡디드가 말하였다. 그리하여 그녀가 이야기를 다시 이었다.

"불가레스족 군대의 지휘관 하나가 들어와, 피투성이가 된 저를 보았는데, 병사는 하던 짓을 멈추지 않았어요. 지휘관은 그 포악한 병사의 결례에 화를 냈고, 제 몸뚱이를 덮치고 있던 그 상태에서 그를 죽였어요. 그런 다음 사람을 시켜 제 상처를 감싸 동여매게 한 다음, 저를 전쟁 포로처럼 자기 병영으로 데려갔어요. 저는 몇 벌 아니 되는 그의 셔츠를 빨기도 하고, 그가 먹을 음식도 만들었어요. 그는 제가 매우 예쁘다고 생각하였어요. 사실대로 말씀드릴 수밖에 없어요. 또한 저 역시, 그가 매우 잘생겼고, 그의 피부가 희고 부드러웠다는 사실을 부인하지 않겠어요. 하지만 기지도 없고 철학도 없던 사람이었어요. 판글로스 박사의 가르침을 받지 못하고 자란 사람임이 분명했어요. 석 달 후, 가진 돈이 바닥나고 또 저에게 염증을 느낀 그가, 저를 돈 이사카르라고 하는 어느 유대인에게 팔았어요. 그 유대인은 홀랜드와 뽀르뚜갈을 오가며 장사를 하는 사람이었는데, 여자를 무척 좋아하였어요. 그 유대인이 저에게 몹시 집착하였어요. 하지만 그는 뜻을 이룰 수가 없었어요. 저는 불가레스족 병사에게보다 그에게 더 성공적으로 저항하였어요. 명예를 귀하게 여기는 사람도 한 번은 겁간을 당할 수 있으나, 그러한 일을 겪은 후에는 그 사람의 미덕이 더욱 견고해지는 법이에요.

그 유대인이 저를 길들이기 위하여 지금 당신이 보고 계신 이 집으로 저를 데리고 왔어요. 이곳으로 오기 전까지는, 이 지상에 툰더-텐-트롱크 성만큼 아름다운 것은 없다고 믿었는데, 이제 잘못을 깨닫게 되었어요.

종교재판소 재판장이 어느 날 미사에 참석한 저를 보았어요. 그가 저를 자주 곁눈으로 흘겨보더니, 사람을 시켜 저에게 전갈하기를, 매우 은밀한 일로 저에게 할 말이 있다고 하였어요. 저는 그의 저택으로 안내되었지요. 제가 그에게 저의 출신을 알렸어요. 그는 일개 유대인에게 예속되어 있는 것이 얼마나 저의 지체에 어울리지 않는지를 저에게 환기시켜 주었어요. 사람을 시켜, 저를 예하께 양보하라고 돈 이사카르에게 제안했어요. 궁정의 은행가이고 따라서 영향력도 있는 돈 이사카르가, 저를 예하께 양보하지 않겠다고 하였어요. 종교재판소 재판장이 화형으로 그를 협박하였어요. 결국 저의 유대인 나리가 찔끔하여 그와 거래를 성사시켰는데, 거래의 내용은, 저와 이 집을 두 사람의 공동소유로 하자는 것이었어요. 그리하여 유대인은 월요일과 수요일 및 안식일에 소유권을 행사하고, 나머지 날들에는 종교재판소 재판장이 소유권을 행사하기로 합의하였어요. 그러한 협약이 존속하기 시작한 지 여섯 달

되었어요. 하지만 다툼이 없었던 것은 아니에요. 토요일과 일요일 사이의 밤이 율법에 속하는지 혹은 새로운 법률에 속하는지,[29] 결정을 내리지 못하는 경우가 잦았기 때문이에요. 저는 현재까지 그 두 율법에 모두 저항하였고,[30] 제 생각으로는 그러한 이유 때문에 제가 아직도 여전히 사랑받고 있는 것 같아요.

결국, 지진의 재앙도 예방하고 또 돈 이사카르의 기도 꺾어 놓을 겸, 종교재판소 재판장 예하께서 화형식을 거행하기로 결정을 내렸어요. 그가 저를 그 자리에 정중히 초대하였어요. 저에게는 아주 좋은 자리가 제공되었어요. 미사가 끝나고 처형을 기다리는 동안, 귀부인들에게 다과를 제공하였어요. 그 두 유대인 짓 하던 뽀르뚜갈 사람과, 자기 자식의 대모와 혼인한 비스까야 지방 사람이, 불에 타 죽는 것을 보고 저는 정말 전율에 휩싸였어요. 하지만, 판글로스의 얼굴을 닮은 사람 하나가 지옥의 옷을 입고 삼각모를 쓴 것을 보는 순간, 저의 놀라움과 두려움과 혼란스러움이 어떠하였겠어요! 제가 눈을 비비고 다시 주의해서 보았어요. 분명 그였고, 그가 교수형 당하는 것을 보았으며, 그 순간 제가 기절하였어요. 그리고 겨우 다시 정신을 차렸는데, 벌거숭이가 된 당신 모습이 보였어요. 저에게는 끔찍한 두려움과 경악과 슬픔과 절망의 극치였어요. 진실로 말씀드리지만, 당신의 피부는 제가 모시던 불가레스족 지휘관의 피부보다 더 희었고 살빛이 더 완벽했어요. 그러한 피부를 보는 순간, 저를 짓누르고 집어삼키던 모든 감정들이 배로 격렬해졌어요. '멈추시오, 야만인들!' 그렇게 외치려 하였으나 소리가 목구멍을 넘지 못하였어요. 저의 고함이 또한 소용없었을 것이에요. 당신이 볼기를 흠씬 맞으시고 난 다음 제가 홀로 중얼거렸어요. '사랑스러운 깡디드와 지혜로운 판글로스가 리스본에 와서, 나를 총회로 삼은 종교재판소 재판장의 명령에 따라, 한 사람은 채찍질 일백 회를 당하고, 다른 한 사람은 목이 매달리다니, 어찌 이런 일이 생길 수 있단 말인가? 그렇다면, 모든 것이 최선의 상태에 있다고 하면서, 판글로스가 나를 심하게 속인 거야.'

극도로 혼란스럽고 넋이 나가, 실성할 것 같기도 하고 어느 순간에는 곧 죽을 것 같기도 한데, 그러한 와중에서, 저의 아버지와 어머니와 오라비가 학살되던 일, 저를 겁간하던 천한 불가레스족 병사, 그가 칼로 저를 찌른 일, 제가 겪은 하녀 신분, 부엌데기 일, 제가 모시던 불가레스족 지휘관, 제가 모시는 그 추한 돈 이사카르, 제가 모시는 그 구역질 나는 종교재판장, 판글로스 박사의 교수형, 당신에게 매를 가하는 동안 울려 퍼지던 찬송가, 그리고 특히, 제가 당신을 마지막으로 보았던 날 병풍 뒤에서 당신에게 드린 입맞춤 등이 온통 뒤죽박죽 저의 뇌리를 가득 채웠어요. 저는 그토록 숱한 시련을 주신 후 저에게 다시 당신을 이끌어 오신 신을 찬양하였어요. 저는 제가 부리는 노파에게 당부하기를, 당신을 치유하며 돌보다가 이곳으로 모셔 오라고 하였어요. 그녀가 저의 당부를 차질 없이 이행하였고, 덕분에 저는 당신을 다시 보고, 당신의 이야기를 듣고, 당신에게 말을 건네는, 형언할 수 없는 즐거움을 맛보았어요. 당신의 시장기가 극심할 거예요. 저 역시 식욕이 크게 동하니, 우선 저녁 식사부터 하시지요."

그리하여 두 사람이 식탁 앞에 앉았다. 식사를 마친 후 그들은, 이미 이야기한 그 아름다운 안락의자에 함께 다시 앉았다. 그렇게 앉아 있는데, 그 집의 주인들 중 하나인 돈 이사카르 공께서 들이닥쳤다. 그날은 안식일이었다. 그는 자기의 권리를 누리고 또 자기의 애정을 토로하기 위하여 온 것이었다.

9장

뜻밖의 사태

 그 이사카르라 하는 자는, 이스라엘이 바빌론에 억류되었던 시절[31] 이후 볼 수 있었을 가장 성마른 히브리인[32]이었다. 그가 버럭 화를 냈다. "아니 이게 뭐야! 갈릴리의 암캐[33] 같으니라고, 종교재판관님만으로는 부족하다는 거야? 이 악당 녀석 또한 자기 몫을 챙기자는 거야?" 그렇게 소리를 지르면서, 항상 몸에 지니고 다니는 길쭉한 비수를 뽑아 들더니, 자기의 상대가 무기를 가지고 있지 않다고 생각하였음인지, 깡디드에게 와락 덤벼들었다. 그러나 우리의 착한 베스트팔렌 청년은, 노파가 그에게 마련해 준 정장과 함께 받은 검을 가지고 있었다. 그의 천성 비록 온순하였지만, 그가 검을 뽑아 히브리인을 가격하니, 아름다운 뀌네공드의 발아래 타일 바닥 위로 나뒹굴어져 **뻣뻣해진다**.

"성처녀여!" 그녀가 소리쳤다. "장차 어찌하면 좋아요? 저의 집에서 사람 하나가 살해되다니! 만약 사법관이 들이닥치면 우리는 끝장이에요."

"만약 팡글로스가 교수형을 당하지 않았다면, 이 절체절명의 위기에 임해, 그가 우리에게 훌륭한 조언을 해주련만. 그가 위대한 철학자였으니까." 깡디드가 말하였다. "그가 없으니 노파에게라도 청하여 조언을 구합시다."

노파는 매우 신중한 여자였다. 그녀가 막 자기의 견해를 피력하기 시작하려는데, 다른 작은 문 하나가 열렸다. 시각은 자정이 지난 한 시, 일요일이 시작되는 시각이었다. 그날은 종교재판관에게 권한이 돌아가게 되어 있었다. 그가 들어서며 보자니, 볼기를 맞은 깡디드가 손에 검을 들고 있는데, 사람 하나가 죽어 바닥에 나자빠져 있고, 뀌네공드는 기겁해 있으며, 노파가 조언을 하고 있다.

그 순간 깡디드의 뇌리에 다음과 같은 생각이 스쳤다. '만약 저 신성한 자가 도와달라고 사람들을 부르면, 그다음에는 나를 틀림없이 불에 태워 죽이라고 할 거야. 뀌네공드에게도 같은 짓을 자행하겠지. 녀석이 나에게 무자비한 채찍질을 가하도록 하였어. 또한 녀석은 나의 연적이기도 해. 기왕 내가 살인을 저지르는 중이니까 망설일 것 없어.' 그러한 추론은 명료하고 신속하였다. 그리하여, 종교재판관이 정신을 수습할 겨를도 주지 않고, 검으로 그의 몸뚱이를 꿰뚫어 유대인의 시신 옆으로 던져버렸다.

"또 다른 살인이 저질러졌군요." 뀌네공드가 소리쳤다. "이제는 사면을 기대할 수 없게 되었어요. 우리는 모두 파문당할 것이고, 우리의 최후를 맞게 되었어요. 그토록 유순한 천성을 타고나신 분께서, 단 이 분만에 유대인 하나와 고위 사제 하나를 죽이시다니, 어찌 된 일이에요?"

"나의 아름다운 아가씨, 누구든 사랑에 빠져 질투심에 사로잡히고, 게다가 채찍질까지 당하고 나면, 더 이상 제정신이 아니랍니다."

그러자 노파가 나서며 자기의 생각을 말하였다.

"안장과 말굴레를 갖춘 안달루시아산 말 세 필이 우리에 있습니다. 깡디드 도련님께서 그 말들을 준비해 주세요. 마님께서는 현금과 다이아몬드를 가지고 계십니다. 비록 저는 볼기 한 짝으로 지탱해야 하지만 상관없어요. 날씨가 더할 나위 없이 좋을 뿐만 아니라, 시원한 밤에 여행하는 것은 커다란 즐거움입니다."

깡디드가 즉시 말 세 필에 안장을 얹었다. 뀌네공드와 노파 그리고 깡디드는 단숨에 삼십 마일을 달렸다. 그들이 멀리 도망가는 동안, 산따 에르만다드[34] 대원들이 그 집으로 와서, 종교재판소 재판장 예하는 아름다운 교회당에 정중히 매장하고, 이사카르는 쓰레기 집하장에 던져버렸다.

깡디드와 뀌네공드와 노파가 시에라-모레나 산악 지방에

있는 작은 도시 아바쎄나에 도착하여, 어느 주막에서 나눈 대화는 다음과 같다.

10장

까디스에 도착한 세 사람, 출항

"도대체 누가 저의 현금과 다이아몬드를 훔쳐 갔단 말이에요?" 뀌네공드가 눈물을 흘리며 말하였다. "이제 무엇으로 살아가야 하나요? 어찌하면 좋을까요? 저에게 돈과 다이아몬드를 줄 다른 종교재판관들과 유대인들을 어디에서 다시 찾는다는 말입니까?"

"아!" 노파가 말하였다. "저는 어제 바다호스에서 우리들과 같은 여인숙에 투숙했던 프란체스코회 신부가 의심돼요. 제가 터무니없이 의심하지 않기를 빌어요! 하지만 그가 우리들 방에 두 번이나 들어왔었고, 우리들보다 훨씬 앞서 떠났어요."

"아!" 깡디드가 말하였다. "착한 판글로스가 저에게 자주 증명해 보이기를, 이 지상에 있는 재화는 모든 인간들의 공유물이며, 따라서 각 사람이 그 재화에 대하여 평등한 권리를 갖는다고 하였습니다. 그 프란체스코회 신부가, 그러한 원칙에 입각하여, 우리가 여행을 마치는 데 필요한 것만큼은 남겨 두었어야 합니다. 나의 아름다운 뀌네공드여, 당신에게 아무것도 남아 있지 않다는 말씀입니까?"

"단 일 마라베디[35]도 남아 있지 않아요."

"이제 어찌하면 좋겠습니까?" 깡디드가 물었다.

"말 한 필을 팝시다." 노파가 제안하였다. "저는, 비록 볼기 한 짝으로만 지탱해야 하지만, 아씨의 말 꽁무니에 타겠어요. 우리들은 까디스에 도착할 수 있을 거예요."

그들이 머물던 여인숙에 베네딕투스회 소수도원장 하나가 마침 투숙해 있었다. 그가 그들의 말 한 필을 헐값에 샀다. 깡디드, 뀌네공드, 그리고 노파, 세 사람은 루쎄나, 칠야스, 레브리사 등지를 경유하여, 드디어 까디스에 도착하였다. 그곳에서는 마침 함대 하나를 꾸미며 군사를 모집하고 있었다. 산-사끄라멘또 시 인근에서, 자기네들의 떼거리를 충동질하여 에스빠냐와 뽀르뚜갈의 왕들에게 반기를 들게 한, 빠라구아이의 예수회파 신부들의 버릇을 고쳐주기 위해서라고 하였다. 깡디드는 이미 불가레스족 군대에서 복무한 경험이 있는지라, 그 작은 군대의 사령관 앞에서, 어찌나 우아하고 기민하고 능란하고 의연하고 날렵하게 불가레스 군대식으로 시범을 보였던지, 보병 중대 하나가 그의 지휘를 받게 되었다. 이제 그는 중대장이 된 것이다. 그는 뀌네공드 아씨와 노파와 시종 둘을 거느리고, 뽀르뚜갈의 종교재판소 재판장의 소유였던 안달루시아산 말 두 필도 함께 배에 싣고 출항하였다.

항해가 계속되는 동안 내내, 그들은 가엾은 판글로스의 철학에 대하여 많은 이야기를 주고받았다.

"우리들은 다른 세상으로 가고 있습니다." 깡디드가 말하였다. "그 세상에서는 틀림없이 모든 것이 선일 것입니다. 왜냐하면, 솔직히 고백하거니와, 지금까지 우리가 살던 세상에서 일어나는 물리적인 일이나 정신적인 일에 대하여 누구나 다소간은 괴로워할 수 있기 때문입니다."

"저는 저의 마음을 다하여 당신을 사랑해요." 뀌네공드가 말하였다. "하지만 저의 영혼은, 제가 보고 겪은 것으로 인하여, 아직도 온통 질겁해 있어요."

"모든 것이 순탄해질 것입니다." 깡디드가 대꾸하였다. "이 신세계의 바다가 벌써 우리 유럽의 바다보다는 낫습니다. 이 바다는 더 잔잔하고 바람도 더 한결같습니다. 틀림없이 이 신세계가, 존재할 수 있는 세계들 중 최선의 세계일 것입니다."

"신의 뜻도 그랬으면 좋겠어요!" 뀌네공드가 말하였다. "하지만 저는 우리의 세상에서 어찌나 끔찍하게 불행하였던지, 희망을 향해서는 저의 가슴이 거의 닫혀 있어요."

"아!" 노파가 나섰다. "아씨께서는 제가 겪은 불운을 겪지 않으셨으면서도 불평을 하시는군요."

뀌네공드는 자칫 웃음을 터뜨릴 뻔하였다. 그리고 자기보다 더 불행한 일을 겪었노라 주장하는 그 착한 노파가 매우 익

살스럽다고 생각하였다. 그녀가 노파에게 말하였다.

"아! 착하신 할머니, 할머니께서 불가레스 병사 둘에게 겁간을 당하지 않으셨다면, 배를 칼로 두 번 찔리지 않으셨다면, 누가 할머니의 성 둘을 깡그리 부수지 않았다면, 할머니 목전에서 어머니 둘과 아버지 둘의 목을 누가 따지 않았다면, 할머니의 연인 둘이 화형식장에서 채찍질 당하는 것을 목격하지 못하셨다면, 할머니의 불행이 저의 불행보다 더하다고는 생각할 수 없어요. 게다가 저는 칠십이 대 선조까지 귀족임이 입증된 혈통의 남작으로 태어났건만, 부엌데기 일까지 하였다는 사실을 생각해 보세요."

"아가씨." 노파가 대꾸하였다. "아씨께서는 저의 출신을 모르세요. 또한 제가 저의 엉덩이를 보여 드리면, 아가씨께서는 그러한 말씀을 차마 못 하시고, 판정을 유보하실 거예요."

노파의 그 말에 뀌네공드와 깡디드가 부쩍 호기심을 느꼈다. 노파가 다음과 같이 이야기를 시작하였다.

11장

노파의 이야기

"저의 눈꺼풀이 원래부터 밖으로 뒤집히거나 눈언저리가 붉었던 것은 아닙니다. 저의 코끝이 원래부터 턱에 닿았던 것도 아니며, 제가 항상 하녀였던 것만은 아닙니다. 저는 교황 우르바누스 10세와 빨레스뜨리나[36)]의 공주 사이에서 태어났습니다.* 저는 열네 살까지 어느 궁전에서 자랐는데, 그 궁에 비하면, 당신들 알레마니아 남작들의 궁은 그 궁의 외양간으로도 사용할 수 없을 것입니다. 또한 베스트팔렌에 있는 화려한 물건들을 다 합쳐도 저의 드레스 한 벌 가격에도 미치지 못할 것입니다. 저의 아름다움과 우아함과 재능은, 각종 즐거움

---

* "작가의 지극한 조심성을 보시라. 현재까지는 우르바누스 10세라는 교황이 없었다. 작가는 알려진 교황에게 사생아 딸이 하나 있다는 말 하기를 저어하고 있다. 얼마나 신중한가! 얼마나 섬세한 양심인가!"
볼떼르의 주석이다. '작가'는 물론 이 작품의 허구적 저자 랄프 박사를 가리킨다(주 1 참조). ─ 옮긴이

속에서, 사람들의 존경과 신망을 받으며 나날이 성숙하였습니다. 그 나이에 저는 벌써 저를 향한 사랑에 불씨를 당기게 되었습니다. 저의 젖가슴이 형태를 갖추고 있었던 것입니다. 그런데 그 젖가슴이란! 희고 탄탄한 것이, 메디치의 베누스 조각상처럼 깎아놓은 듯하였습니다. 그리고 저의 눈은! 그 눈꺼풀! 그 검은 눈썹! 저의 두 눈동자 속에서 이글거리던 불꽃은, 그 지역 시인들이 저에게 말한 대로, 별들의 반짝임을 지워버릴 지경이었습니다. 시녀들은 저에게 옷을 입혀 주고 벗길 때마다, 저의 몸 앞과 뒤를 바라보며 황홀감에 사로잡혔으며, 모든 남자들이 그녀들의 역할을 맡고 싶어 하였을 것입니다.

저는 마싸-까라라 대공과 약혼을 하였습니다. 아! 그 어떤 귀공자이셨던가! 저에 못지않게 용모 수려하고, 부드러움과 매력으로 온통 빚어졌으며, 섬광 같은 기지에 타는 듯한 사랑을 갖춘 분이었습니다. 저는 첫사랑답게 그분을 숭배하듯 열광적으로 사랑하였습니다. 혼례식 준비가 한창이었습니다. 일찍이 전례가 없던 화려함이었습니다. 축제와 야간 군악 연주회와 희가극의 연속이었습니다. 그리고 이딸리아 전역에서 저를 위하여 축시를 지어 보냈는데, 그중 쓸 만한 것은 하나도 없었습니다. 제가 행복의 순간에 도달하려는 순간, 대공의 옛 정인이었던 어느 늙은 후작 부인이 대공을 자기의 집에 초대하여, 함께 초콜릿을 마시자고 하였습니다. 그분은 채 두 시간도 지나지 않아 무시무시한 경련을 일으키며 숨을 거두셨습니다. 하지만 그 일은 하찮은 사건에 불과하였습니다. 저의 모친께서는 낙심하신 나머지, 비록 저만큼이야 절망하셨겠습니까만, 그 비통한 곳으로부터 한동안이나마 벗어나시고자 하셨습니다. 어머니는 가에따 근처에 아름다운 영지를 가지고 계셨습니다. 그리하여 우리 일행은, 로마의 베드로 성당에 있는 주제단처럼 온통 황금색으로 칠한, 마싸-까라라 지방의 긴 전함을 타고 출항하였습니다. 그런데 얼마 아니 되어, 쌀레[37]를 근거지로 삼고 활동하던 해적선 한 척이 저희들이 탄 배를 향하여 달려들었습니다. 저희들을 수행하던 군사들은 교황의 군사들답게 저희들을 방어해 주었습니다. 즉, 그들은 일제히 무기를 던져버린 다음 무릎을 꿇으며, 임종을 맞는 사람에게 해주는 사죄 선언식을 해적에게 간청하였습니다.

해적들은 즉시 병사들을 원숭이처럼 발가벗기더니, 저의 모친과 시녀들과 저까지도 모두 알몸으로 만들어놓았습니다. 사람들의 옷을 벗기면서 그 신사들께서 보여 준 열성과 민활함은 정말 찬탄할 만하였습니다. 하지만 그보다 저를 더욱 놀라게 한 것은, 우리네 여인들이 보통 관장기 끝에 달린 도관만을 넣도록 허락하는 그 부위에, 그 신사들께서 손가락을 쑤셔넣었다는 사실입니다. 그 의식이 저에게는 몹시 기이해 보였습니다. 누구든 자기 고장을 벗어나 보지 못한 사람은 저처럼 매사를 그렇게 평가합니다. 하지만 저는 이내 그 의식의 뜻을 알게 되었습니다. 저희들이 혹시 다이아몬드 등을 몸의 그 부위에 감추지 않았나 확인하기 위한 의식이었습니다. 그 의식은, 바다 위를 쏘다니는 문명된 국가들에, 까마득한 옛날부터 정착된 관습입니다. 신앙 독실한 말타의 기사들께서도, 터키 남자들과 여자들을 잡으면 그 의식을 결코 소홀히 하지 않는다는 사실도 알게 되었습니다. 그것은 사람들의 권리를 규정한 법률로, 아직 아무도 그 조항을 위반하지 않았습니다. 젊은 공주가 자기의 모친과 함께 모로코로 노예 신세가 되어 끌려가는 고초가 어떠한지는, 구태여 말씀드리지 않겠습니다. 저희들이 해적선 속에서 겪었을 고초는 충분히 상상하실 수 있을 것입니다. 저의 모친은 그 시절에도 여전히 아름다우셨습니다. 시녀들도, 심지어 침실 하녀들까지, 아프리카를 몽땅 뒤져도 발견할 수 없을 매력을 간직하고 있었습니다. 저로 말할 것 같으면, 저는 그야말로 고혹적이었고, 아름다움과 우아함 그 자체였으며, 게다가 처녀였습니다. 하지만 그 순결이 오래가지 않았습니다. 마싸-까라라의 수려한 대공을 위하여 고이 간직해 두었던 그 순결의 꽃이, 해적선의 선장에 의해 약탈당하였습니다. 선장은 구역질 나는 검둥이였는데, 녀석은 자기가 저에게 큰 영광을 베푼다고 생각하였습니다. 모로코에 도착할 때까지 겪은 일들을 감당한 것으로 보아, 빨레스뜨리나 공주님과 제가 매우 강했던 것은 분명한 사실입니다. 하지만 그 이야기는 그대로 넘어가지요! 너무나 흔한 일들인지라 일일이 이야기할 가치조차 없습니다.

저희들이 도착하였을 때, 모로코는 유혈이 낭자하였습니다. 황제 물라이-이스마엘[38]의 아들 오십 명이 각자 도당을 이끌고 있었습니다. 그로 인하여 오십여 곳에서 내란이 동시에 일어나, 검둥이들이 검둥이들에 맞서, 검둥이들이 구릿빛들에 맞서, 흑백 혼혈들이 흑백 혼혈들에 맞서, 온통 싸움질을 벌이고 있었습니다. 제국의 모든 곳에서 살육이 끊이지 않았습니다.

저희들이 상륙하기가 무섭게, 저희들을 납치한 해적과 적대관계에 있던 검둥이 패거리가 나타나, 노획물을 탈취하려 하였습니다. 해적에게는, 다이아몬드와 황금 다음으로, 저희들 여인들이 가장 귀중한 물건이었습니다. 유럽에서는 결코 구경할 수 없는 전투 장면을 제가 목격하였습니다. 북쪽 지방 사람들의 피는 그렇게 뜨겁지 않습니다. 그들은 아프리카의 평범한 사람들만큼도 여자에 대하여 광기를 드러내지 않습니다. 유럽 사람들의 혈관에는 피가 아닌 우유가 흐르고 있는 것 같습니다. 반면, 아틀라스 산맥[39]과 그 인근 지역에 사는 사람들의 혈관에는 황산과 불이 흐르고 있습니다. 그들은, 자기들 중 누가 저희들을 차지할 것인지 결판을 내기 위하여, 그 지역에 서식하는 사자나 호랑이 혹은 독사처럼 맹렬히 싸웠습니다. 무어인 하나가 제 어머니의 오른팔을 잡았습니다. 그러자 저희들을 납치한 해적선 선장의 부관 하나가 제 어머니의 왼손을 잡았습니다. 그랬더니 무어족 병사 하나가 제 어머니의 다리 하나를 잡았고, 그에 뒤질세라 해적 하나가 나머지 다른 다리를 잡았습니다. 시녀들도 거의 모두 군사들의 손아귀에 그런 식으로 붙잡혀 있었습니다. 해적선 선장은 저를 자기의 등 뒤에 숨겼습니다. 그는 초승달 모양의 큰 칼을 손에 움켜잡고, 자기의 광증에 맞서는 것은 무엇이든 마구 죽였습니다. 결국, 저희들을 수행하였던 모든 이딸리아 여인들과 저의 어머니가, 그녀들을 차지하려 다투던 그 괴물들에 의해 갈가리 찢겨 목숨을 잃었습니다. 저와 동행하였다가 잡혀 갔던 모든 사람들과 우리를 납치했던 자들, 군사들이건 선원들이건, 검둥이들, 구릿빛들, 흰둥이들, 튀기들 할 것 없이, 선장까지도, 모두 죽임을 당하였고, 저는 그 시신 더미 위에서 죽어가고 있었습니다. 모두들 알고 있는 바이지만, 그러한 참상이 사방 삼천리에 걸쳐 펼쳐지고 있었는데, 그 와중에서도, 마호멧이 명령한 하루 다섯 번의 기도는 아무도 거르지 않았습니다.

저는 제 몸 위에 쌓여 있던 피투성이 시신들을 천신만고 끝에 떨쳐 버리고, 근처 냇가에 있는 커다란 오렌지 나무 아래로 간신히 몸을 끌고 갔습니다. 저는 경악과 피곤과 공포감과 절망감과 시장기를 견디지 못하고 쓰러졌습니다. 그리고 이내, 극도로 지친 저의 감각들은 잠에 휩쓸려 들었고, 그 잠이란 것이 휴식이기보다는 기절이었습니다. 제가 극도로 쇠약해져, 무감각 상태에서 삶과 죽음 사이를 헤매고 있을 때, 저의 몸뚱이 위에서 요동질을 하는 무엇에 제가 짓눌린 것을 느꼈습니다. 눈을 뜨고 보니, 용모 잘생긴 백인 남자 하나가 한숨을 쉬며 중얼거리고 있었습니다. '오! c…… 없이 사는 것 얼마나 큰 불행인가!⁴⁰⁾'"

12장

노파가 겪은 시련

"제 조국의 말소리가 들려 한편 놀랍기도 하고 황홀하였지만, 다른 한편으로는 그 남자의 입에서 나온 말의 내용에 못지 않게 놀라, 제가 그에게 대꾸하기를, 그가 한탄하고 있는 그 불행보다 더 큰 불행들이 있노라고 하였습니다. 저는 그에게, 제가 겪은 끔찍한 일들을 몇 마디로 간략하게 이야기해 준 다음, 다시 정신을 잃었습니다. 그는 저를 근처에 있는 어느 집으로 옮겨 침대에 눕힌 다음, 저에게 먹을 것을 가져다주게 하고, 저의 시중을 들면서, 저를 위로하는 한편 어루만져 주더니, 자기가 본 그 무엇도 저만큼은 아름답지 못하다고 하였습니다. 또한 그리하여, 아무도 자기에게 돌려줄 수 없는 그 물건을 일찍이 그토록 아까워해 본 적은 없다고 하였습니다. 그가 저에게 이렇게 말하였습니다.

'저는 나뽈리에서 태어났습니다. 그곳에서는 매년 아이들이삼천 명을 거세합니다. 어떤 아이들은 그것으로 인해 목숨을 잃고, 어떤 아이들은 그 덕분에 여인들의 음성보다 더 고운 음성을 얻으며, 또 어떤 아이들은 장차 여러 나라들을 다스리게 될 것입니다. 저는 그 수술을 아주 성공적으로 받아, 빨레스뜨리나 공주님의 예배당 전속 음악가로 봉직하였습니다.'

'제 어머님의!' 제가 놀라 소리쳤습니다.

'당신의 모친이라니!' 그도 눈물을 흘리며 외쳤습니다. '이럴 수가! 그렇다면 당신이, 여섯 살 될 때까지 제 손으로 키운 바로 그 공주님, 그리고 이미 그 시절에도 지금의 당신처럼 아름다워질 것으로 기대되던, 그 공주님이란 말씀입니까?'

'그 아이가 바로 저예요. 저의 어머님은 이곳으로부터 사백 보 떨어진 곳에, 네 조각으로 찢겨, 시체 더미 밑에 깔려 계세요……'

저는 그에게 제가 겪은 모든 일을 이야기해 주었습니다. 그 역시 자기가 겪은 일들을 저에게 세세히 이야기해 주었고, 또 어느 예수교도 세력에 의해 모로코의 왕에게 특사로 파견된 사실도 저에게 알려 주었습니다. 그는 그 군주와 조약을 체결하기 위하여 왔는데, 그 군주에게 화약과 대포와 전함을 제공하여, 다른 예수교도 세력들의 무역을 근절시키는 일을 돕겠다는 조약이라 하였습니다. 그러면서 그 정직한 내시가 말하였습니다.

'저의 사명은 성공적으로 끝났습니다. 제가 셉타에서 출항할 예정인데, 당신을 이딸리아로 모셔다 드리겠습니다. c······ 없이 사는 것 얼마나 큰 불행인가!' [41]

저는 그에게 감격의 눈물을 흘리며 고맙다고 하였습니다. 하지만 그는 저를 이딸리아로 데려가지 않고 알제로 끌고 간 다음, 알제의 총독에게 팔아넘겼습니다. 제가 그렇게 팔린 직후, 아프리카와 아시아와 유럽을 번갈아 휩쓸던 흑사병이, 문득 알제에서 맹위를 떨치기 시작하였습니다. 아씨께선 지진은 구경하셨습니다. 하지만 흑사병도 겪어보셨나요?"

"그런 일 없어요." 뀌네공드가 대답하였다.

"아씨께서 그것을 겪어보셨다면, 그 병이 지진보다 훨씬 끔찍함을 인정하실 것입니다. 그 병이 아프리카에서는 매우 빈번하게 발생하는데, 제가 그 병에 걸렸습니다. 나이 겨우 열다섯인 교황의 딸이, 단 석 달 동안에, 극도의 궁핍과 노예 생활을 겪고, 거의 날마다 겁간을 당하고, 자신의 모친이 네 조각으로 찢기는 것을 목격하고, 배고픔과 전쟁의 희생물이 되고, 알제에서 흑사병에 걸렸으니, 그러한 처지가 그녀에게 어떠했을지 상상해 보십시오. 저는 그러나 그 병으로 죽지 않았습니다. 반면 저를 팔아넘긴 내시와 총독, 그리고 총독의 하렘에 있던 거의 모든 사람들이 목숨을 잃었습니다.

그 무시무시한 흑사병의 초기 위세가 조금 수그러들자, 총독의 노예들을 매각하기 시작하였습니다. 어느 상인이 저를 사서 투누스로 데려갔습니다. 그가 저를 다른 상인에게 팔았고, 그 다른 상인은 저를 트리폴리에서 팔았으며, 저는 그곳에서 알렉산드리아로, 알렉산드리아로부터 이즈미르(스무르네)로, 이즈미르로부터 콘스탄티노플로 연속하여 팔려 갔습니다. 그러한 과정을 거쳐 결국 저는 술탄의 근위대 소속 특수 보병 부대의 어느 지휘관 수중으로 들어갔습니다. 그런데 그 지휘관은 얼마 후, 러시아 군대가 포위하고 있던 아조프를 방어하러 떠나라는 명령을 받았습니다.

여자를 매우 좋아하던 지휘관은, 자기의 하렘에 있던 여자들을 모두 데리고 떠났으며, 우리 여자들을 팔루스-메오티데스 근처에 있는 작은 요새에 머물게 한 후, 검둥이 내시 둘과 병사 스무 명으로 하여금 돌보게 하였습니다. 무수히 많은 러시아 군사들을 죽였으나 그들 또한 우리 측에 못지않은 보복을 하였습니다. 아조프가 화염과 피로 뒤덮였고, 쌍방 간에 남녀노소를 가리지 않는 살육전이 계속되던 끝에, 결국에는 저희들이 머물던 작은 요새만 남았는데, 러시아 군사들은 보급로를 끊어 요새를 점령하려 하였습니다. 특수 보병 부대 소속 병사들 스무 명은 끝까지 투항하지 않겠노라 맹세한 사람들이었습니다. 극도의 굶주림에 몰린 그들은, 혹시 배고픔으로 인하여 자신들이 한 맹세를 깨뜨리지 않을까 저어하여, 두 내시를 먹어치웠습니다. 그리고 다시 며칠 후, 그들은 여인들을 먹기로 작정하였습니다.

매우 경건하고 인정 많은 이맘[43] 하나가 저희들과 함께 있었는데, 그가 군사들을 좋은 설교로 설득하여, 저희들을 완전히 죽이지는 말라고 하였습니다. '이 귀부인들의 볼기를 하나씩만 떼어내시오. 그것만으로도 그대들은 성찬을 즐기실 수 있을 것이오. 그러한 일을 다시 할 수밖에 없는 처지에 몰린다 해도, 며칠 지나면 다시 같은 양을 얻으실 수 있을 것이오. 그대들의 그토록 자비로운 처사에 하늘이 무심치 않으시리니, 그대들은 반드시 하늘의 도움을 받을 것이.'

그의 언변 덕분에 군사들이 그의 뜻을 따르기로 하였습니다. 우리 여인들에게 그 끔찍한 수술을 가하였고, 이맘은 할례받은 아이들에게 발라주는 연고를 저희들의 상처에 발라주었습니다. 우리 여인들은 모두 초주검이 되었습니다.

저희들이 제공한 것으로 특수 보병 대원들이 식사를 겨우 마쳤을 때, 러시아 군사들이 바닥 평평한 배를 타고 기습해 왔고, 그리하여 저희들을 지키던 보병 대원들 중 아무도 목숨을 건지지 못하였습니다. 러시아 군사들은 저희들의 그 처참한 상태에 아무 관심도 보이지 않았습니다. 어디에 가든 프랑스 출신 외과의사들이 있습니다. 그들 중 솜씨 탁월한 사람 하나가 저희들을 돌보았습니다. 그가 저희들을 치유해 주었는데, 저의 상처가 완전히 아물었을 때, 그가 저에게 여러 제안을 하였고, 저는 평생 그 일을 잊지 못할 것입니다. 그는 또한 저희들 모든 여자들에게, 일이 그 정도로 끝난 것을 위안으로 삼으라고 하였습니다. 그가 저희들에게 단언하기를, 여러 포위 작전에서 그러한 일이 종종 생기며, 그것이 전쟁의 법칙이라고 하였습니다.

저의 동료들이 걸을 수 있게 되자 그녀들을 모스크바로 보냈습니다. 저는 어느 러시아 귀족의 몫으로 돌아갔는데, 그가 저에게 정원 가꾸는 일을 시켰고, 그 노동의 대가로 저에게 돌아온 것은 매일 채찍질 스무 번이었습니다. 하지만 두 해가 지났을 때, 그 나리가 조정에 떠돌던 험담에 연루되어, 다른 귀족들 삼십여 명과 함께 거열형에 처해졌으며, 저는 그 사건을 틈타 도망을 쳤습니다. 그리고 러시아를 가로질렀습니다. 그러면서 오랜 세월 동안 리가, 로스토크, 비스마르, 라이프치히, 카셀, 위트레흐트, 레이든, 헤이그, 로테르담 등지에서 선술집 하녀로 일하였습니다. 볼기 한쪽밖에 없는 몸으로, 그러면서도 제가 어느 교황의 딸이라는 기억만은 간직한 채, 가난과 치욕 속에서 살다 보니, 저의 몸이 폭삭 늙어버렸습니다. 제 손으로 목숨을 끊고 싶었던 적이 일백 번도 더 되었으나, 저는 그러한 속에서도 삶에 애착하였습니다. 그 우스꽝스러운 약점이 아마 우리의 가장 치명적인 성향들 중 하나일 것입니다. 언제든 땅바닥에 던져버릴 수 있는 짐을 계속 지고 다니고자 하는 것보다 더 바보 같은 짓이 있겠습니까? 또한, 우리를 삼키는 독사가 우리의 심장을 먹어치울 때까지 그 독사를 쓰다듬는 짓보다 더 미련한 것이 있겠습니까?

저는 운명이 저로 하여금 쏘다니게 한 여러 나라에서, 그리고 제가 일하던 여러 선술집에서, 자신들의 삶을 극도로 증오하는 무수한 사람들을 보았습니다. 하지만 그들 중, 자기들의 비참함에 스스로 종지부를 찍은 사람은 열둘밖에 보지 못하였습니다. 검둥이 셋, 잉글랜드 사람 넷, 제네바 사람 넷, 그리고 로베크라고 하는 알레마니아의 교수 하나 등이 그들입니다. 저는 그렇게 떠돌아다니다가 유대인 돈 이사카르의 집에 하녀로 정착하였습니다. 그리하여 그가 저로 하여금 저의 아름다운 아씨를 모시게 한 것입니다. 저는 아씨의 운명에 집착하였고, 그리하여 제가 겪은 일보다 아씨의 일에 더 마음을 쏟았습니다. 만약 아씨께서 저를 조금이나마 자극하시지 않았다면, 또한 항해 중인 선박에서 지루함을 달래기 위하여 온갖 이야기를 하는 것이 관례가 아니라면, 저는 제가 겪은 불행한 일들을 입에 올리지조차 않았을 것입니다. 한마디로, 아가씨, 저는 온갖 풍상을 겪었고, 따라서 세상을 좀 압니다. 이제 각 승객들에게 각자의 이야기를 들려달라고 하시어, 그것을 하나의 즐거움으로 삼으시죠. 그리고 만약, 자신의 삶을 자주 저주하지 않은 사람이나, 인간들 중 자신이 가장 불운한 사람이라고 자주 생각하지 않은 사람을 단 하나라도 만나시면, 저를 바다 속으로 거꾸로 처박으시죠."

13장

깡디드와 뀌네공드의 이별

아름다운 뀌네공드는 노파의 이야기를 듣고 나자, 그러한 신분과 자격을 갖춘 인물에게 합당한 예를 표하였다. 그리고 노파의 제안을 받아들여, 모든 승객들에게 각자의 사연을 이야기해 달라고 청하였다. 깡디드와 그녀는 노파의 말이 옳았다고 실토하였다. 그러면서 깡디드가 한마디 더 하였다. "현명한 판글로스가 화형장에서 관습과 배치되게 교수형을 당한 것은 유감스러운 일입니다. 그가 살아 있다면, 육지와 바다를 뒤덮은 육체적 고통과 정신적 고통에 대하여 멋진 이야기를 우리들에게 해줄 것이고, 그러면 제가 정중하게 몇 마디 반론을 펼 의욕을 느낄 수 있을 것입니다."

승객들이 각자 자기의 사연을 펼쳐놓는 동안 선박은 항해를 계속하고 있었다. 일행을 태운 선박이 드디어 부에노스아이레스에 닿았다. 뀌네공드와 중대장 깡디드와 노파는 그곳

총독인 훼르난도 디바라아, 이 휘게오라, 이 마스까레네스, 이 람뽀우르도스, 이 소우자[43]의 저택으로 갔다. 그 나리는 그토록 많은 이름을 가진 사람에게 합당한 긍지를 가지고 있었다. 그는 사람들에게 말을 할 때 어찌나 고상한 경멸감을 드러내던지, 코를 어찌나 높이 쳐들던지, 음성을 어찌나 무자비하게 높이던지, 어찌나 위압적으로 거드름을 피우던지, 어찌나 거만한 태도를 취하던지, 그에게 인사를 하러 가는 사람들은 모두 그를 두들겨 패고 싶은 충동을 느꼈다. 그는 여인들을 광적으로 좋아하였다. 뀌네공드가 그에게는 일찍이 그가 본 그 무엇보다도 아름다워 보였다. 그들을 보고 그가 한 첫 번째 일은, 그녀가 중대장의 아내가 아닌지 묻는 일이었다. 그러한 질문을 하는 순간 그의 얼굴에 드러난 기색이 깡디드를 극도의 불안 속에 처박았다. 깡디드는 감히 그녀가 자기 아내라고 대답하지 못하였다. 실제로 자기의 아내가 아니었기 때문이다. 그녀가 자기 누이라고도 감히 말하지 못했다. 실제로 자기의 누이도 아니었기 때문이다. 선의에서 비롯된 그러한 거짓말이 비록 옛날 사람들 사이에서는 매우 유행하였고, 그것이 현대인들에게도 유익할 수 있었지만, 그의 영혼이 너무나 순수했기 때문에 진실을 외면할 수는 없었다.[44] 그가 총독에게 아뢰었다. "뀌네공드 아씨께서는 저를 남편으로 맞아들이는 영광을 저에게 베푸시게 되어 있습니다. 그리하여 각하께 간곡히 소청드리옵거니와, 저희의 혼례를 집전해 주시옵소서."

돈 훼르난도 디바라아, 이 휘게오라, 이 마스까레네스, 이 람뽀우르도스, 이 소우자는 콧수염을 치켜 올리면서 씁쓸한 미소를 지었다. 그러더니 깡디드 대위에게 명령하기를, 즉시 가서 그의 중대를 열병(閱兵)하라고 하였다. 깡디드가 그 명령에 따랐고, 총독은 뀌네공드 아씨와 단둘이 남았다. 그가 즉시 그녀에게 자기의 연정을 털어놓으며, 다음 날 당장, 교회당에서 혹은 그녀가 원한다면 다른 식으로, 그녀를 아내로 맞아들이겠다고 하였다. 뀌네공드가 그에게 청하기를, 심사숙고하고 노파의 조언도 들은 다음 결단을 내리겠으니, 십오 분 동안만 시간을 달라고 하였다. 노파가 뀌네공드에게 말하였다. "아가씨의 선조들께서 칠십이 대까지 귀족이시긴 하나, 아가씨에게는 돈 한 푼 없습니다. 남아메리카에서 가장 큰 세력을 누리고, 매우 아름다운 콧수염을 가진 나리의 아내가 되는 것은, 오직 아가씨의 뜻에 달렸습니다. 어떠한 시련에도 절개를 지키겠노라 뽐내는 것이 아가씨에게 가당키나 합니까? 아가씨는 이미 불가레스 군인들에게 겁간을 당하셨고, 유대인 하나와 종교재판관 하나가 아가씨의 특별한 호의를 얻었습니다. 불운이 권리를 줍니다. 솔직히 말씀드리거니와, 제가 만약 아가씨의 처지에 있다면, 저는 총독님과 혼인을 하여, 깡디드 대위님에게 성공의 길을 열어드리면서 어떠한 가책감도 느끼지 않을 것입니다." 노파가 나이와 경험이 가져다준 신중함에 입각하여 그러한 말을 하고 있는데, 작은 선박 한 척이 항구로 들어

오는 것이 보였다. 그 배에는 치안판사 하나와 경찰관 여럿이 타고 있었는데, 사연은 이러하였다.

뀌네공드가 깡디드와 함께 급히 도망칠 때, 소매 넓은 옷을 입은 프란체스코회 수도사가 바다호스 시내에서 뀌네공드의 현금과 보석들을 훔쳤을 것이라고 한 노파의 추측은 정확하였다. 그 수도사가 보석 몇을 어느 보석상에게 팔려고 하였다. 상인은 보석들이 종교재판소 재판장의 것임을 첫눈에 알아보았다. 수도사가, 교수형에 처해지기 직전, 그것들을 자기가 훔쳤노라고 자백하였다. 그러면서, 그것들을 가지고 있던 사람들의 생김새와 그들이 가던 길의 방향을 상세히 설명하였다. 깡디드와 뀌네공드의 탈출은 이미 알려져 있었다. 그리하여 까디스까지 그들을 추적하였고, 조금도 지체하지 않고 배 한 척을 띄워 뒤를 쫓게 하였다. 그 배가 벌써 부에노스아이레스 항구 안에 정박하였다. 치안판사 하나가 곧 상륙할 것이며, 종교재판소 재판장을 살해한 범인의 뒤를 쫓는 중이라고 하는 소문이 퍼졌다. 신중한 노파는 즉시 무슨 일을 해야 할지를 깨달았다. 그녀가 뀌네공드에게 말하였다. "아씨는 도주하실 수 없어요. 또한 아무것도 두려워하실 필요 없어요. 재판장 나리를 살해한 사람은 아씨가 아니에요. 게다가 아씨를 좋아하는 총독이, 누구든 아씨를 함부로 대하면 방관하지 않을 거예요. 그러니 이곳에 머무세요." 그런 다음 노파가 급히 깡디드에게로 달려가 그에게 말하였다. "도주하세요. 그러지 않으시면 한 시간 이내에 화형을 당하실 거예요." 깡디드에게는 단 한순간도 허송할 시간이 없었다. 하지만 뀌네공드와 어찌 헤어진단 말인가? 또한 어디로 피한단 말인가?

14장

빠라구아이에 간 깡디드와 까깜보

깡디드는 까디스에서 출항할 때 시종 하나를 데리고 왔는데, 에스빠냐의 해안 지역이나 식민지에서 흔히 볼 수 있는 부류의 사람이었다. 그는 뚜꾸만[45]에서 어느 튀기의 자식으로 태어난, 사분의 일쯤 에스빠냐 피가 섞인 사람이었다. 그는 성가대의 소년대원, 성당지기, 선원, 수도사, 거래 대리인, 병사, 귀족의 시종 등 여러 가지 일을 두루 해본 사람이었다. 그의 이름은 까깜보였는데, 새로 모시게 된 주인을 매우 좋아하였다. 그 주인이 아주 착한 사람이었기 때문이다. 그가 안달루시아산 말 두 필에 최대한 신속히 안장을 얹었다. 그리고 깡디드에게 말하였다.

"어서 떠납시다, 주인님. 노파의 조언을 따릅시다. 신속히 출발하여 뒤도 돌아보지 말고 달립시다."

깡디드가 눈물을 흘리며 탄식하였다.

"오, 내 사랑 뀌네공드! 총독께서 당신의 혼례식을 집전해 주시려는 이 순간에 당신을 내동댕이쳐야 하다니! 그토록 멀리에서 이곳까지 데려왔는데, 뀌네공드, 이제 당신은 어찌 된단 말인가?"

"그녀는 될 수 있는 대로 될 것입니다." 까깜보가 말하였다. "여인들은 결코 자신들 때문에 근심하는 법이 없습니다. 신께서 그녀들에게 대책을 마련해 주십니다. 그러니 달립시다."

"나를 어디로 데려갈 작정인가? 우리가 어디로 가는가? 뀌네공드 없이 우리가 무엇을 할 수 있겠는가?"

"꼼뽀스뗄라의 야꼬부스 성자의 이름으로 아뢰거니와, 주인님께서는 예수회교도들에게 가셔서 전쟁을 하시면 됩니다. 가서 그들을 위하여 전쟁을 합시다. 제가 길을 잘 아니, 주인님을 그들의 왕국으로 안내하겠습니다. 그들은 불가레스 군대식으로 훈련을 시키는 대위 한 분을 모시게 되어 매우 기뻐할 것입니다. 주인님께서는 엄청난 성공을 거두실 것입니다. 한 세상에서 이익을 얻지 못할 경우에는 다른 세상에서 그것을 발견하는 법입니다. 새로운 일을 접하고 그것에 종사하는 것은 매우 큰 즐거움입니다."

"자네가 그러면 이미 빠라구아이에 간 적이 있단 말인가?" 깡디드가 물었다.

"정말 그렇습니다. 제가 아순씨온에 있는 예수회 학교의 사환으로 일한 적이 있기 때문에, 로스 빠드레스[46]의 정부를 까디스의 길들만큼이나 훤히 압니다. 그 정부야말로 정말 찬탄할 만한 물건입니다. 왕국의 영토는 그 직경이 벌써 삼천 리에 이릅니다. 그리고 삼십 개 지방으로 나누어져 있습니다. 로스 빠드레스는 모든 것을 가지고 있으되 백성들은 아무것도 가진 것이 없습니다. 그 왕국이야말로 이성과 정의가 만들어낸 걸작품입니다. 제가 보기에는, 이곳에서 에스빠냐의 왕과 뽀르뚜갈의 왕을 상대로 전쟁을 벌이면서 유럽에서는 그 왕들의 고해를 듣고, 이곳에서 에스빠냐 사람들을 죽이면서 마드리드에서는 그들을 하늘로 보내는, 그 로스 빠드레스만큼 신성한 것은 없는 것 같습니다. 그러한 현상이 저를 매혹합니다. 어서 가십시다. 주인님께서는 모든 사람들 중 가장 행복한 분이 되실 겁니다. 불가레스 군대의 훈련법을 아는 대위 한 분이 자기들에게로 온다는 소식을 들으면 로스 빠드레스가 얼마나 기뻐하겠습니까!"

첫 관문에 이르러 까깜보가 초병에게 말하기를, 대위 한 분이 사령관 예하[47]를 뵙고자 한다고 하였다. 소식이 본대에 전해졌다. 빠라구아이의 장교 하나가 달려가 사령관의 발아래에 엎드려 그 일을 고하였다. 깡디드와 까깜보는 우선 무장해제를 당하였다. 그들이 타고 간 안달루시아산 말들도 압수하였다. 두 이방인이 두 줄로 도열한 군사들 사이로 안내되었다. 사령관은 반대쪽 끝에 있었는데 삼각모[48]를 쓰고 드레스[49]는 걷어 올렸는데, 옆구리에는 검을 찼고 손에는 단창을 들었다.⁵⁰⁾ 그가 신호를 한 번 보내자, 도열해 있던 군사들 스물넷이 이방인 둘을 에워쌌다. 하사관 하나가 두 사람에게 말하기를, 사령관께서는 그들에게 아무 말씀도 하실 수 없는데, 존귀하신 관구장(管區長) 신부님께서 분부하시기를, 모든 에스빠냐 사람들은 그분이 계실 때에만, 그리고 그 나라에 들어온 지 세 시간 이상이 되어야, 입을 열 수 있기 때문이라 하였다. 그러자 까깜보가 물었다.

"그러면 존귀하신 관구장 신부님은 어디에 계시오?"

"미사를 집전하신 후 지금은 열병식에 참석하고 계십니다. 따라서 당신들은 세 시간이 지나야 그분의 박차에 입을 맞추실 수 있을 것입니다."

까깜보가 말하였다. "하지만, 저처럼 시장기 때문에 돌아가실 지경이 되신 대위님께서는 에스빠냐인이 아니고 알레마니아인이십니다. 존귀하신 신부님을 기다리는 동안 요기를 좀 할 수 없겠습니까?"

하사관이 즉시 사령관에게로 가서 까깜보가 한 말을 전하였다. 그러자 사령관 나리께서 말하였다. "잘된 일이로다! 그 사람이 알레마니아인이니 내가 그에게 말을 건넬 수 있노라. 그를 나의 생나무 오두막⁵¹⁾ 안으로 안내하라." 깡디드가 즉시 녹색 집무실 안으로 안내되었다. 초록색과 황금색 대리석으로 세운 매우 아름다운 주랑(柱廊)과, 앵무새와 벌새와 뿔닭 등 온갖 희귀조들을 가두고 있는 철망으로 장식한 집무실이었다.

감미로운 음식이 황금 그릇에 준비되어 있었다. 빠라구아이 병사들이 나무로 깎은 그릇에 옥수수를 담아, 이글거리는 태양 아래에서 먹고 있는 동안, 존귀하신 사령관 신부께서 생나무 오두막 안으로 들어왔다.

얼굴이 둥글고, 상당히 희고, 혈색이 좋고, 눈썹 끝이 치켜 올라갔고, 눈빛이 강렬하고, 귀가 붉고, 입술이 진홍색이고, 기색이 오만한, 아주 잘생긴 젊은이였으나, 그의 오만함은 에스빠냐 사람이나, 예수회교도의 오만함이 아니었다. 압수했던 무기와 안달루시아산 말을 깡디드와 까깜보에게 돌려주었다. 까깜보는 생나무 오두막 곁에서 말들에게 귀리를 먹이며 그것들로부터 잠시도 눈을 떼지 않았다. 기습을 염려했기 때문이다.

깡디드는 먼저 사령관의 소따나 자락에 입을 맞춘 다음 식탁 앞에 앉았다.

"그래 당신이 알레마니아 사람이라고요?" 예수회교도가 그 지역 말로 물었다.

"예, 존귀하신 신부님."

그러한 말들을 주고받으며 두 사람 모두 서로를 유심히 바라보더니, 다음 순간 감격을 주체하지 못하였다.

"그럼 알레마니아의 어느 고장에서 오셨소?" 예수회 사제가 물었다.

"그 더러운 베스트팔렌 지방에서 왔습니다. 저는 툰더-텐

―트롱크 성에서 태어났습니다." 깡디드가 대답하였다.

"오, 하늘이시여! 이런 일이 있을 수 있나이까?" 사령관이 소리쳤다.

"이 무슨 기적인가!" 깡디드도 맞받았다.

"당신이오?" 사령관이 물었다.

"있을 수 없는 일입니다!" 깡디드의 대꾸였다.

두 사람 모두 뒤로 나자빠졌다가 서로 포옹하더니, 눈물을 마구 흘렸다.

"이럴 수가! 신부님, 당신이란 말씀입니까? 당신이 아름다운 뀌네공드의 오라버님이란 말씀입니까? 불가레스 군사들에게 살해되신! 남작님의 아드님이신! 당신이 빠라구아이에서 예수회 사제라니! 이 세상이 기이한 것임을 시인해야겠군요. 오, 판글로스! 판글로스! 당신이 교수형을 당하지 않았다면 지금 얼마나 기뻐하실까!"

사령관은 수정 잔에다가 마실 것을 따르고 있던 검둥이 노예들과 빠라구아이 사람들을 물러가게 하였다. 그는 신과 이그나씨오[52] 성자에게 무수히 감사드리며 깡디드를 포옹하였다. 두 사람의 얼굴이 온통 눈물로 젖었다. 깡디드가 말하였다.

"배가 갈려 죽은 줄로 알고 계신 당신의 누이 뀌네공드 아씨가 아주 건강하게 생존해 계시다는 사실을 말씀드리면, 더욱 놀라시고 더욱 감동하시어 어쩌실 줄 모르실 겁니다."

"어디에 있단 말이오?"

"이곳으로부터 멀지 않은 곳, 부에노스아이레스의 총독 관저에 있습니다. 저는 지금 수행하고 계신 전쟁에 힘을 보탤 생각으로 왔습니다."

그 긴 대화가 계속되는 동안, 두 사람이 주고받은 말 한마디 한마디가 경이로움을 더욱 증대시켰다. 그들의 영혼은 몽땅 그들의 혀끝에서 날았고, 그들의 귀에서 잔뜩 주의를 기울였으며, 그들의 눈 속에서 형형하게 빛났다. 그들은 관구장 신부를 기다리며 알레마니아 사람들답게 오랫동안 식탁 앞에 앉아 있었다. 그러면서 사령관이, 자기에게 그토록 귀한 깡디드에게 다음과 같이 말하였다.

15장

뀌네공드의 오라비를 살해하다

"나는 나의 아버지와 어머니가 살해되고 누이가 겁간당하던 그 끔찍한 날을 평생 기억 속에 간직할 것이오. 불가레스 군사들이 철수한 후, 사랑스러운 누이는 발견하지 못하였고, 우리 선조들의 성으로부터 이십 리 되는 곳에 있는 예배당에 매장할 생각으로, 사람들이 나의 아버지와 어머니 그리고 나, 목이 따인 하녀 둘과 소년 셋을 수레에 실었소. 어느 예수회 사제가 우리들에게 성수를 뿌렸소. 성수는 몹시 짰는데, 그 몇 방울이 나의 눈으로 들어갔소. 나의 눈꺼풀이 조금 움직이는 것이 사제의 눈에 띄었소. 그가 내 가슴에 손을 대보았고, 심장이 뛰는 것을 느꼈소. 나는 치료를 받았고, 삼 주 후에는 흔적조차 없을 만큼 완쾌되었소. 나의 귀한 벗 깡디드, 그대도 아시다시피, 나의 용모가 원래 귀여웠고, 몸이 치유된 후에는 더욱 그러하였소. 그리하여 수도회장 크루스트[53] 신부님께서

나에 대하여 깊은 우정을 품으시게 되었소. 그분이 나에게 수련기 수도사의 옷을 입혀 주셨고, 얼마 후 나를 로마로 보내셨소. 교구장께서는 알레마니아 출신의 젊은 예수회 사제들을 모집하고 계셨소. 빠라구아이의 군주들[54]은 에스빠냐 출신 예수회 사제들을 극소수로 제한하였소. 그들은 다른 나라 사제들을 더 좋아하였는데, 그들을 더 권위적으로 통솔할 수 있었기 때문이오. 교구장께서는 내가 그 포도원에 가서 일할 수 있는 적임자라고 판단하셨소. 나는 폴란드 사제 하나와 티롤 출신 사제 하나를 대동하고 떠났소. 그리고 이곳에 도착하여 차부제(次副祭)의 직과 육군 중위의 직을 얻는 영광을 누렸소. 그리하여 지금은 대령이며 사제라오. 우리들은 에스빠냐의 왕이 보내는 군대를 강력하게 요격하고 있소. 장담하지만, 그들은 모두 파문당하고 패배할 것이오. 하늘의 섭리가 그대를 이곳으로 보내어 우리를 돕도록 하신 것이오. 하지만 내 사랑하는 누이 뀌네공드가 근처 부에노스아이레스의 총독 관저에 있다는 것이 사실이오?"

깡디드는 맹세를 하며 틀림없는 사실이라고 하였다. 두 사람이 다시 눈물을 흘리기 시작하였다. 남작은 지칠 줄 모르고 깡디드를 포옹하였다. 그러면서 그를 가리켜 자기의 형제 혹은 구원자라고 하였다. 그가 깡디드에게 말하였다.

"아! 나의 귀한 벗 깡디드, 우리가 함께 그 도시로 쳐들어가 나의 누이 뀌네공드를 다시 데려와야겠소."

"제가 간절히 바라는 일입니다. 저는 그녀와 결혼할 생각이었고, 지금도 그 희망을 버리지 않고 있습니다."

"그대가! 건방진 것! 칠십이 대 선조까지 귀족임이 입증된 내 누이와 혼인을 하겠다니, 정말 파렴치하군! 그토록 무모한 의도를 감히 내 앞에 드러내다니, 그대가 몹시 뻔뻔스러운 사람이야!"

그러한 말에 문득 돌처럼 굳어버린 깡디드가 대꾸하였다.

"존귀하신 신부님, 귀족임을 입증하는 이 세상의 모든 가문(家紋)들이 이러한 일에서는 아무 역할도 하지 못합니다. 제가 당신의 누이를 어느 유대인과 종교재판관의 손아귀로부터 구출해 내었고, 그리하여 그녀가 저에게 고마워하고 있으며, 저와 혼인하기를 원하는 것입니다. 판글로스 선생께서 저에게 항상 말씀하시기를, 모든 인간은 평등하다고 하셨습니다. 따라서 저는 결단코 그녀와 혼인할 것입니다."

"엉뚱한 놈, 그것은 두고 볼 일이야!"

툰더-텐-트롱크 남작인 예수회 사제가 그렇게 말하면서, 검의 납작한 부분으로 깡디드의 얼굴을 세차게 때렸다. 그 순간 깡디드 역시 자기의 검을 뽑아 그것으로 남작의 배를 찌르니, 검이 날밑까지 깊숙이 박혔다. 하지만 그는 김이 무럭무럭 나는 검을 다시 뽑아 들고 눈물을 흘리며 탄식하였다. "아! 맙소사, 내가 나의 옛 주인이며 벗이며 처남 될 사람을 죽였구나. 내가 이 세상에서 최선의 인간인데, 벌써 사람 셋을 죽였고, 그 셋 중 둘이 사제라니!"

생나무 오두막 입구에서 망을 보고 있던 까깜보가 달려왔다. "우리의 목숨을 비싼 값에 팔 수밖에 없게 되었노라. 이제 사람들이 오두막으로 들어올 터, 손에 무기를 든 채 죽을 수밖에 없노라." 주인의 그러한 말을 듣고도, 이미 비슷한 일을 많이 겪은 까깜보는 조금도 당황하지 않았다. 그가 남작이 입고 있던 예수회 사제의 옷을 벗겨 깡디드에게 입혀 주고, 죽은 사람의 사각모를 그에게 건네준 다음, 서둘러 말에 오르라고 하였다. 모든 일이 눈 깜짝할 사이에 이루어졌다. "주인님, 굽을 모아 달립시다. 누구든 주인님을, 급히 명령을 하달하러 가는 예수회 사제로 믿을 것입니다. 저들이 추격을 시작할 때쯤이면 국경을 넘을 수 있을 것입니다." 그렇게 말하더니, 까깜보는 벌써 나는 듯이 말을 몰며 에스빠냐어로 고함을 쳐댔다. "비키시오, 존귀하신 대령 사제님을 위해 길을 비키시오."

16장

오레이용족의 두 처녀와 원숭이

 깡디드와 그의 시종이 관문을 벗어났건만, 병영에서는 알레마니아 예수회 사제의 죽음을 아무도 모르고 있었다. 세심한 까깜보가 빵과 초콜릿, 햄, 과일 및 얼마간의 포도주 등으로 자기의 보따리를 가득 채워 가지고 떠났다. 그들은 안달루시아산 말을 타고 미지의 땅으로 깊이 들어갔는데, 그곳에는 길이 없었다. 이윽고 냇물 여러 줄기가 가로지르는 아름다운 초원 하나가 나타났다. 두 나그네는 말들로 하여금 풀을 뜯게 하였다. 까깜보가 주인에게 요기를 좀 하자고 제안하면서 자기가 먼저 시범을 보였다. "내가 남작님의 아들을 죽였고, 그리하여 아름다운 뀌네공드를 영영 볼 수 없는 처지에 놓였는데, 그대는 어찌 내가 햄 먹기를 바라는가? 내가 회한과 절망 속에서, 그리고 그녀로부터 멀리 떨어져, 이 목숨을 근근이 이어가야 하는데, 나의 비참한 삶을 연장하는 것이 무슨 소용 있겠는가? 게다가 트레부[55]의 신문은 무슨 소리를 하겠는가?" 깡디드의 말이었다.

하지만 그렇게 말하면서도 깡디드는 먹기를 멈추지 않았다. 해가 지고 있었다. 그때, 여인들이 내지르는 듯한 작은 비명 비슷한 소리가, 길 잃은 두 나그네의 귀에 들려왔다. 그들은 그 소리가 고통의 비명인지 즐거움의 비명인지 알 수 없었다. 하지만 미지의 나라에서는 모든 것이 불안감과 공포감을 안겨주는 법, 그들은 서둘러 벌떡 일어섰다. 그 소리는, 초원 언저리에서 경쾌하게 뛰어가고 있던 벌거벗은 두 소녀로부터 들려왔는데, 원숭이 두 마리가 그녀들의 엉덩이를 깨물며 따라가고 있었다. 깡디드가 보기에 소녀들이 무척 불쌍하였다. 그는 일찍이 불가레스 군대에서 사격술을 익혔던지라, 덤불 숲 속에 매달려 있는 개암을, 곁에 무성한 잎들은 건드리지도 않고 쏘아 떨어뜨릴 수 있을 정도였다. 그는 에스빠냐에서 제조된 자기의 이연발 소총을 집어 들었다. 그리고 즉시 방아쇠를 당겨 두 원숭이를 죽였다.

"참으로 다행스러운 일이야, 까깜보! 내가 저 가엾은 두 소녀를 큰 위험으로부터 구출해 주었네. 혹시 내가 종교재판관 하나와 예수회 사제 하나를 죽여 죄를 지었다면, 두 소녀를 구출해 줌으로써 속죄를 한 셈이네. 저 소녀들이 아마 지체 높은 가문의 아가씨들일지도 모르니, 이 사건이 우리들에게 매우 큰 이로움을 안겨 줄 수도 있을 걸세."

그가 이야기를 계속하려 하였다. 그러나 두 소녀가 두 원숭이를 애틋하게 얼싸안고 그 시신 위로 눈물을 펑펑 쏟으며, 대기를 지극히 구슬픈 비명으로 채우는 것을 보는 순간, 그의 혀가 문득 굳어버렸다. 잠시 후 그가 까깜보에게 말하였다.

"저토록 착한 영혼이 있다니, 참으로 뜻밖일세."

그러자 까깜보가 즉각 응수하였다.

"주인님, 정말 멋진 걸작품을 완성하셨습니다. 주인님께서는 저 두 아가씨의 연인들을 죽이셨습니다."

"연인들이라니! 그것이 있을 수 있는 일인가? 까깜보, 자네가 지금 나를 놀리고 있군. 무슨 수로 자네의 말을 믿을 수 있겠는가?"

그러자 까깜보가 대꾸하였다.

"저의 다정하신 주인님, 주인님께서는 항상 모든 것에 놀라십니다. 어떤 나라에서는 원숭이들이 귀부인들의 특별한 호의를 얻는다는 사실을 왜 이상하게 여기십니까? 제가 에스빠냐 사람의 사분의 일이듯이, 원숭이들은 인간의 사분의 일입니다."

"아!" 깡디드가 그 말에 대꾸하였다. "전에 판글로스 선생께서 말씀하시기를, 옛날에 그러한 일들이 있었으며, 그러한 잡종교배로부터 아이기판과 화우누스, 사티루스[56] 등이 나왔으며, 고대의 위대한 인물들이 그러한 것들을 보았다고 하신 것을 기억하고 있네. 하지만 나는 그것이 그저 꾸며낸 실없는 이야기인 줄로만 알았다네."

"주인님께서는 이제 그것이 사실임을 확신하실 수 있을 것입니다. 또한 일정한 교육을 받지 못한 사람들이 그러한 진실을 어떻게 이용하는지 깨달으시게 되었습니다. 하지만 제가 지금 두려워하는 것은, 저 귀부인들께서 우리에게 어떤 못된 짓을 하지 않을까 하는 것입니다."

까깜보의 그러한 설득력 있는 말에, 깡디드도 선뜻 그 초원을 떠나 숲으로 들어가기로 결단을 내렸다. 그들은 숲 속에서 저녁 식사를 한 다음, 뽀르뚜갈의 종교재판관과 부에노스아이레스의 총독과 남작에게 함께 저주를 퍼부은 다음, 마른 이끼를 깔고 잠을 청하였다. 그런데, 두 사람이 다시 눈을 떴을 때, 그들은 자기들이 꼼짝도 할 수 없음을 느꼈다. 두 귀부인의 고발을 접한 그 지역 주민들이, 즉 오레이용족이, 밤에 두 사람을 나무껍질로 꼬아 만든 밧줄로 꽁꽁 묶어놓았기 때문이었다. 실오라기 하나 걸치지 않고, 화살과 몽치와 돌도끼로 무장한 오레이용족 오십여 명이 두 사람을 에워싸고 있었다. 다른 사람들은 꼬챙이를 준비하며 일제히 외치고 있었다. "예수회 사제를 잡았어! 예수회 사제야! 이제 복수도 하고 맛좋은 음식도 먹게 되었어. 예수회 사제를 먹읍시다! 예수회 사제를 먹읍시다!"

까깜보가 구슬프게 말하였다.

"주인님, 그 두 계집이 우리에게 못된 짓을 할 것이라고 제가 이미 말씀드렸습니다."

가마솥과 꼬챙이들을 보더니 깡디드가 구슬프게 중얼거렸다.

"우리가 틀림없이 구워지거나 삶아지겠구나. 아! 순수한 자연이 어떻게 생겼는지를 보신다면, 판글로스 선생께서는 무슨 말씀을 하실까? 모든 것이 선이라고 하지. 그러나 솔직히 고백하건대, 뀌네공드 아씨를 잃은 다음 오레이용족에 의해 꼬치구이가 되는 것은 정말 잔혹한 일이야."

까깜보는 조금도 당황하지 않고, 절망에 빠진 깡디드에게 말하였다.

"결코 절망하지 마십시오. 제가 저들의 말을 조금 알아들으니, 한번 말을 건네보겠습니다."

그러자 깡디드가 그에게 당부하였다

"인간을 굽는 짓이 얼마나 끔찍한 비인간적인 짓이며, 그것이 얼마나 예수교에 배치되는지, 저들에게 환기시키는 것 잊지 말게."

까깜보가 오레이용족 사람들을 향하여 말을 하기 시작하였다.

"공들께서는 오늘 결단코 예수회 사제 하나를 잡숫고자 하십니다. 아주 좋은 생각입니다. 적들을 그렇게 대하는 것보다 더 정당한 일은 없습니다. 사실 자연법[57]은 우리에게 우리의 이웃을 죽이라고 가르치고, 이 지구 어디에서나 모두들 그 가르침에 따라 행동합니다. 하지만 우리가 우리의 이웃을 먹을 권리를 행사하지 않는 것은, 그것 이외에도 우리에게는 질탕하게 먹을 것이 있기 때문입니다. 하지만 공들께서는 우리들이 가지고 있는 것과 같은 자원을 가지고 계시지 않습니다. 물론 승리의 결실을 까마귀들에게 던져주는 것보다는 자기의 적들을 먹는 것이 분명 낫습니다. 그러나 공들께서도 공들의 친구들만은 잡숫기를 원치 않으실 것입니다. 공들께서는 지금 예수회 사제 하나를 꼬챙이에 꿰려 하신다고 믿고 계십니다. 그런데 공들께서 구우려 하시는 사람은 공들의 적들의 적, 즉 공들의 수호자이십니다. 저로 말씀드릴 것 같으면, 저는 공들의 나라에서 태어났습니다. 그리고 공들 앞에 계신 이 신사분은 제가 모시는 주인이신데, 예수회 사제이기는커녕, 예수회 사제 하나를 죽이신 다음 그 옷을 벗겨 입으셨습니다. 공들께서 오해하신 것은 그러한 연유 때문입니다. 제가 드리는 말씀의 진위를 확인하고자 하신다면, 이분이 입고 계신 드레스를 가지고 로스 빠드레스의 왕국 관문으로 가보십시오. 그런 다음, 저의 주인께서 예수회 사제 장교 하나를 정말 죽이셨는지, 알아보십시오. 시간은 얼마 걸리지 않을 것이니, 그런 연후에, 제가 거짓말을 하였다고 생각하시면 언제라도 저희들을 잡수실 수 있을 것입니다. 그러나 또한 제가 진심을 말씀드렸음이 판명되면, 공들께서는 공법의 모든 원칙과 관습과 법률 조항들을 잘 아시니, 저희를 사면해 주시지 않을 수 없을 것입니다."

오레이용족 사람들은 까깜보의 그 말이 사리에 합당하다고 여겼다. 그들은 믿을 만한 사람 둘을 보내어 일의 실상을 알아보게 하였다. 파견된 두 사람은 기지 있는 이들답게 사명을 완수하였고, 얼마 아니 되어 좋은 소식을 가지고 돌아왔다. 오레이용족 사람들이 오랏줄을 풀어준 다음, 그들에게 극진한 예의를 표하며 여자들과 다과를 베풀었다. 그러고 나서 두 사람을 자기네 나라 국경까지 안내하여 주었는데, 그러면서 기운차게 외쳤다. "그는 예수회 사제가 아니야, 예수회 사제가 아니야!"

깡디드는 자기를 풀어준 동기에 찬사를 보내느라 지칠 줄 몰랐다. "놀라운 백성이로다! 놀라운 사람들이로다! 놀라운 관습이로다! 내가 만약 뀌네공드 아씨의 오라비를 검으로 찌르는 행운을 잡지 못하였다면, 나는 가차없이 먹혔을 것이로다. 하지만 여하튼 순수자연[58]은 선하도다. 저 사람들이, 내가 예수회 사제가 아님을 알고는, 나를 먹는 대신 나에게 무수한 호의를 베풀었으니 말이야."

17장

엘도라도에 간 깡디드

 두 사람이 오레이용족 국가의 국경선에 이르렀을 때, 까깜보가 깡디드에게 말하였다.
 "보시다시피 이쪽 남반구도 저쪽 북반구보다 나을 것이 없습니다. 그러니 제 말씀대로, 가장 짧은 길을 찾아 유럽으로 돌아가시지요."
 "그곳으로 어찌 돌아가자는 말인가?" 깡디드가 대꾸했다. "유럽 어디로 가자는 말인가? 나의 고국으로 돌아간다 하여도, 그곳에서는 불가레스족들과 아바레스족들이 사람들의 목을 따고 있을 것이고, 뽀르뚜갈로 돌아가면 내가 즉시 불더미 속으로 던져질 것일세. 물론 이 나라에 머문다 하여도, 우리들이 항상 꼬치구이가 될 위험에 놓이는 것은 분명하네. 하지만 뀌네공드 아씨가 사는 나라를 어떻게 선뜻 떠나겠다고 결단을 내릴 수 있겠는가?"

"그러면 까이엔느 쪽으로 방향을 돌립시다. 그곳에 가면 온 세계를 쏘다니는 프랑스 사람들을 만날 수 있을 것입니다. 그들이 저희들을 도울 수 있을 것입니다. 신께서 혹시 저희들을 불쌍히 여기실지도 모릅니다."

까이엔느로 가기가 쉽지 않았다.[59] 두 사람은 대략 어느 방향으로 걸어야 할지는 알고 있었다. 그러나 무수한 산과 강과 절벽과 산적과 야만인들이 사방에 무시무시한 장애물을 이루고 있었다. 그들의 말들은 지쳐서 죽었다. 식량도 바닥이 났다. 그들은 한 달 동안을 꼬박 야생 열매로 연명하였다. 드디어 야자나무들이 있는 어느 작은 강변에 도달하였는데, 그것들이 그들의 생명과 희망을 지탱해 주었다.

노파처럼 항상 사리에 합당한 조언을 하던 까깜보가 깡디드에게 제안하였다.

"우리가 이제 더 이상은 걸을 수 없습니다. 이미 충분히 걸었습니다. 저쪽 강변에 빈 조각배 하나가 있습니다. 그 조각배에 야자열매를 가득 실은 다음, 우리도 배에 올라 물결 흐르는 대로 내버려 둡시다. 어떠한 강이든 항상 사람 사는 곳에 이르게 되어 있습니다. 혹시 우리 마음에 기꺼운 일들을 만나지 못한다 하더라도, 최소한 새로운 것들은 볼 수 있게 될 것입니다."

"그렇게 하세, 우리들을 섭리에 맡기세."

그들은 몇십 리를 흘러갔다. 강변이 꽃들로 뒤덮인 곳이 있는가 하면 불모지도 있었고, 평평한 곳이 보이다가는 절벽들도 나타났다. 강이 갈수록 점점 넓어졌다. 그러더니 하늘을 찌를 듯한 무시무시한 암석 밑으로 이어졌다. 두 나그네는 용기를 내어 그 바위 천장 밑으로 흐르는 물결에 자신들을 내맡겼다. 그 지점에서 문득 좁아진 강물이 끔찍한 소음을 내며 그들을 급속히 이끌어 갔다. 스물네 시간이 지나서야 그들 앞에 다시 태양이 나타났다. 하지만 그들의 조각배는 무수한 암초에 부딪혀 갈기갈기 찢겼다. 그들은 이 바위에서 저 바위로 건너뛰며 족히 십 리나 되는 거리를 이동해야 했다. 드디어 그들 앞에 광막한 지평선이 나타났고, 지평선은 접근할 수 없는 산들로 둘러싸여 있었다. 땅은 필요에 의해서뿐만 아니라 즐거움도 위해서 경작된 듯하였다. 어디를 보나 실리(實利)에 쾌적함이 곁들여져 있었다. 길들은 번쩍이는 자재로 만든 특이한 형태의 수레들로 뒤덮여 있었는데, 아니 치장되어 있었는데, 남자들과 기이한 아름다움을 갖춘 여인들이 타고 있었으며, **빠르기가** 안달루시아나 티타원(떼뚜안),[60] 메크네스(메끼네스)[61] 등지의 준마들을 능가하는 커다란 붉은색 양들이 그 수레들을 끌고 있었다.

"하지만 여기에 베스트팔렌보다 나은 나라 하나가 있도다." 깡디드가 중얼거렸다. 그는 까깜보와 함께 처음 만난 어느 마을 앞에서 내렸다.[62] 마을의 몇몇 아이들이, 황금실로 수를 놓은, 그러나 갈가리 찢어진 비단옷을 입고, 마을 입구에서 작은 원반으로 과녁 맞히기 놀이를 하고 있었다. 다른 세상에서 온

두 사람이 아이들 노는 것을 재미있게 구경하였다. 그런데 아이들이 던지는 상당히 널찍하고 둥근 원반들이 황색, 적색, 초록색 등을 띠었고, 그것들이 모두 기이한 광채를 발산하였다. 두 나그네가 호기심에 이끌려 원반 몇 개를 주워 들었다. 그것들은 모두 황금과 에메랄드와 루비였다. 가장 작은 것이라 해도, 무굴 제국의 옥좌를 장식하고 있는 가장 큰 보석과 맞먹을 정도였다. "작은 원반을 던지며 노는 아이들은 이 나라 왕의 아들들임이 틀림없어." 까깜보가 중얼거렸다. 그때, 마을 학교의 선생이 나타나, 아이들을 학교로 데리고 들어갔다. "왕가의 가정교사로군." 깡디드가 말하였다.

어린애 녀석들은 놀이를 즉시 중단하고, 작은 원반 등 놀이 기구들을 모두 그 자리에 내버려 두었다. 깡디드가 그것들을 주워 들고 가정교사에게 달려가, 겸손한 태도로 그에게 내밀며, 존엄하신 왕자들께서 황금과 보석들을 잊고 그냥 가셨노라고, 몸짓을 해보였다. 마을 학교 선생은, 미소를 지으며 그것들을 땅바닥에 던져버리더니, 몹시 놀란 기색으로 깡디드를 유심히 바라본 다음, 다시 걸음을 재촉하였다.

두 나그네는 잊지 않고 황금과 루비와 에메랄드를 다시 주워 들었다. "우리가 어디에 와 있는 것일까? 이 나라의 왕자들은 정말 훌륭한 교육을 받았음에 틀림없네. 그들에게 황금과 보석을 초개같이 여기라고 가르쳤으니 말일세." 깡디드가 그렇게 감탄하였다. 까깜보 또한 깡디드 못지않게 놀랐다. 그들이 어느덧 마을 초입에 있는 집 앞에 당도하였다. 그 집은 유럽의 어느 궁전처럼 지어져 있었다. 문 앞에 사람들 한 무리가 모여 있었고, 안에는 더 많은 사람들이 있었다. 매우 유쾌한 음악이 흘렀고, 감미로운 음식 냄새가 풍겼다. 까깜보가 문 앞으로 다가가서 들어보니 모두들 뻬루어를 사용하는 것이었다. 뻬루어는 그의 모국어였다. 이미 말한 바와 같이, 까깜보는 뚜끄만 지방의 어느 마을에서 출생하였는데, 그 마을에서는 오직 뻬루어만을 사용하였다. "제가 통역을 해드리겠습니다. 들어가시죠, 이곳은 음식점입니다." 그가 깡디드에게 권하였다.

그들이 들어서기가 무섭게, 황금빛 천으로 지은 옷을 입고, 머리채를 리본으로 묶은 소년 둘과 소녀 둘이, 그들을 고객용 식탁으로 공손히 안내하였다. 네 가지 음식을 올렸는데, 각 음식마다 앵무새 두 마리, 무게 이백 리브르쯤 되는 삶은 콘도르, 풍미가 뛰어난 구운 원숭이 두 마리, 삼백 마리쯤 되는 콜리브리[63] 한 접시, 그리고 육백 마리쯤 되는 파리새[64] 한 접시 등을 곁들였다. 고기와 야채를 섞어 볶은 요리의 맛은 절묘했고, 과자들은 감미로웠다. 그리고 모든 음식은 수정을 깎아 만든 접시에 담겨 있었다. 음식점의 소년들과 소녀들이 사탕수수에서 뽑은 증류주 여러 종류를 올렸다.

식사를 하는 손님들의 대부분은 상인들과 짐마차꾼들이었으며, 모두들 예절이 깍듯하였다. 그들이 까깜보에게 극도로 조심스럽게 몇 가지 질문을 하였으며, 그의 질문에는 그가 만족할 만큼 자상하게들 대답하였다.

　식사를 마치고 나서, 까깜보는, 깡디드 역시 그랬지만, 그들이 주워서 간직했던 큼직한 황금 조각 둘을 주인의 탁자 위로 던지면서, 식사비를 충분히 지불한다고 생각하였다. 음식점 주인 내외가 폭소를 터뜨리더니, 한동안 허리를 움켜잡고 웃었다. 이윽고 내외가 웃음을 멈추더니, 주인 남자가 말하였다. "보아하니 손님들께서는 이방인들이심에 틀림없습니다. 저희들은 이방의 분들을 뵙는 데 익숙하지 못합니다. 손님께서 이 나라의 대로상에 굴러다니는 조약돌로 음식값을 지불하셨을 때, 저희들이 웃음을 터뜨린 것 용서해 주십시오. 두 분께서는 분명 이 나라의 화폐를 가지고 계시지 않은 듯 합니다. 그러나 저희들의 식당에서 식사를 하실 때에는 화폐가 필요 없습니다. 상인들의 편의를 위해 설립한 모든 식당들은 정부로부터 보수를 받습니다. 두 분께서는 저희들의 식당에서 변변찮은 식사를 하셨습니다. 이곳이 가난한 마을이기 때문입니다. 하지만 어디에 가시든 손님들께서는 당연히 환대를 받으실 것입니다." 까깜보는 음식점의 바깥주인이 한 말을 깡디드에게 설명하였고, 깡디드는 자기 벗 까깜보가 통역을 하면서 나타낸 것과 같이 경탄과 어리둥절함에 휩싸여 그의 설명에 귀를 기울였다. "이 지구의 나머지 다른 지역에는 전혀 알려져 있지 않고, 모든 것의 본질이 우리들의 것과는 아예 그 종류가 다른, 이 나라는 도대체 어떤 나라인가?" 두 사람이 서로 말하였다. 그리고 깡디드가 다시 덧붙였다. "아마 모든 것이 순조로운 나라일 걸세. 왜냐하면 그러한 나라는 반드시 있어야 하니까. 그런데, 판글로스 선생께서 무슨 말씀을 하셔도, 베스트팔렌에서는 내가 보기에 모든 것이 여의치 않았네."

18장

그들이 엘도라도에서 본 것

 까깜보가 음식점 주인에게 자기가 품고 있던 모든 호기심을 드러냈다. 음식점 주인이 그에게 말하였다. "저는 매우 무지합니다. 또한 그런대로 잘삽니다. 하지만 이곳에 조정에서 물러난 노인 한 분이 계시는데, 이 왕국에서 가장 유식한 분이시며, 가장 소탈하신 분입니다." 그러더니 즉시 까깜보를 노인의 집으로 안내하였다. 깡디드는 이제 부차적인 인물의 역할밖에 못 하게 되었고, 따라서 자기의 시종이 하는 대로 순응하였다. 그들이 매우 소박한 어느 집으로 들어갔다. 출입문이라야 겨우 은으로 짰고, 실내 천장 장식에도 금을 사용하였을 뿐이었으니 말이다. 하지만 그 장식을 한 솜씨에 어쩌나 아취가 넘치던지, 아무리 화려한 장식에도 손색이 없었다. 솔직히 말해, 접견실 벽에 상감된 것들은 루비와 에메랄드에 불과하였다. 그러나 모든 것들이 어쩌나 정연하던지, 그 정갈함이 극도의 소박함을 능히 덮고도 남음이 있었다.

노인이 두 이방인을 맞아들여 콜리브리 깃털 매트를 깐 소파 위에 앉으라 권한 다음, 다이아몬드를 깎아 만든 병에 든 술을 그들에게 올리도록 하였다. 그런 다음, 그들의 호기심에 응하여 이야기를 하기 시작하였다.

"저의 나이 172세입니다. 저는 국왕 전하의 외양간 감독관이셨던 저의 선친으로부터, 당신께서 직접 목격하신, 뻬루의 놀라운 혁명들에 관한 이야기를 들은 적이 있습니다. 지금 저희들이 살고 있는 이 왕국은 잉카인들의 옛 조국입니다. 그들은, 세상의 한 부분을 속국으로 만들 생각으로, 경솔하게 자기들의 왕국 밖으로 나갔고, 결국 에스빠냐인들에 의해 파멸당하였습니다.

자기들의 고국에 남아 있던 왕족들이 더 현명하였습니다. 그들은 백성들의 동의를 얻어, 어떤 사람도 우리의 작은 왕국 밖으로 절대 나가지 못한다는 칙령을 내렸습니다. 저희들의 순진무구함과 지극한 행복을 보존해 준 것은 그 칙령이었습니다. 에스빠냐인들이 이 나라가 존재함을 어렴풋이 알게 되고, 그들은 이 왕국을 엘도라도[65]라고 불렀으며, 랄레이 기사[66]라고 하는 어느 잉글랜드 사람 하나는 약 백 년 전에 이곳 가까이 접근하기도 하였습니다. 하지만 이 왕국은 아무도 범접할 수 없는 암석들과 절벽들로 둘러싸여, 저희들은 오늘날까지 유럽 백성들의 게걸스러운 욕심으로부터 무사할 수 있었습

니다. 그들은 이 땅에 있는 조약돌과 진흙을 미친 듯이 탐내는
지라, 그것들을 얻기 위해서라면, 저희들을 마지막 한 사람까
지 도륙할 것입니다."

그리고 긴 대화가 이루어졌는데, 이야기는 정부의 형태, 풍
습, 여인, 연극, 각종 예술 등에 관하여 펼쳐졌다. 그러던 끝에,
항상 형이상학에 특별한 취향을 가지고 있던 깡디드가, 혹시
그 나라에도 종교가 있는지 여쭈어보라고 까깜보에게 말하
였다.

까깜보의 질문을 받은 노인이 얼굴을 조금 붉히더니 답하
였다.

"도대체 어찌 그러한 질문을 하십니까? 공들께서는 저희들
을 배은망덕한 사람들로 여기십니까?"

까깜보가 다시 공손히 여쭙기를, 엘도라도의 종교는 어떠
한 종교냐고 하였다. 노인이 다시 얼굴을 붉히면서 대답하
였다.

"이 세상에 종교가 둘 있을 수 있습니까? 저희들의 종교 역
시 모든 사람들의 종교와 다르지 않으리라 생각합니다. 저희
들은 저녁부터 아침까지 신을 찬양합니다."

"오직 하나의 신만을 숭배하십니까?" 깡디드가 궁금해하
는 점을 까깜보가 대신 그렇게 여쭈었다.

"신이 둘도 셋도 넷도 아님은 명백합니다. 솔직히 말씀드리
거니와, 공들의 세계에 사시는 분들은 매우 기이한 질문들을

하십니다."

깡디드는 지칠 줄 모르고, 까깜보를 시켜 그 착한 노인에게 질문을 퍼붓게 하였다. 그가 엘도라도에서는 신에게 어떻게 기도하는지 알고 싶어 하였다.

"저희들은 절대 기도하지 않습니다." 착하고 존경스러운 현자가 대답하였다. "저희들은 신에게 아무것도 기원할 것이 없습니다. 신께서는 저희들에게 필요한 모든 것을 이미 주셨습니다. 그리하여 저희들은 그분에게 끊임없이 감사드릴 뿐입니다."

깡디드는 그곳의 사제들을 보고 싶은 호기심을 느꼈다. 그리하여 까깜보를 시켜 그들이 어디에 있는지 여쭙도록 하였다. 노인이 미소를 지으며 말하였다.

"벗님들이시여, 저희들은 모두가 사제입니다. 국왕과 모든 가장들이 매일 아침 감사의 찬양을 드립니다. 그리고 악사 오류천이 반주를 합니다."

"아니! 가르치고, 입씨름하고, 다스리고, 편당을 짓고, 자기들 견해에 동의하지 않는 이들을 불에 태워 죽이는 그러한 수도사들이 없다는 말씀입니까?"

"그러려면 저희들이 미쳐야겠지요." 노인이 대답하였다. "이곳에 있는 저희들은 모두 견해가 같습니다. 또한 공들께서 말씀하시는, 공들의 나라 수도사들이라는 것이 무엇인지 저희들은 전혀 모릅니다."

그러한 말을 듣고 온통 황홀해진 깡디드가 홀로 중얼거렸다. "베스트팔렌이나 남작님의 성과는 전혀 다르구나. 만약 우리의 친구 판글로스가 일찍이 엘도라도를 보았다면, 툰더-텐-트롱크 성이 이 지상에서 가장 훌륭한 성이라고는 말할 수 없었을 거야. 그러니 여행을 해야 하는 것은 분명해."

그 긴 대화가 끝난 다음, 착한 노인은 양 여섯 마리가 끄는 화려한 사륜수레를 준비시키고, 자기 하인들 중 열두 사람으로 하여금 두 나그네를 왕궁으로 모시도록 분부하였다. 그러면서 두 사람에게 말하였다. "저의 나이 때문에 공들과 동행하는 영광을 누리지 못하는 점 혜량해 주시기 바랍니다. 국왕께서 공들을 환대하실 것이며, 공들께서는 제반 의례에 섭섭해 하시지 않을 것입니다. 또한 이 나라의 관습들 중 혹시 공들의 마음에 기껍지 못한 점들이 있을지라도, 공들께서 너그러이 용서하시리라 믿습니다."

깡디드와 까깜보가 수레에 올랐다. 양 여섯 마리가 나는 듯이 달렸다. 채 네 시간이 지나지 않아 일행이 도성 끝자락에 있는 왕궁에 도착하였다. 궁궐의 정문은 그 높이가 이백 삐에였고 폭은 일백 삐에였다. 하지만 그 자재는 무엇인지 아예 그것을 형용조차 할 수 없었다. 우리가 흔히 '황금'이나 '보석'이라고 부르는 조약돌이나 모래보다는 엄청나게 월등한 자재인 것 같았다.

근위대 소속의 아름다운 아가씨 스무 명이, 수레에서 내리는 깡디드와 까깜보를 영접하여 목욕실로 안내한 다음, 콜리브리의 솜털로 짠 천으로 지은 가운을 그들에게 입혔다. 그런 다음, 남녀 고위 궁내관들이, 일상의 관례에 따라 양쪽에 각각 일천 명씩 도열해 있는 악사들 사이를 통과해, 그들을 국왕의 처소로 안내하였다. 그들이 알현실 가까이에 이르렀을 때, 까깜보가 궁내관에게, 전하께 예를 올릴 때 몸가짐을 어떻게 가져야 하느냐고 물었다. 바닥에 무릎을 꿇어야 하는지 혹은 배를 깔고 엎드려야 하는지, 손은 머리 위로 올려야 하는지 혹은 등 뒤로 돌려야 하는지, 또한 바닥의 먼지를 혀로 핥아야 하는지, 한마디로 어떻게 예를 표해야 하는지 물었다. 궁내관이 그에게 말하였다. "국왕 전하를 포용하고 양쪽 볼에 키스하는 것이 관례입니다." 깡디드와 까깜보가 전하의 목을 얼싸안았고, 왕은 지극히 다정하게 그들을 맞았으며, 그들을 정중하게 만찬에 초대하였다.

만찬을 기다리는 동안 그들에게 도성 안을 구경시켜 주었다. 공공건물들이 구름까지 치솟아 있었고, 기둥 일천 개로 장식한 장터, 맑은 물이 솟아오르는 샘터들, 장미수가 용솟음치는 샘터들, 사탕수수 증류주가 용솟음치는 샘터 등도 있었는데, 그 샘터들은 넓은 광장으로 끊임없이 흘러들어 갔으며, 광장들은 정향(丁香)과 계피 냄새 비슷한 향기를 발산하는 일종의 보석들로 포장되어 있었다. 깡디드가 재판소를 구경시켜 달라고 하였다. 안내인이 그에게 말하기를, 재판소라는 것이 없다고 하였다. 또한 소송을 제기하는 사람도 없다고 하였다. 깡디드가 혹시 감옥들은 있느냐고 물었다. 하지만 안내인은 없다고 대답하였다. 깡디드를 특히 놀라게 하고 그에게 비할 데 없이 큰 기쁨을 안겨준 것은 과학원이었는데, 그 안에 길이 이천 보에 이르는 갤러리가 있었고, 갤러리에는 수학과 물리학 실험 기구들이 가득하였다.

오후 내내 도시의 천분의 일쯤을 구경한 다음, 두 사람은 다시 왕궁으로 돌아왔다. 깡디드는 자기의 시종 까깜보와 국왕 그리고 여러 귀부인과 함께 식탁 앞에 앉았다. 일찍이 그토록 맛깔스러운 음식을 먹어본 적 없었고, 만찬 석상에서 그 왕처럼 아름다운 기지를 발휘한 이 일찍이 없었을 것이다. 까깜보가 왕의 재담을 깡디드에게 설명해 주었는데, 그것들이 비록 번역되었어도, 여전히 재담의 품격을 갖추었다. 깡디드를 놀라게 한 모든 일 중 특히 놀라운 일이었다.[67]

두 사람은 그 화려한 객관(客館)에서 한 달을 보냈다. 깡디드가 자주 까깜보에게 말하곤 하였다. "다시 말하지만, 벗이여, 내가 태어난 성이 이곳만 못함은 사실이네. 하지만 여하튼 이곳에는 뀌네공드 아씨가 없네. 그대 또한 유럽에 정인 하나쯤 두고 오셨겠지. 우리가 계속 이곳에 머물 경우, 우리는 이곳의 다른 사람들과 별반 다른 것이 없을 걸세. 그러나 반면, 엘도라도의 조약돌을 양 열두 마리에만 싣고 우리의 세상으로 돌아가도, 우리들은 모든 왕들의 재산을 합친 것보다 더 부유할 것이고, 그러면 더는 종교재판관들을 두려워할 필요가 없을 것이며, 뀌네공드 아씨도 쉽사리 되찾을 수 있을 걸세."

그러한 말이 까깜보의 마음에도 기꺼웠다. 사람이란 쏘다니기를 좋아하고, 자기들 나라에서 뽐내기를 좋아하며, 여행 중에 본 것들을 하도 자랑하고 싶어 하는지라, 두 행복한 나그네 역시 더 이상 그 행복 속에 머물지 않기로 결단을 내린 다음, 국왕에게 하직을 고하였다. 왕이 두 사람에게 말하였다

"그대들이 바보짓을 저지르는 걸세. 내 나라가 변변치 않음은 과인도 잘 알고 있네. 하지만 사람이 어떤 곳에서 웬만큼 지낼 수 있다면 그곳에 머무르는 법이라네. 물론 이방인들을 굳이 억류할 권한이 과인에게는 없네. 그것은 우리의 관습에도 법률에도 없는 폭거이지. 모든 사람들은 자유롭게 처신할 수 있네. 그대들이 원할 때 언제든 떠나시게. 그러나 이 왕국으로부터 나가는 것이 지난한 일이라네. 그대들을 기적적으로 이곳까지 데려온, 그리고 바위산 밑으로 흐르는, 강의 급류를 거슬러 올라가기는 불가능하다네. 또한 과인의 왕국을 둘러싸고 있는 산들의 높이가 일만 삐에 이상이고, 가파르기가 장벽과 같다네. 또한 각 산의 폭이 일백 리 이상일세. 그리고 그 산에서 내려가자면 절벽을 타야 한다네. 하지만 그대들이 기필코 떠나고자 한다면, 과인이 기계 담당관에게 하명하여, 그대들을 안전하게 이동시킬 수 있는 기계를 고안토록 하겠네. 하지만 그대들이 산의 후면에 도달한 이후에는, 아무도 그대들

과 동행할 수 없네. 과인의 신하들은 모두 이 왕국 밖으로 나가지 않겠다고 맹세하였고, 그들이 현명한지라 결코 그 맹세를 깨뜨리지 않을 것이기 때문일세. 그 이외에 원하는 것이 있으면 서슴지 말고 청하시게."

"저희들이 전하께 삼가 청하옵는 것은, 식량과 조약돌들과 이곳의 진흙 등을 실은 양 몇 마리입니다."

까깜보가 그렇게 아뢰자 왕이 웃으며 대답하였다.

"유럽인들이 이 땅에 있는 진흙을 그토록 좋아하는 연유를 과인은 짐작할 수 없도다. 하지만 그대들이 원하는 만큼 얼마든지 가져가기를 허락하며, 부디 그것이 그대들에게 유용하기를 바라노라."

왕이 즉석에서 신료들에게 하명하여, 그 두 기이한 나그네를 산 정상으로 끌어 올린 다음, 왕국 밖으로 내보낼 방안을 찾게 하였다. 뛰어난 물리학자 삼천 명이 작업에 착수하였다. 두 주일 후에 기계가 완성되었고, 제작에 든 비용은 그 나라 화폐로 이천만 파운드[68]가 넘지 않았다. 깡디드와 까깜보를 기계 위에 오르게 하였다. 그들과 함께, 두 사람이 산을 넘은 다음에 탈 커다란 붉은색 양 두 마리에 안장을 얹고 굴레를 씌워 기계에 태웠고, 식량을 운반할 양 스무 마리와 그 나라에서 두 사람에게 준 진귀한 선물을 운반할 양 서른 마리, 그리고 황금과 보석들과 다이아몬드를 운반할 양 오십 마리에 각각 길마를 지워 기계에 함께 오르게 하였다. 왕이 두 떠돌이를 다정하게 포옹하였다.

  그들의 출발은, 특히 그들과 그들의 양들이 산 정상으로 신기하게 들어 올려지는 광경은, 정말 장관이었다. 그들을 안전한 길로 인도한 다음 기술자들은 그들에게 작별을 고하였다. 그 순간 이후 깡디드에게는, 자기의 아름다운 양들을 뀌네공드 아씨에게 가져다 바치고 싶은 열망 이외의 다른 목표가 없었다. 그가 말하였다. "혹시 뀌네공드 아씨의 몸값을 요구할 경우, 우리에게는 부에노스아이레스의 총독에게 지불할 것이 충분히 있네. 우선 까이옌느로 가서 배를 타도록 하세. 그러면 우리가 어떤 왕국을 살 수 있을지 알게 될 걸세."

19장

수리남에서 그들에게 닥친 일

두 나그네의 첫날 여정은 상당히 즐거웠다. 그들은 자신들이, 아시아와 유럽과 아프리카의 보물을 몽땅 합친 것보다도 더 많은 보물의 주인이라는 사실에, 한껏 고무되어 있었다. 깡디드가 들뜬 나머지, 여러 나무에 뀌네공드의 이름을 새겼다. 여정 이틀째 날에, 양 두 마리가 늪지에 빠져, 지고 있던 것과 함께 심연 속으로 사라졌다. 며칠 후, 다른 두 마리가 피곤에 지쳐 죽었다. 그다음에는 칠팔 마리가 사막에서 굶어 죽었다. 다시 며칠 후 다른 여러 마리가 절벽 아래로 떨어져 죽었다. 결국, 일백 일 동안을 걷고 나서 보니, 그들에게는 양 두 마리밖에 남지 않았다. 깡디드가 까깜보에게 말하였다.

"벗이여, 보시다시피 이 세상의 부란 덧없기 그지없소. 미덕과 뀌네공드 아씨를 다시 보는 행복만큼 변하지 않는 것은 없소."

"저 역시 같은 생각입니다." 까깜보가 대꾸하였다. "하지만 우리들에게는, 에스빠냐의 왕도 결코 수중에 넣어보지 못할 만큼의 보물을 등에 지고 있는 양 두 마리가 남아 있습니다. 그리고 멀리 도시 하나가 보이는데, 제가 추측하기로는, 홀랜드인들의 지배하에 있는 수리남[69]인 듯합니다. 이제 우리는 고난이 끝나고 환희가 시작되는 지점에 도달했습니다."

두 사람이 도시 가까이에 이르렀을 때, 땅바닥에 누워 있는 검둥이 하나를 만났는데, 반쪽짜리 옷, 즉 하늘색 팬티 반쪽만을 걸치고 있었다. 그 가엾은 사람에게는 왼쪽 다리와 오른쪽 손이 없었다. 깡디드가 그에게 홀랜드어로 말을 건넸다.

"저런, 맙소사! 벗이여, 그토록 끔찍한 몸으로 여기에서 무얼 하고 계시는가?"

"유명한 상인이신 저의 주인 반데어덴두어 씨를 기다리고 있습니다." 검둥이가 대답하였다.

"그대를 이 지경으로 만들어놓은 사람이 반데어덴두어 씨인가?" 깡디드가 다시 물었다.

"예, 나리, 이곳의 관습입니다." 검둥이의 대답이었다. "저희들에게는 한 해에 두 번 팬티 한 장씩을 줍니다. 그것이 저희들에게 주는 의복의 전부입니다. 설탕 공장에서 일을 하던 중, 혹시 저희들의 손가락이 맷돌에 걸리면, 즉각 손을 자릅니다. 그리고 도망치다가 잡히면 다리를 자릅니다. 제가 그 두 가지 일을 당한 것입니다. 그러한 대가를 저희들이 치르는 덕에 댁들이 유럽에서 설탕을 잡수십니다. 하지만 저의 어머니가 기니아[70] 해변에서 저를 십 빠따고니아[71] 에퀴에 팔아넘기시면서 이렇게 말씀하셨습니다. '내 귀한 아가야, 우리의 우상들을 찬양하거라, 그들을 항상 숭배하거라. 그것들이 너로 하여금 행복하게 살도록 해줄 것이다. 너는 우리 흰둥이 주인님들의 노예가 되는 영광을 얻었으니, 그로 말미암아 네가 너의 아버지와 엄마의 성공을 이룰 것이다.' 아! 제가 그분들에게 성공을 안겨 드렸는지는 모르겠으나, 저의 성공은 얻지 못하였습니다. 개들과 원숭이들과 앵무새들도 저희들보다는 천배는 덜 불행합니다. 저를 자기네 쪽으로 돌려놓은[72] 홀랜드의 우상들은 일요일마다 저에게 말하기를, 흰둥이건 검둥이건 우리들 모두 아담의 후손이라고 합니다. 제가 족보학자는 아닙니다. 그러나 그 설교사들의 말이 사실이라면, 우리들은 모두 같은 혈통을 이어받은 친족들입니다. 그런데 보시다시피 자기의 친족들을 이토록 끔찍하게 대합니다."

"오, 판글로스!" 깡디드가 개탄하였다. "그대는 이토록 험오스러운 짓들이 존재함을 짐작조차 하지 못하셨소. 이제 끝장이오. 드디어 그대의 그 낙천주의를 내팽개쳐야겠소."

"낙천주의가 무엇입니까?" 까깜보가 물었다.

"아!" 깡디드가 대꾸하였다. "모든 것은 악한데 모든 것이 선하다고 주장하는 일종의 광견병 같은 광중이라네."

그러더니 검둥이를 바라보며 눈물을 흘렸고, 그렇게 울면서 수리남으로 들어갔다.

　두 사람이 제일 먼저 알아본 일은, 부에노스아이레스로 보낼 배가 항구에 있을까 하는 것이었다. 그들이 만난 사람은 마침 에스빠냐 출신 선주로, 그는 두 사람과 합당한 거래를 하겠노라고 선뜻 나섰다. 그러면서 어느 선술집에서 만나자고 하였다. 깡디드와 충직한 까깜보가 자기들의 양 두 마리를 끌고 그 선술집으로 갔다.

　심장이 입술에 달려 있던 깡디드가, 자신이 겪은 모든 일을 에스빠냐인에게 상세히 이야기한 다음, 뀌네공드 아씨를 빼내고 싶다는 뜻을 털어놓았다. 그러자 선주가 말하였다. "제가 당신들을 부에노스아이레스로 데려다 주는 일만은 피하겠습니다. 그럴 경우, 저도 당신들과 함께 목이 매달릴 것입니다. 아름다운 뀌네공드가 총독 각하의 애첩이기 때문입니다." 깡디드에게는 벼락같은 소식이었다. 그가 한동안 눈물을 흘렸다. 그러더니 까깜보를 한쪽으로 데리고 가 조용히 말하였다. "나의 귀한 벗이여, 이제 그대가 해야 할 일을 말씀드리겠소. 우리들 각자의 주머니에는 오류백만[73] 상당의 다이아몬드가 있소. 그대가 나보다 수완이 좋으니, 부에노스아이레스로 가서 뀌네공드 아씨를 빼내도록 하시오. 혹시 총독이 순순히 응하지 않으면, 그에게 일백만을 주시오. 그래도 넘어가지 않을 경우, 이백만을 주시오. 그대는 종교재판관을 죽이지 않았으니, 사람들이 그대를 경계하지는 않을 것이오. 나는 다른 배

한 척을 꾸려, 베네치아로 가서 그대를 기다리겠소. 그곳은, 불가레스족도 아바레스족도 유대인도 종교재판관도 두려워할 필요 없는, 자유로운 나라라오." 까깜보는 그 현명한 결단에 갈채를 보냈다. 이제는 친한 벗이 된 착한 주인과 헤어지는 것이 절망스러웠으나, 주인에게 봉사할 수 있다는 기쁨이 이별의 슬픔을 눌렀다. 그들은 눈물을 흘리며 서로를 포옹하였다. 깡디드는 착한 노파도 잊지 말라고 그에게 간곡히 당부하였다. 까깜보는 당일로 떠났다. 참으로 착한 사람이었다.

깡디드는 그후에도 한동안 수리남에 머물면서 자기에게 남은 두 마리 양과 함께 자기를 이딸리아로 데려가 줄 선주가 나서기를 기다렸다. 그러면서 하인들 및 기타 먼 여행에 필요한 물품들을 구입하였다. 드디어 큰 선박을 가진 반데어덴두어씨가 그의 앞에 현신하였다. 그가 선주에게 물었다. "나와 내가 부리는 사람들과 내 짐과 저기 있는 양 두 마리를 베네치아까지 직행으로 태워다 주는 비용으로 얼마를 지불하면 되겠소?" 선주가 일만 삐아스뜨라를 요구하였다. 깡디드가 선뜻 동의하였다.

신중한 반데어덴두어가 돌아가서 홀로 생각에 잠기었다. '오! 오! 저 나그네가 선뜻 일만 삐아스뜨라를 내겠다는군! 부자임이 틀림없어.' 그러더니 잠시 후 깡디드에게 돌아와, 이만 삐아스뜨라 이하로는 떠날 수 없다고 통보하였다. "좋소, 그 금액을 지불하리다." 깡디드가 그에게 말하였다.

"쳇! 저 사람이 이만 삐에스뜨라를 일만 삐아스뜨라처럼 선뜻 내놓겠다네!" 그렇게 홀로 중얼거리더니, 잠시 후 깡디드에게 다시 돌아와, 최소한 삼만 삐아스뜨라를 받지 않고는 베네치아에 데려다 줄 수 없다고 하였다. "그러면 삼만 삐아스뜨라를 드리겠소." 깡디드의 대답이었다. 그러나 홀랜드 상인이 다시 홀로 생각에 잠겼다. '오! 오! 이 사람에게는 삼만 삐아스뜨라가 아무것도 아니군. 틀림없이 양 두 마리의 등에 실린 것이 엄청난 보물일 거야. 더 이상 고집하지 말고 우선 삼만 삐아스뜨라를 지불하라고 하자. 그러고 나서 다른 방도를 생각해 보자.' 깡디드가 작은 다이아몬드 두 알을 팔았다. 그 하나의 값만 하더라도 선주가 요구한 금액보다 더 많았다. 그가 뱃삯을 선불하였다. 양 두 마리를 선박에 태웠다. 깡디드는 정박지에 있는 선박으로 가기 위하여 작은 보트에 올랐다. 선주가 느긋이 돛을 펴더니 밧줄을 풀었다. 바람이 그의 뜻대로 불어주었다. 깡디드가 미친 듯이 날뛰며 넋을 잃고 있는데, 선박은 어느새 그의 시야에서 자취를 감추었다. "아! 안타깝도다! 정말 구세계[74]의 풍토에 어울리는 못된 술책이로다." 그는 깊은 슬픔에 잠겨 다시 해변으로 돌아왔다. 군주 스물을 부자로 만들어줄 만한 것을 잃었으니 말이다.

그는 홀랜드 치안판사의 집무실로 무거운 발길음을 옮겼다. 그리고, 조금 격앙되어 있었던지라, 집무실 문을 거칠게 두들겼다. 그리고 안으로 들어가, 자기에게 닥친 일을 고하며,

깡디드 또는 낙천주의

약간 지나치게 언성을 높였다. 판사는 우선, 소란을 피운 죄로, 그에게 벌금 일만 삐아스뜨라를 부과하는 일부터 시작하였다. 그런 다음, 그의 호소를 참을성 있게 듣더니, 상인이 돌아온 후에 사건을 조사하겠노라고 약속하였다. 그리고 면담 비용으로 다시 일만 삐아스뜨라를 지불하게 하였다.

판사의 그러한 거조가 깡디드를 절망 속으로 완전히 처박았다. 사실 그는 일찍이 그보다 일천 배는 더 고통스러운 불행도 겪었다. 그러나, 판사와 그의 재물을 훔친 선주의 파렴치한 냉정함이 그의 담즙에 불을 붙여, 그를 깊은 우울증 속으로 잠기게 하였다. 인간의 악의가 그 추함을 여지없이 드러내며 그의 뇌리에 떠올랐다. 그는 구슬픈 상념만으로 요기를 하였다. 그러던 중, 프랑스 선박 한 척이 보르도를 향하여 출항하려 한다는 소식을 듣고, 다이아몬드를 등에 실은 양들을 함께 선적할 필요도 더 이상 없는지라, 선실 하나를 합당한 값에 예약하였다. 그런 다음, 그 도시에 널리 알리기를, 자기와 함께 여행하기를 원하는 정직한 사람에게 여행비 및 식사비 이외에 현금 이천 삐아스뜨라를 지불하겠으되, 다만 조건은, 그 사람이 자기의 직업에 가장 심한 역겨움을 느끼고, 그 지방에서 가장 불행한 이여야 한다고 하였다.

선단 하나로도 감당치 못할 만큼 많은 지원자가 몰려들었다. 깡디드는 가장 그럴듯한 사람들을 고르려 노력한 끝에, 상당히 사근사근해 보이고, 또 선택될 만한 자격이 있다고 자신만만하게 나서는 사람 이십여 명을 우선 선발하였다. 그런 다음 그들을 자기가 머물고 있던 여인숙으로 불러, 그들에게 저녁 식사를 대접하면서, 각자의 사연을 사실대로 솔직히 이야기해 보라고 하였다. 또한 자기가 보기에 가장 딱하고, 가장 합당한 이유로 직업에 불만족스러워하는 사람을 택할 것이로되, 나머지 선택되지 못한 사람들에게도 일정액의 보상금을 주겠노라고 약속하였다.

사람들의 이야기는 새벽 네 시까지 계속되었다. 깡디드는 그들의 이야기를 들으면서, 부에노스아이레스로 가는 도중 노파가 그에게 한 말을, 즉 그 배 안에 있는 사람들 중 커다란 불행을 겪지 않은 이는 하나도 없다고 장담하니, 자기와 내기를 하자고 하던 그 말을 다시 뇌리에 떠올렸다. 또한 각 사연을 들을 때마다 판글로스를 생각하며 속으로 중얼거렸다. '그 판글로스가 이 자리에 있다면 자기의 철학 체계를 증명하기가 몹시 난감하겠군. 그가 이 자리에 있어야 하는데. 분명 모든 것이 순조로운 곳이 있다면, 그곳은 엘도라도이지, 이 지상의 다른 어느 곳도 아니야.' 모든 사람들의 사연을 다 듣고 난 후 그는, 암스테르담의 출판업자들을 위하여 십 년 동안 일하였다는 어느 가난한 지식인을 선택하였다. 이 세상에서 그 직업보다 더 염증을 느끼게 하는 일은 없다고 판단한 것이다.

심성 착한 그 지식인은 아내로부터 절도를 당하고, 아들로부터 자주 구타를 당하였으며, 딸로부터 버림을 받았는데, 그

딸은 어느 뽀르뚜갈 녀석을 따라 어디론가 납치되듯 사라져 버렸다. 그는 마침 그의 생계 수단이었던 보잘것없는 일자리를 잃었고, 특히 수리남에 있던 설교사들이 그를 소치니[75] 교도라고 여겨 몹시 박해하던 참이었다. 사실을 말하자면 다른 지원자들 또한 그에 못지않게 불행하였다. 하지만 깡디드는, 그 박식한 사람이 여행을 하는 동안 그의 무료함을 달래줄 것으로 기대하였다. 다른 경쟁자들 모두 깡디드가 불공정한 판결을 내렸다고 생각하였다. 하지만 그는 모든 사람들에게 각각 일백 삐아스뜨라를 주어 그들의 마음을 다독거렸다.

20장

깡디드와 마르땡에게 닥친 일

그리하여 마르땡이라고 하는 그 늙은 지식인이 깡디드와 함께 보르도를 향하여 출항하였다. 두 사람 모두 일찍이 많은 것들을 보았고 숱한 시련을 겪었던지라, 수리남에서 출항한 배가 희망봉을 돌아 일본까지 항해를 계속하였다 해도, 두 사람에게는 여전히 정신적 악과 육체적 악[76]에 관한 화제가 남아 있었을 것이다.

하지만 마르땡에 비해 깡디드는 훨씬 유리한 처지에 있었다. 깡디드가 여전히 뀌네공드 아씨를 다시 만날 희망을 간직하고 있었던 반면, 마르땡에게는 아무 희망하는 바가 없었기 때문이다. 게다가 깡디드는 황금과 다이아몬드를 가지고 있었다. 따라서, 비록 그가 이 지상에서 가장 큰 보물들을 운반하던 커다란 붉은 양 일백 마리를 잃었다 해도, 홀랜드 선주의 사기 행각을 여전히 마음에 담고 있다 하더라도, 한편 자기의 주머니 속에 남아 있는 것을 생각할 때마다, 퀴네공드에 관한 이야기를 할 때마다, 특히 식사를 마쳤을 때마다, 그는 판글로스의 지론 쪽으로 기울곤 하였다.

그가 지식인에게 그럴 때마다 물었다.

"하지만 그 모든 것들에 대하여 공께서는 어찌 생각하십니까? 정신적 악과 육체적 악에 대한 공의 생각은 무엇입니까?"

"저를 박해하던 사제들은 저를 가리켜 소치니 교도라고 하며 규탄하였습니다." 마르땡이 대답하였다. "하지만 실은 제가 마니교도입니다."

"공께서 저를 놀리시는군요. 이 세상에 더 이상 마니교도는 없습니다."

"제가 있습니다. 물론 이 세상에서 제가 무엇을 어찌할지는 모릅니다. 그러나 생각만은 할 수가 없군요."

"공의 몸뚱이 속에 마귀를 지니고 계심에 틀림없군요." 깡디드가 말하였다.

"마귀는 이 세상의 일에 하도 강력하게 끼어드는지라, 그가 다른 모든 곳에 있듯이 저의 몸속에도 물론 있을 수 있습니다. 하지만 공께 고백하거니와, 이 지구, 아니 이 작은 물방울을 대강 흘낏 보아도, 신이 그것을 어느 악의적인 존재에게 내맡겼다는 생각이 듭니다. 하지만 그래도 엘도라도만은 예외로 치겠습니다. 저는 이웃 도시의 몰락을 갈망하지 않는 도시나, 다른 가정의 말살을 원치 않는 가정을, 거의 보지 못하였습니다. 어디에서든 약자들은 강자들 앞에서 벌벌 기며 그들을 중오하고, 강자들은 약자들을 그 털과 고기를 팔아먹는 가축들 취급합니다. 군단으로 편성된 살인범들 일백만이 유럽 구석구석을 누비며, 빵을 벌기 위하여 규율에 따라 학살과 노략질을 자행하는데, 그것보다 더 명예로운 직업이 없기 때문입니다. 그리고, 평화를 누리는 듯이 보이고 각종 예술이 꽃을 피우는 많은 도시에서도, 포위를 당하여 재앙에 휩쓸린 도시에서보다도 오히려, 사람들이 더 심한 질투심과 염려와 불안에 사로잡혀 있습니다. 은밀한 고통이 공공연한 비참함보다 더 혹독한 법입니다. 한마디로, 저는 하도 많은 것을 보고 겪었던지라, 마니교도가 되었습니다."

"하지만 선한 것도 있습니다." 깡디드가 반박하였다.

"그럴 수도 있겠지요. 하지만 저는 그것을 아직 만나지 못하였습니다."

그렇게 한창 토론이 벌어지고 있는데 대포 소리가 들려왔다. 포성이 점점 더 잦아졌다. 각자 망원경을 집어 들었다. 삼 해리쯤 되는 곳에서 배 두 척이 싸움질을 벌이고 있었다. 그것들이 바람에 밀려 프랑스 여객선 쪽으로 어찌나 가까이 왔던지, 편안히 앉아서 전투장면을 즐길 수 있었다. 드디어 배 한 척이 다른 배의 하단부에 어찌나 정확히 포격을 가하였던지, 포격을 받은 배가 즉시 침몰하였다. 물속으로 처박히는 배의 상갑판에 있던 사람들 백여 명의 모습이 깡디드와 마르땡의 눈에 선명하게 보였다. 그들 모두 두 손을 하늘로 뻗친 채 무시무시하게 아우성치고 있었다. 하지만 순식간에 모든 것이 물속으로 사라졌다.

그 광경을 보고 마르땡이 말하였다.

"그렇습니다. 인간들은 서로를 저렇게 대접합니다."

"이 사건에 악마적인 무엇이 있는 것은 사실입니다." 깡디드의 대답이었다. 그렇게 이야기를 하고 있는데, 무엇인지 모를 선홍색 물체 하나가 그의 배 근처에서 헤엄을 치고 있었다. 그것이 무엇인지 알아보려고 즉시 구명정 한 척을 띄웠다. 그것은 그가 잃어버렸던 양들 중 하나였다. 그 양 한 마리를 되찾은 깡디드의 기쁨은, 엘도라도의 굵직한 다이아몬드를 잔뜩 등에 실은 양 일백 마리를 잃었을 때의 슬픔보다 더 컸다.[77]

프랑스 여객선의 선장은, 상대방 함선을 침몰시킨 배의 선장은 에스빠냐인이고 침몰한 배의 선장은 홀랜드의 해적이라는 사실을 즉시 간파하였다. 해적은 깡디드의 양들을 훔친 바로 그자였다. 그 악당이 갈취했던 막대한 재물이 그와 함께 바다 속으로 가라앉았고, 남은 것은 양 한 마리뿐이었다. 깡디드가 마르땡에게 말하였다.

"보시다시피 범죄가 때로는 처벌을 받기도 합니다. 저 불한당 홀랜드 선장 녀석은 마땅한 대가를 치른 것입니다."

"그렇습니다. 하지만 녀석의 배에 타고 있던 승객들도 함께 죽었어야 했나요? 신이 그 사기꾼을 벌하는 틈을 타서 마귀가 다른 사람들을 익사시킨 모양입니다."[78] 마르땡의 대꾸였다.

프랑스 여객선과 에스빠냐 함선이 항해를 계속하는 동안, 깡디드 역시 마르땡과 대화를 계속하였다. 그들은 보름 동안 논쟁을 멈추지 않았으나, 보름이 지난 후에도 첫날보다 조금도 앞으로 나아가지 못하였다. 하지만 궁극적으로는 서로에게 말을 하였고, 생각들을 주고받았으며, 서로를 위로하였다. 깡디드가 자기의 양을 쓰다듬으며 중얼거렸다. "내가 너를 다시 찾았으니 뀌네공드도 다시 찾을 수 있으리라."

21장

깡디드와 마르땡의 대화

드디어 멀리 프랑스의 해안이 보였다. 깡디드가 물었다.

"마르땡 씨, 프랑스에 가보신 적이 있습니까?"

"예, 프랑스의 여러 지방을 쏘다닌 적이 있습니다. 어떤 지방은 주민의 태반이 미쳤고, 다른 몇몇 지방 사람들은 지나치게 간계에 능하며, 또 다른 몇몇 지방 사람들은 상당히 온순하고 상당히 바보 같습니다. 또한 어떤 몇몇 지방 사람들은 멋진 기지를 뽐내기도 합니다. 그리고 모든 지방에서의 첫 번째 관심사는 사랑이고, 두 번째 관심사는 험담하는 것이며, 세 번째 관심사는 멍청한 말 하는 것입니다."

"하지만, 마르땡 씨, 빠리도 구경하셨습니까?"

"예, 빠리도 구경하였습니다. 그 도시는 앞에 말씀드린 온갖 종류들을 다 물려받아 가지고 있습니다. 한마디로 일종의 대혼돈, 하나의 거대한 붐빔인데, 그 속에서 모두들 쾌락을 찾고 있으나, 제가 보기에는 거의 아무도 그것을 발견하지 못하는 것 같습니다. 저는 그곳에 잠시 동안만 머물렀습니다. 그곳에 도착한 직후, 쌩-제르맹 시장에서, 가지고 있던 모든 것을 야바위꾼들에게 털렸습니다. 그렇건만 오히려 저는 절도범으로 몰려, 여드레 동안 감옥에 갇히기도 하였습니다. 그 고역을 치르고 나서, 홀랜드로 걸어서 돌아갈 여비를 버느라고 출판사에서 교정 작업을 하였습니다. 저는 글 쓰는 천민들과 음모를 일삼는 천민들과 경련을 일으키도록 열광적인 천민 신도들도 보았습니다. 그 도시에 매우 예의 바른 사람들도 있다고 하는데, 저는 그 말을 믿고 싶습니다."

"저는 프랑스에 대하여 어떤 호기심도 느끼지 못합니다." 깡디드가 말하였다. "어렵지 않게 짐작하시겠습니다만, 엘도라도에서 한 달을 지내고 난 후에는, 뀌네공드 아씨 이외에, 이 지상의 그 무엇에도 관심이 없습니다. 저는 베네치아로 가서 그녀를 기다리겠습니다. 프랑스를 가로질러 이딸리아로 갈 생각입니다만, 혹시 저와 동행하시지 않겠습니까?"

"기꺼이 그렇게 하겠습니다. 사람들 말로는 베네치아가 베네치아 귀족들에게만 좋은 곳이라 합니다. 그러나 또한, 이방인들이라 해도 돈이 많으면 그들을 환대한다고 합니다. 저에게는 돈이 없으나 공께서 그것을 가지고 계시니, 저는 어디든 공을 따라가겠습니다."

깡디드가 문득 물었다. "그리고 참, 이 배의 선장이 가지고 있는 두꺼운 책에서 주장하듯이, 땅이 원래는 바다였다고 생각하십니까?"

"저는 그러한 말을 전혀 믿지 않습니다. 또한 얼마 전부터 사람들이 우리에게 지껄여 대는 그 백일몽들도 믿지 않습니다."

"하지만 어떤 목적으로 이 세상이 형성되었습니까?" 깡디드가 다시 물었다.

"우리들로 하여금 미친 듯이 노하도록 하기 위해서입니다."

"제가 이야기해 드린 오레이용족의 그 두 처녀가 두 원숭이에게 품었던 연정에 대하여 몹시 놀라시지 않았습니까?"

"전혀 놀라지 않았습니다. 저는 그러한 정염에서 하등 이상한 점을 발견할 수 없습니다. 저는 기이한 일들을 하도 많이 보아서, 저에게는 더 이상 기이한 것이 없습니다."

"인간들이 오늘날에 그렇듯이 원래부터 서로를 학살하였다고 생각하십니까? 그들이 원래부터 거짓말쟁이이고, 음흉하고, 간특하고, 배은망덕하고, 약탈꾼이고, 나약하고, 경박하고, 비겁하고, 질투심 많고, 게걸스럽고, 술꾼이고, 인색하고, 야심 많고, 살육을 좋아하고, 중상꾼이고, 음탕하고, 광신적이고, 위선적이고, 멍청했습니까?"

"새매들이 비둘기를 발견하면 그것들을 원래부터 먹었으리라 생각하십니까?" 마르땡이 반문하였다.

"틀림없이 그랬으리라 생각합니다."

마르땡이 다시 물었다. "그렇다면, 새매들이 항상 같은 성질을 가지고 있을진대, 무슨 연유로 공께서는 유독 사람들의 성질만이 변하였기를 바라십니까?"

"오! 현격한 차이가 있습니다. 왜냐하면 자유의지……."

그렇게 대화를 나누며 그들은 보르도에 도착하였다.

22장

깡디드와 마르땡이 겪은 일들

깡디드는 엘도라도의 조약돌 몇 개를 팔고, 좌석이 둘인 좋은 역마차 한 대를 구하는 데 필요한 동안만 보르도에 머물렀다. 그가 좋아하게 된 철학자와 더 이상 헤어질 수 없게 되었기 때문이다. 다만 보르도 과학원에 남겨 둔 자기의 양과 헤어지는 것이 몹시 애석했다. 보르도 과학원은 그 양의 털이 왜 붉은지를 밝히는 논문을 공모한다며, 그것을 당년의 주제로 내걸었다. 최우수상은 북부 지방의 어느 학자에게 수여되었는데, 그는 A 더하기 B 빼기 C 나누기 Z라는 공식을 이용하여 양이 붉을 수밖에 없고, 또 그것이 천연두[羊痘]에 걸려 죽게 되어 있음을 증명해 냈다.

여행하는 도중에 깡디드가 선술집에서 만난 사람들은 한결같은 말들을 하였다. "우리들은 빠리에 갑니다." 사람들의 그러한 열성이, 깡디드에게 결국 그 도성을 한번 보고 싶은 욕망을 안겨 주었다. 그런다 하여 베네치아로 가는 길에서 크게 벗어나는 것도 아니었다.

그는 쌩-마르쏘 변두리 지역을 통하여 빠리로 들어갔는데, 그곳을 지나는 동안 그는 자신이 베스트팔렌의 가장 누추한 마을에 들어와 있다고 생각하였다.

깡디드가 여인숙에 도착한 직후, 여독으로 인한 가벼운 질환으로 자리에 누웠다. 그가 손가락에 큼직한 다이아몬드 반지를 끼고 있었고, 그의 여장 속에 묵직한 보석 가방이 있는 것을 보았음인지, 그의 병석에는 부르지도 않은 의사 둘과 그의 곁을 떠나지 않겠다는 친구 몇 사람, 그리고 사람을 시켜 그가 먹을 수프를 데우게 하는 독실한 여신도 둘이 몰려들었다. 그들을 바라보며 마르땡이 말하였다. "제가 처음 빠리에 왔을 때 저 역시 몸이 아팠던 일을 기억합니다. 저는 몹시 가난하였습니다. 저에게는 친구도 신앙심 깊은 여자들도 의사도 없었지만 곧 쾌유되었습니다."

그러는 동안, 어찌나 많은 약을 먹이고 자락질을 해대었던지, 깡디드의 병세가 더 위중해졌다. 그 동네의 단골손님 하나가 부드러운 기색으로 그에게 다가와, 저세상을 위하여 지참인 지불어음 한 장을 끊어달라고 하였다.[79] 깡디드가 거절하였다. 신심 깊은 여인들이 그에게 강변하기를, 그것이 유행이라고 하였다. 깡디드가 자기는 유행을 따르는 사람이 아니라고 하였다. 마르땡은 그 단골손님을 창문 밖으로 내던지려 하였다. 삭발례 거친 단골손님 녀석이 깡디드를 매장해 주지 않겠노라고 선언하였다. 마르땡이 선언하기를, 만약 계속 귀찮게 굴면 녀석을 매장해 주겠다고 하였다. 언쟁이 격해졌다. 마르땡이 녀석의 두 어깨를 잡고 거칠게 밖으로 밀어냈다. 그 행동으로 인하여 한차례 소동이 일었고, 경찰이 보고서까지 작성하였다.

깡디드의 병세가 호전되었다. 병이 회복되는 기간에 상류층 사람들이 그의 거처에 와서 저녁식사를 하였다. 큰 내깃돈을 걸고 카드놀이도 하였다. 깡디드는 자기에게 에이스 패가 단 한 번도 들어오지 않는 것에 몹시 놀랐다. 하지만 마르땡은 전혀 놀라지 않았다.

빠리에 그를 맞아들여 환대한 사람들 중, 뻬리고르 출신의 미미한 사제 하나가 있었다. 열의 넘치고, 항상 민첩하고, 항상 도울 준비가 되어 있고, 뻔뻔스럽고, 상냥하고, 다루기 쉽고, 지나가는 낯선 사람들을 유심히 살피고, 그들에게 도시의 수치스러운 이야기들을 들려주고, 무슨 수를 써서라도 그들에게 쾌락을 제공하는, 그러한 부류의 사람들 중 하나였다. 그 사람이 깡디드와 마르땡을 우선 극장으로 안내하였다. 극장에서는 새로운 비극 한 편을 공연하였다. 깡디드는 몇몇 재사(才士)들 곁에 앉게 되었다. 하지만 그러한 사실이, 완벽한 장면들을 보는 순간 흐르는 깡디드의 눈물을 막지는 못하였다. 그의 옆자리에 앉아 있던 이론가들 중 하나가, 막간에 그에게 말하였다.

"눈물을 흘리심은 큰 잘못이십니다. 저 여배우는 형편없습니다. 그리고 저 여배우와 함께 공연하는 남자 배우는 더욱 형편없습니다. 작품은 배우들보다 더 저질입니다. 사건은 아라비아에서 펼쳐지는데, 작가는 아랍어를 한마디도 모릅니다. 게다가 그는 본유관념(本有觀念)을 믿지 않습니다. 내일 그를 비판하는 팸플릿 스무 부를 가져다드리겠습니다."

"현재 프랑스에는 희곡(각본)이 몇 편이나 됩니까?" 깡디드가 사제에게 물었다.

"오천 내지 육천 편은 될 것입니다." 사제가 대답하였다.

"참으로 많군요. 그것들 중 우수한 것은 얼마나 됩니까?" 깡디드가 다시 물었다.

"열대여섯 편쯤 될 것입니다."

"참으로 많군요." 마르땡이 말하였다.

깡디드는, 당시 이따금 공연하던 평범한 작품에서, 여왕 엘리자벳역을 맡은 여배우에 대해 매우 만족스러워하였다. 그가 마르땡에게 말하였다.

"저 여배우가 제 마음에 썩 듭니다. 뀌네공드 아씨를 조금 닮았습니다. 저 여배우에게 인사할 수 있으면 매우 기쁘겠습니다."

뻬리고르의 사제가 그를 여배우에게 소개하겠다고 나섰다. 깡디드는 알레마니아에서 자란지라, 빠리의 예절에 대하여,

특히 프랑스에서는 잉글랜드의 여왕들을 어떻게 예우하는지 등에 대하여 물었다.

"경우에 따라 다릅니다." 사제가 대답하였다. "지방에서는 그녀들을 선술집에 데려갑니다. 반면 빠리에서는, 그녀들의 용모가 아름다우면 매우 정중하게 예우합니다만, 죽은 후에는 묘지에 매장하지 않고 쓰레기 버리는 곳에 던져버립니다."

"여왕들을 쓰레기 처리장에!" 깡디드가 놀라움을 감추지 못하였다.

"예, 사실이 그렇습니다." 마르땡이 말하였다. "사제님의 말씀이 옳습니다. 전에 제가 빠리에 들렀을 때, 여배우 모님므 가, 흔한 표현을 빌리자면, 이곳 삶으로부터 저곳 삶으로 건너갔습니다. 사람들은, 그들이 '묘지의 명예'라고 칭하는 것을, 즉 추한 공동묘지에서 같은 구역 거지들과 함께 썩는 명예를, 그녀에게 거절하였습니다. 그리하여 그녀는 부르고뉴 거리의 한 모퉁이에 홀로 묻혔습니다. 그것이 그녀에게 극심한 괴로움을 주었을 것입니다. 그녀의 생각이 항상 고결했으니 말입니다."

"몹시 불손한 짓을 저질렀군요." 깡디드가 말하였다.

"어찌하겠습니까?" 마르땡이 대꾸하였다. "이곳 사람들이 그렇게 생겨먹었으니. 존재할 수 있을 법한 모든 모순들을, 즉 양립할 수 없는 모든 것들을 상상해 보십시오. 그런 것들을 이 우스꽝스러운 나라의 정부, 법정, 교회당, 극장 등 어디에서나 목격하실 수 있을 것입니다."

"빠리에서는 사람들이 항상 웃는다고 하는데, 그것이 사실입니까?" 깡디드가 물었다.

"그렇습니다." 사제가 대답하였다. "하지만 미친개처럼 화를 내면서 웃습니다. 모두들 큰 소리로 웃으며 불평을 합니다. 심지어 가장 가증스러운 짓들을 저지르면서도 웃습니다."

"저로 하여금 그토록 많은 감동의 눈물을 흘리게 한 극작품과 저에게 그토록 큰 기쁨을 준 배우들에 대하여, 저에게 그토록 많은 험담을 쏟아놓은 저 뚱뚱한 돼지는 무엇 하는 자입니까?" 깡디드가 물었다.

"모든 극작품들과 모든 책들에 대하여 험담을 늘어놓는 짓을 생계로 삼는 악랄한 인간입니다." 사제가 대답하였다. "저놈은, 여자와 즐기는 사람들을 증오하는 내시들처럼, 성공하는 사람은 가리지 않고 증오합니다. 문학 속에 기생하면서 썩은 진흙과 독을 자양으로 삼는 독사들 중 하나입니다. 일종의 종잇장[80]입니다."

"종잇장이 무엇입니까?" 깡디드가 물었다.

"너절한 인쇄물이나 양산하는, 후레롱[81] 같은 자입니다."

공연이 끝난 후 쏟아져 나오는 관객들의 행렬을 바라보며, 깡디드와 마르땡 및 뻬리고르의 사제가 층계에서 그렇게 대화를 나누었다. 그러면서 깡디드가 말하였다.

"비록 뀌네공드 아씨를 다시 보고 싶은 마음 간절하지만,

끌레롱 아씨와 함께 저녁식사를 하고 싶습니다. 그녀의 연기가 감탄할 만하기 때문입니다."

사제는, 항상 상류층 인사만 상대하는 여배우 끌레롱에게 접근할 수 있는 사람이 아니었다. 그가 깡디드에게 말하였다.

"그녀가 오늘 저녁에는 선약이 있습니다. 하지만 영광스럽게도 제가 공을 어느 귀부인 댁으로 모실 수 있을 것 같습니다. 그곳에 가시면 빠리에서 사 년은 사신 것처럼 빠리를 잘 아시게 될 것입니다."

깡디드는 선천적으로 호기심이 많은지라, 사제가 이끄는 대로, 쌩-오노레 구역에 있는 귀부인의 집으로 갔다. 그곳에 도착해 보니 모두들 파라오 게임[82]에 몰두해 있었다. 서글픈 아기패[83] 열둘이 각자 자기의 도박 장부, 자기들의 불운에 의해 귀퉁이가 접힌 장부를 손에 들고 있었다. 깊은 침묵이 흐르고 있었으며, 아기패들의 이마는 창백했고, 물주[84]의 이마에는 불안감이 역력했다. 무자비한 물주 곁에 앉아 있는 그 집의 귀부인은 스라소니의 눈으로 모든 덧태우기……[85]를 감시하였다. 그러나 엄하되 정중하였고, 결코 화를 내지 않았다. 단골들을 잃을까 저어해서였다. 그녀는 자칭 빠롤리냑 후작 부인이라고 하였다. 나이 열다섯인 그녀의 딸도 아기패들 중 하나였는데, 잔혹한 운수를 만회해 보려 애쓰는 그 가엾은 사람들의 속임수를 눈짓으로 알리는 역할을 하고 있었다. 뻬리고르의 사제와 깡디드와 마르땡이 한꺼번에 들어섰음에도, 자리에서 일어서는 사람도, 인사를 하는 사람도, 그들을 쳐다보는 사람도 없었다. 모두들 각자의 카드에만 깊숙이 몰두해 있었다.
"툰더-텐-트롱크 남작 부인께서도 이보다는 더 예절 바르셨어." 깡디드가 중얼거렸다.

사제가 후작 부인의 귀에다 무슨 말을 소곤거렸다. 그녀가 즉시 몸을 반쯤 일으켜, 깡디드는 우아한 미소로, 마르땡은 누가 보아도 고아한 머릿짓으로 맞았다. 그녀가 깡디드에게 의자 하나를 권하더니, 그에게도 카드 한 벌을 가져다주었다. 깡디드는 단 두 판으로 오만 프랑을 잃었다. 그런 다음 저녁 식사를 하였다. 깡디드가 거금을 잃고도 아무 내색 하지 않는 것에 모든 사람들이 놀랐다. 시종들이 자기들끼리 수군거렸다.
"저 사람 잉글랜드 귀족임에 틀림없어."

만찬은 빠리의 대부분 만찬과 같았다. 처음에는 잠시 침묵이 지속되다가, 그다음 무슨 말인지 분간할 수 없는 소음이 시작되었고, 곧이어 대부분 진부한 농담과 함께 헛소문들, 억설들, 약간의 정치 이야기와 풍성한 험담 등이 펼쳐졌고, 심지어 새로 출판된 책들에 관한 이야기도 나왔다.

"신학 박사이신 고샤[86] 씨의 새 소설을 보셨습니까?"[87] 뻬리고르의 사제가 물었다.

"예." 참석자들 중 한 사람이 대답하였다. "하지만 그것을 끝낼 수는 없었습니다. 우리 주위에는 터무니없는 글들이 무수히 난무하지만, 그것들을 모두 합쳐도 신학 박사 고샤의 터무니없음에는 미치지 못할 것입니다. 저는, 홍수처럼 우리들을 뒤덮는 혐오스러운 책들의 엄청난 무더기에 싫증을 느껴, 파라오 게임에 돈을 걸기 시작하였습니다."

"그러면 부주교 T씨의 『잡문집』에 대해서는 어떻게 생각하십니까?" 사제가 다시 물었다.

"아! 권태로운 인간!" 빠롤리냐 부인이 나섰다. "모든 사람들이 다 알고 있는 것이나 기이한 어투로 늘어놓고! 가볍게 언급할 가치조차 없는 것들에 대하여 묵직하게 논설이나 펴고! 기지도 없으면서 다른 이들의 기지를 자기의 것으로 만들고! 남의 것을 표절하여 망쳐놓는 꼴이라니! 정말 역겨운 사람이에요! 하지만 그가 더 이상 저에게 역겨움을 안겨 줄 수도 없을 거예요. 부주교의 글은 몇 페이지 읽는 것으로도 진저리가 나니까요."

만찬석상에 학식과 감식력을 갖춘 사람 하나가 있었는데, 그가 후작 부인이 한 말을 지지하였다. 그다음 대화가 비극으로 옮겨갔다. 후작 부인이 묻기를, 가끔 무대에 올려지기는 하지만 책으로 읽을 수 없는[88] 비극들이 있는데, 그 연유가 무엇이냐고 하였다. 그러자 감식력 있는 남자가, 하나의 극작품이 상당한 흥미는 유발하되 큰 가치를 갖지 못하는 현상에 대하여 훌륭하게 설명하였다. 그는, 극작품을 쓰기 위해서는, 모든 소설들이 가지고 있고 또 관객들의 흥미를 유발할 수 있는 상황 한둘을 작품에 도입하는 것만으로는 충분하지 않고, 작품이 괴상하지 않되 새롭고, 대체로 장엄하며, 항상 자연스러워야 한다는 점을 단 몇 마디 말로 입증하였다. 또한 인간의 가슴을 잘 알아, 그것이 말하도록 해야 하고, 작가는 위대한 시인이로되 등장인물들 중 누구도 결코 시인처럼 보이지 않아야 하며, 작품에 사용하는 언어를 완벽하게 알아, 그것을 순수하게, 지속적으로 조화롭게, 운율이 의미에 손상을 입히지 않도록 구사해야 한다고 하였다. 그리고 다시 덧붙였다. "이 모든 규칙들을 등한히 하는 사람들도 극장에서 박수갈채를 받을 수 있는 비극 작품 한두 편은 쓸 수 있습니다. 하지만 그는 결코 탁월한 작가의 반열에 오를 수 없습니다. 그들의 작품들 중 훌륭한 비극 작품은 거의 없습니다. 어떤 것들은 운이 잘 맞는 멋진 대화로 이루어진 목가에 불과하고, 어떤 것들은 졸음을 유발하는 정치적 담론 아니면 불쾌감만 야기시키는 과장이며, 또 다른 어떤 것들은 야만스러운 문체로 쓴 광신도의 열변, 자주 중단되는 대화, 인간들에게는 말을 할 줄 몰라 신들에게만 퍼붓는 하소연, 엉터리 격언, 잔뜩 부풀린 혼해 빠진 생각 등에 불과합니다."

깡디드가 그 말을 유심히 들었고, 그 연설꾼을 높이 평가하게 되었다. 그런데 마침 후작 부인이 각별히 배려하여 그를 자기의 옆자리에 앉혔던지라, 그가 그녀의 귀에다 대고 허물없이 묻기를, 그토록 말을 잘하는 사람이 누구냐고 하였다. 그러자 귀부인께서 그에게 말하였다.

"결코 파라오 게임에 돈을 걸지 않는 학자인데, 사제가 가끔 데리고 와서 함께 저녁 식사를 합니다. 그는 비극과 책들에 대하여 완벽한 지식을 가지고 있으며, 그리하여 극장에서 한껏 조롱당한 비극 한 편과, 저에게 헌정한 것 이외에는 출판업자의 상점 밖으로 단 한 권도 나가지 못한 책도 하나 썼습니다."

"위대한 분이십니다! 또 다른 판글로스이군요." 깡디드의 대꾸였다. 그러더니 학자 쪽으로 고개를 돌리며 그에게 말을 건넸다.

"공께서는 물론, 물리적 세계와 정신적 세계에서 모든 것이 최선의 상태에 있으며, 따라서 그 무엇도 지금과 다른 상태로는 존재할 수 없다고 생각하시겠지요?"

"저는 그런 것들에 대해서는 전혀 아무 생각도 하지 않습니다. 제가 보기에 우리나라에서는 모든 것이 비스듬히 흘러갑니다. 자기의 지위와 책무, 자기가 하는 일, 해야 할 일이 무엇인지 아는 이 아무도 없습니다. 상당히 유쾌하고 제법 화합이 이루어지는 저녁 식사 시간을 제외하고는, 나머지 모든 시간이 터무니없는 입씨름으로 소진됩니다. 얀센파 교도들은 몰리나 교도들을 상대로, 법원 사람들은 교회 사람들을 상대로, 문인들은 문인들을 상대로, 조신들은 조신들을 상대로, 아내들은 남편들을 상대로, 친척들은 친척들을 상대로 입씨름을 벌이니, 그야말로 영원한 전쟁입니다."

깡디드가 그 말에 이의를 제기하였다.

"저는 더 험한 일들도 보았습니다. 하지만, 불행하게도 교수형을 당하신 어느 현자께서 저에게 가르치시기를, 그 모든 것들이 최선이며, 그것들이 아름다운 화폭 위에 어린 그림자들에 불과하다 하셨습니다."

"당신에게 가르침을 준 그 목 매달린 자가 사람들을 조롱하였습니다!" 마르땡이 나섰다. "당신이 말씀하시는 그림자들이란 실은 끔찍한 오점입니다."

"그 오점들을 만드는 것은 인간들입니다." 깡디드가 되받았다. "그리고 인간들은 그것을 면할 수가 없습니다."

"따라서 그것이 인간의 잘못은 아닙니다." 마르땡이 말하였다. 그러한 대화를 전혀 이해하지 못하는 대부분의 도박꾼들은 술을 마셨다. 그리하여 마르땡은 학자와 토론을 하였고, 깡디드는 자기가 겪은 일들의 일부를 그 댁 귀부인에게 이야기해 주었다.

식사를 마친 후, 후작 부인이 깡디드를 자기의 별실로 데리고 들어가 긴 안락의자에 앉게 한 다음, 그에게 말하였다.

"말씀을 들어보니, 당신은 여전히 툰더-텐-트롱크 성의 뀌네공드 아씨를 열렬히 사랑하시는 것 같군요?"

"예, 부인."

깡디드의 그러한 답변에 후작 부인이 다정한 미소를 지으며 말하였다.

"당신은 저의 질문에 진정한 베스트팔렌의 젊은이답게 대답하시는군요. 프랑스인이었다면 저에게 이렇게 말하였을 거예요. '제가 뀌네공드 아씨를 사랑한 것은 사실입니다. 그러나 부인, 당신을 뵈오니 제가 그녀를 더 이상 사랑하지 않을까 두렵습니다.'"

"아! 부인, 당신이 원하는 대로 대답하겠습니다."

"그녀에게로 향한 당신의 열정이 그녀의 손수건을 주워 그녀에게 건네는 순간에 시작되었다고 하셨어요." 후작 부인이 말하였다. "저는 당신이 저의 스타킹 조임띠를 주워서 저에게 주셨으면 좋겠어요."

"기꺼이 그리하겠습니다."

깡디드가 그러면서 스타킹 조임띠를 주워 들었다. 그러자 귀부인이 그에게 말하였다.

"하지만 당신이 그것으로 다시 저의 스타킹을 조여주셨으면 좋겠어요."

그리하여 깡디드가 그것을 다시 그녀의 허벅지에 둘러주었다. 그녀가 다시 그에게 말하였다.

"당신은 이방인이에요. 제가 때로는 이곳 빠리에 사는 저의 연인들로 하여금 보름 동안이나 애타게 기다리게 하지만, 당신에게는 첫날밤부터 몸을 허락해요. 베스트팔렌 청년에게는 그의 고국에 대한 예를 표해야 하니까요."

아름다운 여인이, 이방 젊은이의 양손에 있는 굵직한 다이아몬드 두 알을 보고 어찌나 찬사를 늘어놓았던지, 다이아몬드가 깡디드의 손가락에서 후작 부인의 손가락으로 넘어갔다.

깡디드는, 그녀의 집을 나와 뻬리고르 출신 사제와 함께 거처로 돌아오는 동안, 뀌네공드 아씨를 생각하며 자기가 실절한 것을 조금 후회하였다. 사제 또한 나름대로 괴로워하고 있었다. 깡디드가 도박을 하여 잃은 오만 리브르와, 반은 갈취하듯 빼앗아 간 다이아몬드 두 알에서, 자기 몫으로 챙긴 것이 변변찮기 때문이다. 깡디드와 알게 되었다는 사실이 자기에게 안겨 준 이점을 최대한 활용하겠다는 것이 그가 품고 있던 의도였다. 사제가 뀌네공드를 자주 화제로 삼았다. 깡디드는, 베네치아에 가서 그녀를 만나면, 자기의 실절을 고백하고 그녀에게 용서를 빌겠다고 하였다.

뻬리고르 출신 사제는, 깡디드에 대한 예의와 배려를 더욱 각별히 하면서, 그가 하는 모든 말과, 그가 하는 모든 일과 그가 하고자 하는 모든 것에 자상한 관심을 보였다. 그러면서 깡디드에게 물었다.

"공께서 그분과 베네치아에서 만나시기로 하였다는 말씀인지요?"

"예, 신부님, 무슨 일이 있어도 저는 뀌네공드 아씨를 만나러 가야 합니다."

그 순간, 자기가 사랑하는 것에 대하여 이야기하는 기쁨에 사로잡혀, 깡디드는, 자기의 버릇대로, 그 찬연한 베스트팔렌 아가씨와 자기 사이에 있었던 일들 중 일부를 사제에게 털어놓았다. 그러자 사제가 넌지시 물었다.

"제 생각으로는 뀌네공드 아씨의 기지가 뛰어날 것 같습니다. 그분께서 공에게 매력적인 편지들을 보내셨겠지요?"

"아직 단 한 번도 편지를 받아보지 못하였습니다. 짐작하실 수 있는 일이지만, 그녀에게로 향한 사랑 때문에 성에서 쫓겨난 이후에는, 그녀에게 편지를 쓸 수 없었습니다. 그러다가 얼마 후 그녀가 죽었다는 소식을 들었는데, 그녀를 다시 만나게 되었고, 이내 그녀를 다시 잃었습니다. 이곳에 이르러, 이만 오천 리 밖에 있는 그녀에게 속달 편지 한 통을 보냈고, 지금 회신을 기다리는 중입니다."

사제가 그의 이야기를 유심히 들었고, 그러면서 어떤 몽상에 잠기는 듯이 보였다. 그가 두 이방인을 다정하게 포옹한 후 작별을 고하였다. 다음 날 깡디드가 잠에서 깨어났을 때, 그에게 편지 한 통이 배달되었고, 사연은 이러하였다.

저의 지극히 사랑스러운 연인이시여, 저는 이 도시에 와서 한 주간 전부터 병석에 누워 있어요. 당신이 지금 머무시는 곳을 알게 되었어요. 제가 운신할 수 있다면 당신의 품으로 나는 듯이 달려가련만. 당신이 보르도를 경유하신 것도 알았어요. 충직한 까깜보와 노파는 그곳에 남겨 두었는데, 곧 제 뒤를 따라 올 거예요. 부에노스아이레스 총독이 모든 것을 빼앗았지만, 저에게는 당신의 가슴이 남아 있어요. 어서 오세요. 당신의 모습이 저에게 생명을 돌려주거나, 감당할 수 없는 기쁨으로 저를 죽일 거예요.

그 매력적인 뜻밖의 편지가 깡디드를 형언할 수 없는 기쁨에 들뜨게 하였다. 하지만 사랑하는 뀌네공드가 병에 시달린다는 소식이 그에게 감당할 수 없는 슬픔을 안겨 주었다. 그 두 감정에 찢긴 채, 황금과 다이아몬드를 챙겨가지고, 뀌네공드가 머물고 있는 호텔로 마르땡과 함께 급히 달려갔다. 그가 격정에 몸을 떨며 들어서는데, 심장은 터질 듯이 두근거리고, 음성은 흐느끼는 듯하였다. 그가 침대의 커튼을 젖히려 하였다. 그러면서 등불을 가져오라고 하였다.

"안 돼요, 불빛을 보시면 돌아가실 거예요."

시녀가 그렇게 말하면서 얼른 커튼을 다시 당겨 여미었다. 깡디드가 눈물을 흘리며 애걸하였다.

"내 사랑하는 뀌네공드, 몸은 좀 어떻소? 나를 보실 수 없다면 무슨 말씀이라도 해보시오."

"아무 말씀도 하실 수 없어요." 시녀의 대답이었다.

그 순간, 침대에 누워 있던 여인이 통통하게 살이 오른 손 하나를 커튼 사이로 내밀었다. 깡디드가 한동안 그 손을 눈물로 적셨다. 그런 다음 다이아몬드 한 줌을 그 손에 쥐여 주고, 황금 가득 담은 주머니 하나를 안락의자 위에 내려놓았다.

그렇게 한창 열광에 사로잡혀 있는데, 문득 기병 하사관 하나가 일개 분대를 거느리고 들이닥치는데, 그들의 뒤를 뻬리고르의 사제가 따르고 있었다.

"저 두 사람이 내가 이야기하던 그 수상한 이방인들이오."

사제의 그 말에, 기병 하사관이 자기의 분대원들에게 명하여 두 사람을 감옥으로 끌고 가게 하였다.

"엘도라도에서는 이방인들을 이렇게 대접하지 않소." 깡디드가 말하였다.

"나는 지금 그 어느 때보다도 마니교를 더욱 믿게 되었소." 마르땡의 말이었다.

"하지만, 이보시오, 우리들을 어디로 데려가려 하는 것이오?" 깡디드가 물었다.

"지하실 밑에 있는 감옥으로." 하사관의 대답이었다.

냉정을 되찾은 마르땡은, 뀌네공드 행세를 하는 여자가 사기꾼 계집이고, 뻬리고르 출신 사제라는 자 역시 사기꾼으로, 깡디드의 어수룩함을 지체하지 않고 악용한 녀석이며, 하사관 또한 사기꾼들 중 하나인지라, 녀석을 어렵지 않게 떨쳐 버릴 수 있다는 판단을 내렸다.

그의 조언을 듣고 정신을 차린 깡디드는, 자신을 복잡한 사법적 절차에 내맡기는 것이 번거롭다고 생각하였을 뿐만 아니라, 진짜 뀌네공드를 한시바삐 다시 보고 싶은 마음에, 하나에 삼천 삐스똘[89]쯤 하는 다이아몬드 세 알을 하사관에게 선뜻 주겠다고 하였다. 그러자 하사관이 그에게 말하였다.

"아! 나리, 비록 나리께서 어떠한 죄를 범하셨다 해도, 당신은 이 세상에서 가장 훌륭한 분이십니다. 다이아몬드 세 알이라니! 하나에 삼천 삐스똘이나 하는 것을! 나리! 당신을 지하 감옥으로 끌고 가느니 차라리 제가 죽는 편을 택하겠습니다. 지금 모든 이방인들을 잡아들이고 있습니다만, 저만 믿으십시오. 노르망디 지방 디에쁘에 저의 아우 하나가 있는데, 제가 그곳으로 나리를 모시겠습니다. 그런 다음, 아우에게 다이아몬드를 좀 주시면, 그 역시 저처럼 나리를 성심껏 모실 것입니다."

"그런데 무슨 이유로 이방인들을 체포하는 것이오?" 깡디드가 물었다. 그러자 뻬리고르의 사제가 나서며 대답하였다.

"아트레바띠[90] 지방 출신의 거지 녀석 하나가 미련스러운 말에 속아 넘어갔기 때문입니다.[91] 그 미련한 말만 믿고, 녀석이 군주 시해 죄를 저질렀습니다. 1610년 5월에 저질러진 시해가 아니라,[92] 1594년 12월에,[93] 그리고 다른 멍청이 소리를[94] 듣고 다른 거지 녀석들이 다른 해 다른 달에 저지른 시해 죄와 같은 것입니다."

그러자 하사관이 일의 내막을 상세히 설명해 주었다. 설명을 듣고 깡디드가 분개하였다.

"아! 괴물들이로다! 아니! 그토록 끔찍한 짓들이, 춤추고 노래하기 좋아하는 백성들[95] 속에서 벌어지다니! 원숭이들이 호랑이들을 들볶아 못살게 구는 이 나라[96]를 신속히 떠날 방법이 없겠습니까? 제가 저의 고국에서 본 것은 곰들뿐이었습니다. 오직 엘도라도에서만 사람들을 보았습니다. 제발, 하사관님, 저를 어서 베네치아로 데려가 주시오. 저는 그곳에서 뀌네공드 아씨를 기다려야 합니다."

"저는 나리를 남부 노르망디까지밖에 모셔다 드릴 수 없습니다."[97] 하사관이 대답하였다.

그가 즉시 두 사람을 묶었던 오라를 풀어주고, 사람을 잘못 보았다고 하면서 분대원들을 돌려보낸 다음, 깡디드와 마르땡을 디에쁘까지 데리고 가서 자기의 아우에게 맡겼다. 항구에 작은 홀랜드 선박 한 척이 있었다. 다이아몬드 세 알을 받은 그 노르망디인이 비할 데 없이 친절해져, 깡디드 일행을 태우고 잉글랜드의 포츠머스를 향하여 돛을 활짝 펼쳤다. 그것이 물론 베네치아로 가는 항로는 아니었다. 그러나 깡디드는 자신이 지옥으로부터 풀려난 것으로 여겼고, 따라서 기회를 보아 베네치아로 가는 항로를 찾아 떠나기로 마음을 정하였다.

23장

잉글랜드 해안에서 본 일

"아, 판글로스! 판글로스! 아, 마르땡! 마르땡! 아, 내 사랑하는 뀌네공드! 이 세상이란 것이 도대체 무엇이오?" 홀랜드 선박 위에서 깡디드가 탄식하였다.

"지극히 미치고 지극히 구역질 나는 그 무엇입니다." 마르땡이 대꾸하였다.

"당신은 잉글랜드를 잘 아십니다. 그곳 사람들도 프랑스 사람들처럼 미쳐 있습니까?"

"그곳에는 다른 종류의 광증이 만연해 있습니다." 마르땡이 대답하였다. "아시다시피 두 나라는 캐나다 어느 구석에 있는 눈벌판 몇 아르빵[98]을 놓고 전쟁을 벌이고 있습니다. 그런데, 그 두 나라가 그 꼴좋은 전쟁을 위하여 지출하는 비용은, 캐나다 전체의 값어치를 웃돕니다. 밧줄로 묶어야 할 미치광이들이 두 나라 중 어느 나라에 더 많은지는, 저의 지식이 부족하여 말씀드릴 수 없습니다. 다만 제가 아는 바로는, 이제 우리가 보게 될 사람들이 일반적으로 심한 우울증에 걸려 있습니다."

그렇게 이야기를 주고받는 동안에 어느덧 포츠머스에 도달하였다. 무수한 사람들이 해안을 뒤덮고 있었는데, 그들은, 두 눈을 띠로 가리우고 어느 전함 상갑판 위에 무릎을 꿇고 있는, 상당히 뚱뚱한 남자 하나를 유심히 바라보고 있었다. 그 남자 앞에 서 있던 병사 몇이, 각자 총알 세 발씩을 그 남자의 머리통에 태평스럽게 쏘아대었고, 그러자 운집해 있던 군중이 만족스러운 기색으로 발길을 돌렸다.

"도대체 이게 다 무슨 일입니까? 어떤 악마가 사방에서 지배력을 행사하는 것입니까?"

깡디드가 그렇게 탄식하면서, 방금 거창한 의식을 치르듯 살해당한 그 뚱뚱한 남자가 누구냐고 물었다.

"해군 제독[99]이라오." 어떤 사람이 대답하였다.

"그 제독을 왜 죽였습니까?"

"그가 충분히 많은 사람들을 죽음으로 내몰지 못하였기 때문입니다. 그가 프랑스의 어느 제독을 상대로 한바탕 전투를 벌였는데, 적에게 충분히 접근하지 않았다는 것입니다."

그러한 대답에 깡디드가 격앙된 음성으로 말하였다.

"하지만 프랑스의 해군 제독 역시 잉글랜드의 해군 제독처럼 적에게로 접근하지 않았습니다!"

"그것은 이론의 여지가 없는 사실입니다. 하지만 이 나라에서는, 다른 사람들의 용기를 증대시키기 위하여 가끔 제독 하나씩을 죽이는 것도 좋은 일이라고 생각합니다."

깡디드는 자기가 보고 들은 것에 너무나 얼이 빠지고 심한 충격을 받아, 그 땅에는 발을 딛기조차 원하지 않았다. 그리하여 홀랜드 선주와 흥정하여(그 선주가 비록 수리남에서 만난 홀랜드 선주처럼 다시 도적질을 한다 해도), 자기를 지체하지 말고 베네치아로 데려다 달라고 하였다.

이틀 후 선주가 출항 준비를 마쳤다. 프랑스 해안을 따라 내려가 리스본이 멀리 보이는 곳을 지날 때, 깡디드는 몸서리를 쳤다. 드디어 해협을 통과해 지중해로 들어섰고, 베네치아로 접근하였다. 깡디드가 마르땡을 포옹하며 소리쳤다. "찬양받으실지어다, 신이시여! 이곳에서 아름다운 뀌네공드를 다시 보게 되었습니다. 저는 까깜보를 저 자신처럼 믿습니다. 모든 것이 선이고, 모든 것이 순조로우며, 모든 것이 최선을 향합니다."

24장

빠께뜨와 수도사 지로플레

    그는 베네치아에 도착하는 즉시 사람을 풀어, 모든 선술집과 모든 까페와 모든 사창가를 뒤져 까깜보를 찾게 하였다. 그는 날마다 입항하는 모든 선박들로 사람을 보내어 수소문하게 하였으나 까깜보의 소식은 묘연하였다. 그가 마르땡에게 말하였다. "이 어찌된 일입니까!·제가 수리남을 떠나 보르도로, 보르도에서 빠리로, 빠리에서 디에쁘로, 디에쁘에서 포츠머스로, 뽀르뚜갈과 에스빠냐를 지나 지중해를 통과한 다음, 베네치아에 도착한 후 여러 달이 흘렀건만, 아름다운 뀌네공드는 아직 도착하지 않았습니다! 그동안에 그녀 대신 우스꽝스러운 계집 하나와 뻬리고르 출신 사제 하나를 만났을 뿐입니다! 뀌네공드가 죽었음에 틀림없습니다. 저 또한 죽을 수밖에 없습니다. 아! 이 저주받은 유럽으로 돌아오지 말고 엘도라도에 머무는 것이 나았을 것입니다. 귀하신 벗님 마르땡, 당신의 말씀이 옳았습니다! 모든 것이 환상이고 재앙에 불과합니다."

그는 깊은 우울증에 사로잡혀, 한창 유행이던 오페라나 사육제에 아무 관심조차 보이지 않았고, 어느 귀부인도 그의 관심을 끌지 못하였다. 마르땡이 어느 날 그에게 말하였다. "자기의 주머니에 오륙백만 금을 가진 튀기 시종 녀석이, 세상 끝에 있는 공의 정인을 찾으러 가서, 그녀를 베네치아로 데리고 오리라고 믿으시니, 참으로 고지식하십니다. 그가 그녀를 찾으면 자기의 수중에 넣을 것입니다. 또한 그녀를 찾지 못하면 다른 계집 하나를 꿰어찰 것입니다. 그래서 조언드리거니와, 공의 시종 까깜보와 공의 정인 뀌네공드는 이제 그만 잊으십시오." 하지만 마르땡의 그 말이 별로 위안을 주지 못하였다. 깡디드의 우울증은 점점 더 깊어지기만 하였다. 마르땡이, 이 지상에는, 아무도 갈 수 없는 엘도라도를 아마 제외하고는, 미덕과 행복이 거의 존재하지 않는다는 사실을 끊임없이 입증해 보여 주었다.

어느 날, 그 중요한 문제에 대하여 두 사람이 입씨름을 하며, 깡디드는 여전히 뀌네공드를 기다리는 마음에 사로잡혀 있었는데, 산 마르꼬 광장에서 젊은 여인과 팔짱을 끼고 있는 젊은 테아티노 교단 수도사 하나가 그의 눈에 떠었다. 테아티노 수도사는 혈색이 좋고 살이 통통했으며 건강해 보였다. 그의 두 눈은 반짝였고, 기색은 자신만만하였으며, 용모 당당할 뿐만 아니라 거조 또한 의연하였다. 여인의 얼굴 매우 아름다운데, 그녀가 노래를 부르고 있었다. 그러면서, 연정에 겨운 시선으로 자기의 테아티노 수도사를 이따금 바라보다가는, 그의 통통한 볼을 가볍게 꼬집기도 하였다. 그들을 바라보며 깡디드가 마르땡에게 말하였다.

"적어도 저 두 사람만은 행복하다고 인정하시겠지요. 저는 지금까지 엘도라도를 제외한 이 지상에서 불운한 사람들밖에 보지 못하였습니다. 하지만 저 여인과 테아티노 수도사만은 매우 행복한 피조물들이라고 장담할 수 있을 것 같습니다."

"저 역시 내기를 걸고 장담하거니와 그렇지 않습니다." 마르땡의 대꾸였다.

"두 사람을 식사에 초대해 봅시다. 그러면 제가 잘못 본 것인지 공께서 확인하실 수 있을 것입니다."

깡디드가 그렇게 말하면서 즉시 두 남녀에게 다가가 정중하게 예를 표한 다음, 자기가 유하고 있는 호텔로 함께 가 마카로니와 롬바르디아산 자고새와 철갑상어 알을 먹으며, 몬떼뿔치아노산 포도주와 베수비오 산록에서 나는 사향 포도주, 키프로스 섬과 사모스 섬에서 생산된 포도주를 함께 마시자고 청하였다. 아가씨는 얼굴을 붉혔고, 테아티노 수도사는 선뜻 초청을 받아들였는데, 아가씨가 몹시 놀라고 당황한 기색으로 깡디드를 유심히 바라보며 그를 따랐고, 눈에는 눈물이 글썽거렸다. 그들이 깡디드의 거처로 들어서기가 무섭게 그녀가 깡디드에게 말하였다.

"아니! 깡디드 나리가 이제는 빠께뜨를 몰라보시다니!"

그 순간까지, 오직 뀌네공드 생각에만 골몰하느라고 그녀를 미처 자세히 바라보지 못했던 깡디드가, 드디어 그녀를 알아보고 말하였다.

"아, 가엾은 아가, 그대가 판글로스 박사를 내가 본 것처럼 꼴좋은 모습으로 바꾸어놓았단 말이오?"

"아! 나리, 제가 그랬습니다. 나리께서도 모든 사실을 알고 계시는군요. 남작부인과 아름다운 뀌네공드 아씨의 집안에 닥친 무시무시한 불행들을 저도 알게 되었어요. 저의 운명 역시 서글프기는 별로 나을 것이 없었어요. 나리께서 저를 처음 보셨던 그 시절에는 제가 천진난만하였어요. 저의 고해신부였던 그 프란체스코회 수도사가 저를 손쉽게 유혹하였어요. 그 다음에 연이어 일어난 일들은 끔찍하였어요. 남작님께서 나리의 꽁무니에 거센 발길질을 가하여 나리를 쫓아내신 후 얼마 아니 되어, 저 역시 성을 떠나야 했어요. 어느 유명한 의사가 저를 가엾게 여기지 않았다면, 저는 이미 죽었을 거예요. 저는 고마운 마음에 한동안 그 의사의 첩 노릇을 하였어요. 광증에 가까운 질투심에 사로잡혀 있던 그의 아내가 저에게 날마다 무자비한 매질을 가하였어요. 복수의 여신 후리아와 같은 여자였어요. 그 의사는 그 어느 남자들보다도 용모 추한 사람이었어요. 그리고 저는, 제가 사랑하지도 않는 남자 때문에 지속적으로 매질을 당하는, 모든 계집들 중 가장 불행한 계집이었어요. 발끈거리는 여자가 의사의 아내가 되면 얼마나 큰 위험에 처하게 되는지, 나리께서는 모르실 거예요. 자기 아내의 행위에 분개한 그 의사가 어느 날, 가벼운 감기에 걸린 아내를 치료한다면서 그녀에게 약을 먹였는데, 약의 효력이 어찌나 탁월했던지, 그녀는 끔찍한 경련을 일으키며 단 두 시간 만에 죽었어요. 그녀의 양친이 의사를 고발하였으나, 그는 도망을 쳤고, 대신 제가 감옥에 갇혔어요. 저의 용모가 다소나마 예쁘장하지 않았다면, 저의 무고함이 저의 목숨을 구출해 주지는 못하였을 거예요. 재판관이 저를 석방해 주었는데, 그것은 자기가 의사의 후계자가 된다는 조건에서였어요. 그 후 얼마 아니 되어 저는 다른 여자로 대치되었고, 아무 보상도 받지 못한 채 쫓겨났으며, 남자들이 보기에는 즐거운 일처럼 보이되 저희 여자들에게는 비참의 구렁텅이인 이 직업에, 계속 종사할 수밖에 없게 되었어요. 저는 저의 직업을 영위하기 위하여 이곳 베네치아로 왔어요. 아! 나리, 의무감에 이끌려 늙은 상인, 변호사, 수도사, 뱃사공, 사제 등을 기계적으로 애무해야 한다는 것을 상상해 보세요. 온갖 모욕과 학대에 내던져지고, 극도의 가난 때문에, 구역질 나는 남자의 손에 쳐들려질 치마조차 빌릴 수밖에 없는 처지에 놓이고, 한 남자를 상대하여 번 돈을 다른 남자에게 빼앗기고, 법관들에게 착취당하고, 장차 기대할 것은 참혹한 노년과 퇴비 더미 같은 구호소뿐이라는 것을 상상해 보세요. 나리께서는 제가 이 세상에서 가장 불운한 계집들 중 하나라고 생각하실 거예요."

작은 측실에 들어가, 빠께뜨가 심성 착한 깡디드에게 심중에 있던 것을 그렇게 털어놓았다. 그러자 함께 듣고 있던 마르땡이 깡디드에게 말하였다.

"보시다시피, 제가 내기에서 반은 이겼습니다."

식당에 홀로 남아 있던 수도사 지로플레는 식사를 기다리며 먼저 한잔 기울이고 있었다. 깡디드가 빠께뜨에게 다시 말하였다.

"하지만 내가 당신을 만나던 순간 당신은 무척 즐겁고 만족스러운 기색이었소. 게다가 노래까지 부르며 함께 있던 테아티노 수도사를 사랑스러운 듯 쓰다듬고 있었소. 불행하다고 말씀하신 것과는 정반대로 행복해 보였소."

"아! 나리, 그것 또한 저의 직업이 감추고 있는 비참함 중 하나예요. 저는 어제 법관 한 사람으로부터 돈을 강탈당하고 매를 맞았어요. 따라서 오늘은 수도사의 환심을 사기 위하여 명랑한 척할 수밖에 없었어요."

깡디드는 더 이상 묻고 싶지 않았고, 마르땡의 말이 옳다고 시인하였다. 빠께뜨 및 테아티노 수도사와 더불어 식탁 앞에 앉았고, 식사는 상당히 즐거웠으며, 식사가 끝날 무렵에는 다소간이나마 서로를 신뢰하며 이야기를 나누었다. 깡디드가 수도사에게 말하였다.

"신부님, 뵙자니 모든 사람들이 부러워할 만한 운명을 누리시는 것 같습니다. 신부님의 얼굴에는 한창 피어나는 건강이 반짝이고, 용모에는 행복이 어리어 있습니다. 게다가 파적거리로 매우 아리따운 여인도 거느리셨고, 테아티노 교단의 사제라는 신분에 매우 만족스러워하시는 것 같습니다."

"저의 진심을 말씀드리거니와, 모든 테아티노 수도사들이 몽땅 바다 밑으로 가라앉아 버렸으면 좋겠습니다. 저는 수도원에 불을 지르고 이슬람교도가 되고 싶은 충동을 무수히 느꼈습니다. 나이 열다섯 되던 해에, 저의 양친께서 이 혐오스러운 옷을 강제로 저에게 둘러주셨습니다. 신의 저주를 받을 저의 맏형에게 더 많은 재산을 물려주기 위해서였습니다! 수도원은 질투와 불화와 광기의 서식처입니다. 제가 가끔 저질 설교를 하여 돈푼깨나 만지는 것은 사실입니다. 그 돈의 반은 수도원장이 약취해 가고, 저에게 남는 것으로는 여자들 거느리는 데 드는 비용을 충당합니다. 하지만 저녁에 수도원으로 들어갈 때마다, 저는 공동 침실 벽에 머리를 부딪쳐 죽고 싶은 충동을 느낍니다. 저의 모든 동료들 또한 같은 처지입니다."

마르땡이 깡디드를 쳐다보며 평소와 다름없이 냉담하게 말하였다.

"이만하면 제가 내기에 완전히 이긴 것 아닙니까?"

깡디드가 빠께뜨에게는 이천 삐아스뜨라를, 그리고 수도사 지로플레에게는 일천 삐아스뜨라를 주었다. (그들이 돌아간 후) 깡디드가 마르땡에게 말하였다.

"공께 장담하거니와, 그 돈이면 두 사람은 행복해질 것이오."

"저는 전혀 그렇게 생각하지 않습니다." 마르땡의 대꾸였다. "공께서 그 돈을 주시어, 그들은 아마 더욱 불행해질 것입니다."

"될 대로 되라지요. 그러나 저에게 위안을 주는 한 가지가 있으니, 그것은 영영 다시 만나지 못할 것으로 믿던 것을 때로는 다시 만난다는 사실입니다. 따라서 저의 붉은 양과 빠께뜨를 다시 만났듯이, 제가 뀌네공드 역시 다시 만날 수 있을지도 모릅니다."

"그녀가 언젠가는 공께 행복을 안겨 드리기를 기원합니다. 하지만 제가 심히 의심하는 바 또한 그것입니다."

"공께서 참으로 혹독하십니다."

"제가 그만큼 풍상을 겪었기 때문입니다." 마르땡이 대꾸하였다.

"하지만 저 곤돌라 사공들을 보십시오. 저들은 끊임없이 노래하지 않습니까?"

"공께서는 저들이 각자의 집에서 아내와 코흘리개 아이들과 어울려 있는 모습을 보시지 못합니다. 이곳 총독이 근심거리에 휩싸여 있듯, 사공들에게도 나름의 근심거리가 있습니다. 물론 모든 점을 고려한다면, 사공의 신세가 총독의 신세보다는 나은 것이 사실입니다. 하지만 제가 믿기로는 그 차이가

깡디드 또는 낙천주의　275

하도 미미하여, 구태여 따져볼 필요도 없을 것 같습니다."

"브렌따 강기슭에 있는 아름다운 저택에 살며, 이방인들을 상당히 후대한다는 원로원 의원 뽀꼬꾸란떼에 대해, 많은 사람들이 이야기를 합니다. 사람들의 말로는, 그가 근심이라는 것을 전혀 모른다고 합니다."[100] 깡디드가 말하였다.

"그토록 희귀한 종자를 한번 보았으면 좋겠습니다." 마르땡의 대꾸였다.

깡디드가 즉시 사람을 뽀꼬꾸란떼 나리께 보내어, 다음 날 찾아 뵈올 수 있도록 윤허해 달라고 청하였다.

25장

베네치아 귀족 뽀꼬꾸란떼

깡디드와 마르땡은 곤돌라를 타고 브렌따 강을 거슬러 올라가 고결한 뽀꼬꾸란떼의 저택에 도착하였다. 넓게 펼쳐진 정원은 아름다운 대리석상들로 치장되어 있었다. 저택 또한 아름다운 건축물이었다. 나이 육십 대의 매우 부유해 보이는 저택의 주인이, 호기심 가득한 두 방문객을 매우 정중하게 맞았다. 그러나 별로 열광하는 빛은 없었다. 그것이 깡디드에게는 당황스러웠으나, 마르땡에게는 불쾌하지 않았다.

우선, 어여쁘고 정갈한 옷차림을 한 아가씨 둘이 거품 잘 인 초콜릿을 올렸다. 깡디드는 그녀들의 아름다움과 우아함과 산뜻한 솜씨를 칭찬하지 않을 수 없었다. 그러자 원로원 의원 뽀꼬꾸란떼가 두 사람에게 말하였다. "상당히 착한 아이들입니다. 저는 가끔 저 아이들을 저의 침소에 들게 합니다. 도심지 귀부인들의 온갖 태깔과 그녀들의 질투, 아귀다툼, 변덕, 좁은 소갈머리, 오기, 멍청한 소리, 그녀들을 위하여 손수 짓거나 시인들을 시켜 지어야 하는 노래[101] 등에 이제는 진절머리가 나기 때문입니다. 하지만 결국에는 저 두 아가씨 역시 저에게 몹시 귀찮게 굴기 시작합니다."

조반을 마친 후 긴 갤러리를 천천히 둘러보던 중, 깡디드는 그곳에 걸려 있는 그림들의 아름다움에 몹시 놀랐다. 그는 처음 두 폭의 그림이 어느 거장의 작품이냐고 물었다. 원로원 의원이 대답하였다. "라파엘로의 작품들입니다. 몇 해 전에 제가 허영심에 이끌려 몹시 비싼 값을 지불하고 사들였습니다. 사람들은 이딸리아에서 가장 아름다운 것들이라고 하나, 저에게는 전혀 기껍지 않습니다. 우선 색채가 너무 침울합니다. 인물들의 얼굴은 충분히 둥글지 못하고 선명하지도 않습니다. 옷의 주름들도 전혀 피륙의 주름 같지 않습니다. 한마디로, 사람들이 저 작품들에 대하여 무슨 말을 하건, 저는 저것들에게서 자연 자체의 진정한 모방을 발견할 수 없습니다. 그런 종류의 작품은 아예 없습니다. 제가 소장하고 있는 그림들은 많습니다만, 저는 그것들을 아예 거들떠보지도 않습니다."

점심 식사를 기다리는 동안 뽀꼬꾸란떼가 협주곡 한 편을 연주케 하였다. 깡디드가 연주를 듣고 나서, 음악이 감미롭다고 하였다. 그러자 뽀꼬꾸란떼가 말하였다. "이 소음이 반 시간 동안은 재미있을 수 있습니다. 하지만 그것이 더 오래 지속되면, 비록 아무도 그것을 실토하지는 못하지만, 모든 사람들을 피곤하게 합니다. 음악이 오늘날에는 어려운 것들을 연주하는 기술에 불과한데, 어려운 것에 불과한 것은 사람들에게 즐거움을 줄 수 없습니다. 한편, 만약 오페라를 저에게 반감을 일으키게 하는 괴물로 만들어놓지만 않았어도, 제가 아마 그것을 더 좋아할지 모르겠습니다. 음악을 곁들인 저질 비극을 보러 가겠다고들 하면 가라 하지요. 그러한 비극에서는, 모든 무대 장면들이, 오직 우스꽝스러운 노래 두세 편을 거북스럽게 등장시키기 위하여 꾸며졌고, 그 노래들은 어느 여배우의 목구멍값을 올리기 위하여 작곡된 것입니다. 거세된 녀석 하나가, 카이사르와 카토의 흉내를 내며 어색한 기색으로 판자 위에서 서성거리는 꼴을 보고, 기쁨에 겨워 기절하고 싶거나 기절할 수 있는 사람들에게는, 그렇게 하라고 하지요. 저는 이미 오래전에, 오늘날 이딸리아의 영광이라고 하는, 그리하여 군주들이 그토록 비싼 경비를 치르는, 그 시시한 장난들에 등을 돌렸습니다." 깡디드가 약간의 이의를 제기하였으나 조심스럽게 하였다. 마르땡은 원로원 의원의 견해에 전적으로 동의하였다.

모두 식탁 앞에 앉았다. 훌륭한 식사를 마친 후 서재로 들어갔다. 깡디드가, 화려하게 장정된 호메로스의 작품을 보고, 지극히 고매하신 주인의 탁월한 취향을 치하하면서 말하였다.

"알레마니아에서 가장 훌륭한 철학자이셨던 위대한 판글로스에게 지극한 감미로움을 제공하던 바로 그 책입니다."

"저에게는 감미로움을 주지 못합니다." 뽀꼬꾸란떼가 냉랭하게 대꾸하였다. "전에는 사람들이 저로 하여금, 제가 저것을 읽으면서 기쁨을 느낀다고 억지로 믿게 하였습니다. 하지만 그 서로 비슷한 전투들의 끊임없는 반복, 항상 분주히 움직이기는 하지만 결정적인 것은 아무것도 하지 못하는 그 신들, 전쟁의 원인이면서도 어느 연극에 등장하는 여배우 역할 겨우 하는 그 헬레네, 포위만 한 채 점령하지 않는 그 트로이아 등,[102] 그 모든 것들이 저에게 끔찍한 권태감을 안겨 주었습니다. 가끔 제가 유식한 사람들에게, 그들도 그 책을 읽으며 지루함을 느끼느냐고 묻곤 하였습니다. 그들 모든 정직한 사람들은, 그 책을 읽는 도중에 책이 스르르 미끄러져 손아귀를 벗어난다고[103] 저에게 고백하였습니다. 하지만, 더 이상 거래되지 않는 녹슨 메달처럼, 그 책을 하나의 태곳적 기념물로 서재에 비치해 두어야 한다고 하였습니다."

그러자 깡디드가 물었다.

"각하께서도 비르길리우스에 대해서는 그렇게 생각하지 않으시지요?"

"그가 지은 『아이네이스』의 제2권, 제4권, 제6권은 탁월하다는 견해에 저도 동의합니다.[104] 하지만 그 경건한 아이네아스, 힘센 클로안투스, 친구 아카테스, 어린 아카니우스,[105] 미련한 왕 라티누스,[106] 평민 계집 아마타,[107] 따분한 라비니아[108] 등에 대해 말하자면, 그들보다 더 차갑고 불쾌한 것은 없을 것입니다. 저는 오히려 따쏘[109]의 작품과 아리오스또[110]의 서 있어도 잠들게 하는 짧은 이야기들을 더 좋아합니다."

"감히 여쭙거니와, 호라티우스의 작품들을 읽으시면서 큰 즐거움을 느끼지 않으십니까?"

"그의 금언들 중에는 사교계 인사들이 유용하게 써먹을 수 있는 것들도 있고, 그것들이 힘찬 운문의 틀 속에 응축되어 있어 기억에 쉽게 각인될 수 있는 것들도 있습니다. 그러나 저는 그의 브린디시 여행이나 형편없는 점심 식사의 묘사, 짐꾼들과 푸필리우스라고 하는 사람 간에 벌어진 다툼, 그리고 그들이 하였다는 말이 '고름으로 가득했다'든가 혹은 '식초로 이루어졌다'고 하는 표현들에는 전혀 관심이 없습니다.[111] 또한 노파들이나 무녀들을 규탄하는 그의 상스러운 구절들을 읽으며 극도의 혐오감을 느꼈습니다. 그리고, 그가 자기의 친구 마이케나스에게 하였다는 말, 즉 그 친구가 자기에 의해 시인의 반열에 올려졌다면 그 친구가 이마로 별들을 가격하였으리라고 했다는, 그 말에 무슨 가치가 있는지 저는 영문을 모르겠습니다.[112] 바보들은 존경받는 문인이 한 말이라면 무조건 찬양합니다. 저는 오직 저를 위해서만 읽고, 저의 구미에 맞는 것만을 좋아합니다."

그 무엇도 스스로 판단하며 자라지 못한 깡디드는 그의 말을 들으며 몹시 놀랐다. 반면 마르땡은, 뽀꼬꾸란떼의 사고방식이 상당히 합리적이라고 생각하였다.

"오! 여기에 키케로의 책이 있군요." 깡디드가 말하였다. "각하께서 이 위대한 분의 책을 읽으실 때에는 전혀 지루함을 느끼시지 않으리라 사료됩니다."

"저는 그 책을 절대 읽지 않습니다. 그가 라비리우스를 위해 변론을 하였건 혹은 클루엔티우스를 위해 변론을 하였건,[113] 그것이 저와 무슨 상관입니까? 저에게는 판결을 내려야 할 소송건들이 상당히 많습니다. 반면 그의 철학적 저서들과는 제가 친숙해질 수도 있을지 모르겠다고 생각한 적이 있습니다. 그러나 그가 모든 것에 의문을 품는다는 사실을 깨달았을 때, 저는 저 역시 그만큼은 알고, 또 무지해지기 위해서 구태여 어떤 사람이 필요하지는 않다고 결론을 내렸습니다."

"아! 저기에 어느 과학원의 문집 팔십 권이 있군요." 마르땡이 소리쳤다. "그 속에 좋은 것이 있을 듯하군요."

"저 잡동사니 글들을 쓴 사람들 중에, 핀이라도 만드는 기술을 고안해 낸 사람이나마 있다면 그렇다 하겠습니다. 그러나 저 책들 속에는 헛된 이론들뿐이고, 유용한 것은 단 하나도 없습니다."

"저쪽에 희곡집이 참으로 많군요! 이딸리아어, 에스빠냐어, 프랑스어 등으로 쓴 작품들이군요!"

"예, 그렇습니다." 원로원 의원이 말하였다. "삼천 편쯤 됩니다. 하지만 쓸 만한 것은 삼십여 편이 채 되지 못합니다. 그리고 저쪽에 있는 설교집들에 관해 말씀드리자면, 저 방대한 것들이 세네카의 책 한 페이지만도 못합니다. 그리하여, 짐작 하시겠지만, 저 두툼한 신학 서적들은 저뿐만 아니라 그 누구도 아예 펼쳐보지도 않습니다."

잉글랜드 책들을 쌓아놓은 시렁들이 마르땡의 눈에 띄었다. 그가 말하였다.

"그토록 자유롭게 쓴 책들이니, 저것들 중 대부분은 공화주의자의 마음에 들겠습니다."

"그렇습니다." 뽀꼬꾸란떼가 대답하였다. "자신이 생각하는 바를 글로 쓴다는 것은 아름다운 일입니다. 그것은 인간의 특권이기도 합니다. 하지만 우리 이딸리아에서는, 어디에서나, 자기가 생각하지 않는 것만을 글로 씁니다. 카이사르들과 안토니누스들[114]의 조국에 사는 모든 사람들은, 어느 도미니크파 수도사[115]의 허락 없이는 감히 자기의 생각을 가질 수조차 없습니다.[116] 만약 당파적 열정과 당파심이 그 귀한 자유 속에 있는 소중한 모든 것을 부패시키지만 않는다면, 잉글랜드의 지성들에게 영감을 불어넣어 주는 그 자유에 저는 만족할 것입니다."

밀턴의 작품 하나를 발견한 깡디드가, 그 작가를 위대한 사람으로 여기지 않느냐고 묻자, 뽀꼬꾸란떼가 대답하였다.

"누구 말씀입니까? 「창세기」 1장에 딱딱한 운문으로 책 열 권[117]짜리 긴 해설을 붙인 그 야만인 말씀입니까? 창조 작업의 꼴을 보기 흉하게 만들 뿐만 아니라, 모쉐가 말로써 세계를 창조하는 영원한 절대자를 묘사하는 반면, 메시아로 하여금 하늘의 장롱에서 커다란 컴퍼스 하나를 꺼내어 자기 작품의 윤곽을 그리게 한, 옛 그리스인들[118]을 흉내 낸 그 상스러운 모방꾼 말씀입니까? 따쏘의 지옥과 악마[119]를 망가뜨리고, 루시퍼를 때로는 두꺼비로 때로는 퓌그메족[120]으로 둔갑시키고, 루시퍼로 하여금 같은 연설을 백 번이나 반복토록 하고, 루시퍼로 하여금 신학에 대하여 논쟁토록 하고, 아리오스또의 희극적인 화약 무기 발명을 진지하게 모방하여 마귀들로 하여금 하늘에서 대포를 쏘게 한 그러한 자를, 제가 어찌 높이 평가하겠습니까? 저뿐만 아니라, 이딸리아에서는 그 누구도 그따위 서글픈 과장은 좋아하지 않습니다. 죄와 죽음의 결혼, 그리고 죄가 분만해 놓은 뱀은, 조금이나마 섬세한 취향을 가진 사람들에게는 구토증을 일으키며, 어느 병원에 할애한 긴 묘사는 무덤구덩이 파는 인부에게나 유용할 것입니다. 모호하고 괴이하며 구역질 나는 그 시[121]는 세상에 나오면서 멸시를 받았습니다. 저 또한, 오늘에 이르러서도, 그의 조국에서 동시대인들로부터 그가 받은 것과 같은 대접을 해줍니다. 그리고, 저는 제가 생각하는 것을 말할 뿐, 다른 사람들도 저처럼 생각하는지 여부에 대해서는 관심이 없습니다."

깡디드는 그러한 연설에 기가 꺾였다. 그는 호메로스를 존경했고, 밀턴도 조금은 좋아하고 있었다. 그가 마르땡에게 나지막하게 말하였다.

"아! 이 사람이 우리 알레마니아 시인들에 대해서도 심한 경멸감을 느끼고 있지 않을까 두렵습니다."

"그런다 하더라도 크게 나쁠 것은 없을 것입니다." 마르땡의 대꾸였다.

"오! 얼마나 우월한 사람인가!" 깡디드가 다시 중얼거렸다. "이 뽀꼬꾸란떼는 얼마나 위대한 지성인가! 아무것도 그의 마음에 들 수 없으니!"

그렇게 모든 책들을 둘러본 후 그들은 정원으로 내려갔다. 깡디드가 정원의 아름다움을 칭찬하였다. 그러자 집주인이 그 말에 대꾸하였다. "이보다 더 저속한 취향은 없을 것입니다. 하지만 당장 내일부터 더 고아한 구도로 정원에 나무를 다시 심게 할 작정입니다."

구경을 마친 두 사람이 나리께 작별 인사를 드리고 돌아오는 길에 깡디드가 마르땡에게 말하였다.

"이제 공께서는, 저분이 모든 인간들 중 가장 행복한 사람이라는 저의 생각에 동의하실 것입니다. 자기가 소유하고 있는 모든 것 위에 있는 사람이니까요."

"그가 자기의 모든 소유물에 염증을 느끼고 있음을 간파하지 못하시겠습니까?" 마르땡이 대꾸하였다. "플라톤이 이미 오래전에 말하기를, 모든 음식물을 거부하는 위장이 가장 탁월한 위장은 아니라고 하였습니다."

"하지만 모든 것을 비판하고, 다른 사람들이 아름다움이라고 믿는 것에서 단점들을 느끼는 것에도 즐거움이 있지 않겠습니까?"

"다시 말해, 즐거움을 느끼지 못하는 즐거움이 있다는 말씀입니까?" 마르땡이 되물었다.

"오, 그렇군요! 결국 행복한 사람은 저뿐이겠군요. 제가 뀌네공드 아씨를 다시 만날 경우에 말이지요."

"희망을 품는다는 것은 항상 좋은 일입니다."

어느덧 여러 날, 여러 주가 흘렀다. 까깜보는 돌아오지 않았다. 깡디드는 슬픔에 너무나 깊이 빠져 있었기 때문에, 빠께뜨와 수도사 지로플레가 고맙다는 인사조차 하러 오지 않았다는 사실도 까맣게 잊고 있었다.

26장

여섯 이방인들과의 만찬

어느 날 저녁, 깡디드가 마르땡을 대동하고, 같은 호텔에 머물던 여섯 이방인들과 함께 식탁 앞에 앉으려 하는데, 얼굴이 그을음처럼 검은 남자 하나가 그의 뒤로 다가와, 그의 팔을 잡으며 그에게 말하였다. "저희들과 함께 떠날 채비를 하십시오. 실기하지 마십시오." 그가 고개를 돌려 보니 까깜보였다. 그에게 그보다 더 큰 놀라움과 기쁨을 안겨 줄 수 있는 것은 오직 뀌네공드의 모습뿐이었을 것이다. 그는 기쁨으로 금방이라도 미칠 것 같았다. 그가 귀한 벗을 열렬히 포옹하며 말하였다.

"뀌네공드가 물론 이곳에 왔겠지. 지금 어디에 있나? 나를 어서 그녀에게로 안내하시게. 그녀와 함께 기쁨으로 인해 죽어도 좋네."

"뀌네공드는 이곳에 없습니다. 콘스탄티노플에 있습니다."

"아, 하늘이시여! 콘스탄티노플에! 하지만 그녀가 중국에 있다 하더라도 나는 그곳으로 나는 듯이 달려가겠네. 어서 떠나세."

"저녁 식사 후에 출발하시지요, 더 이상은 말씀드릴 수 없습니다. 저는 현재 노예 신분이며, 저의 주인께서 저를 기다리십니다. 가서 식사 시중을 들어야 합니다. 아무 말씀 더 하지 마시고, 식사를 하신 다음 모든 준비를 갖추십시오."

깡디드는, 기쁨과 슬픔 사이에서, 자기의 충직한 대리인을 다시 만나 황홀해지고, 그가 노예로 전락한 것에 놀라고, 자기의 연인을 다시 찾을 생각으로 팽배해지고, 가슴이 심하게 동요되고, 정신이 산란해진 채, 그 모든 일들을 냉정하게 바라보던 마르땡 및 베네치아의 사육제를 구경하러 온 여섯 이방인들과 함께 식탁 앞에 앉았다.

여섯 이방인들 중 하나에게 마실 것을 따라 올리던 까깜보가, 식사가 끝나 갈 무렵, 자기 주인의 귀에다 대고 나지막하게 말하였다. "전하, 선박이 채비를 마쳤사오니, 언제라도 출발하실 수 있나이다." 그 말을 하고 그가 밖으로 나갔다. 함께 식사를 하던 사람들은, 몹시 놀란 기색으로 서로를 바라볼 뿐, 단 한마디 말도 하지 않았다. 그 순간, 다른 하인 하나가 자기의 상전에게로 다가와 고하였다. "전하, 역마차가 빠도바에 있고, 작은 배가 떠날 채비를 마쳤나이다." [122] 주인이 손짓을 하자 하인이 얼른 물러갔다. 모든 사람들이 다시 서로를 바라보았고, 놀라움은 배가되었다. 세 번째 시종이 세 번째 이방인에게로 다가와 아뢰었다. "전하, 제 말씀을 믿으소서. 전하께서 이곳에 더 오래 유하셔서는 아니 됩니다. 모든 준비를 마치겠나이다." 그러더니 즉시 사라졌다.

깡디드와 마르땡은 그것이 사육제에 참석한 가면 쓴 사람들의 모임이라고 확신하게 되었다. 네 번째 시종이 나타나더니 네 번째 상전에게 아뢰었다. "전하께옵서 원하실 때 떠나소서." 그렇게 아뢰고 다른 시종들처럼 밖으로 나갔다. 다섯 번째 시종이 들어오더니 다섯 번째 주인에게 같은 말을 하였다. 그러나 여섯 번째 시종은, 깡디드 옆자리에 앉아 있던 여섯 번째 이방인에게 전혀 다른 소리를 하였다. "전하, 이제는 더 이상 전하나 저에게 외상을 허락하지 않겠다고 합니다. 전하와 제가 오늘 밤 감옥으로 갈 수도 있나이다. 저는 이만 보따리를 싸겠나이다. 하직을 고합니다."

모든 시종들이 사라진 후, 여섯 이방인들과 깡디드와 마르땡은 모두 깊은 침묵에 잠겼다. 이윽고 깡디드가 침묵을 깨뜨렸다. "공들이시여, 이것이야말로 진정 기이한 농담입니다. 어찌하여 공들께서는 모두 왕이십니까? 솔직히 말씀드리거니와, 저나 마르땡이나, 저희들은 왕이 아닙니다."

그러자 까깜보의 상전이 이딸리아어로 엄숙하게 말하기 시작하였다. "짐은 조금도 농담할 뜻이 없소. 짐이 아흐멧 3세라오. 짐이 여러 해 동안 터키 제국의 황제였소. 일찍이 내가 형님의 옥좌를 찬탈하였던바, 조카가 다시 나에게서 옥좌를 빼앗았소. 그러면서 짐의 재상들을 모두 참수하였소. 짐은 낡은 하렘에서 여생을 보내고 있소. 나의 조카인 마뭇 황제가, 나의 건강을 생각하여 가끔 여행을 허락한다오. 그리하여 사육제를 구경하러 베네치아에 온 것이라오."

아흐멧 가까이에 앉아 있던 젊은이가 곧이어 말하였다. "저는 이반이라 합니다. 저는 러시아의 황제였으나, 아직 요람에 있을 때 옥좌를 빼앗겼습니다. 저의 양친은 옥에 갇히셨고, 저 또한 옥중에서 자랐습니다. 저 또한 가끔 여행 허가를 얻어 저를 감시하는 사람들과 함께 다닙니다. 역시 사육제를 구경하러 베네치아에 왔습니다."

세 번째 이방인이 그의 말을 이었다.

"저는 잉글랜드의 국왕 찰스–에드워드입니다. 저의 부친께서 왕국에 대한 권한을 저에게 양여하셨고, 저는 그것을 지키기 위하여 싸웠습니다. 저의 지지자들 팔백여 명이 심장이 뽑힌 채 뺨을 맞았습니다. 그리고 저는 투옥되었습니다. 이번에, 저나 저의 조부님처럼 강제 퇴위 당하신 저의 부친을 뵈러 로마에 가던 중, 베네치아의 사육제를 구경하러 들렀습니다."

네 번째 이방인이 자기를 소개하였다. "저는 폴란드인들의 왕입니다. 전쟁의 운이 좋지 않아 세습 강역을 잃었습니다. 저의 부친 또한 같은 불운을 겪으셨습니다. 저 또한, 아흐멧 황제, 이반 황제, 찰스–에드워드 국왕처럼, 저 자신을 섭리의 뜻에 맡겼습니다. 그리고 사육제를 구경하러 베네치아에 왔습니다."

다섯 번째 이방인이 말을 이었다. "저 역시 폴란드인들의 왕입니다. 저는 저의 왕국을 두 차례 잃었습니다. 하지만 섭리가 저에게 다른 강역 하나를 주셨고, 저는 그곳에서, 사르마테스족의 모든 왕들이 비슬라 강 유역에서 일찍이 펼치지 못하던 선정을 베풀었습니다. 저 또한 모든 것을 섭리에 맡기고, 사육제를 보러 베네치아에 왔습니다."

여섯 번째 군주가 이야기할 차례였다. "저는 공들처럼 지체 높은 사람이 아닙니다. 그러나 여하튼 저 역시 왕이었습니다. 제 이름은 테오도르입니다. 사람들이 저를 코르시카의 왕으로 추대하였습니다. 그리고 모두들 저에게 '전하'라고 하더니, 이제는 '공'이라 부르기조차 꺼립니다. 제가 화폐를 주조하라는 칙령을 내리기도 했건만, 이제는 수중에 단 한 푼도 없습니다. 전에는 국무경을 두 사람이나 거느렸으되, 이제는 시종 하나 겨우 데리고 있습니다. 일찍이 옥좌 위에 앉아 있었으되, 런던의 감옥 지푸라기 위에서 오랜 세월을 보냈습니다. 저 역시 전하들처럼 베네치아의 사육제를 구경하러 들렀으나, 이곳에서도 런던에서와 같은 대접을 받을까 두렵습니다."

나머지 다섯 왕들이 그 이야기에 귀를 기울이며 고결한 연민을 느꼈다. 그들은 각자 이십 제키노[123]씩을 테오도르 왕에게 주며 의복을 사 입으라고 하였다. 깡디드는 이천 제키노 상당의 다이아몬드 한 알을 그에게 선물하였다. 다섯 왕이 그것을 보고 자기네들끼리 수군거렸다. "우리가 준 것의 백배를 줄 수 있는 재력을 가지고 있으며, 또 실제 그 거금을 내놓은 저 평범한 사람은, 도대체 누구란 말인가?"

식탁에서 일어나 나오려는 순간, 전쟁의 불운으로 인하여 역시 강역을 잃은 군주 넷이 같은 호텔로 들어섰는데, 그들도 사육제 기간을 베네치아에서 보내려고 온 사람들이었다. 하지만 깡디드는 새로 도착한 그 네 사람은 거들떠보지도 않았다. 그는 오직 콘스탄티노플로 가서 자기의 사랑하는 뀌네공드를 다시 찾을 생각에만 골몰해 있었다.

27장

콘스탄티노플로 향하는 깡디드

충직한 까깜보는, 술탄 아흐멧 3세를 콘스탄티노플로 다시 모셔 갈 터키인 선주로부터, 깡디드와 마르땡을 배에 태워도 좋다는 허락을 벌써 얻어놓았다. 두 사람은 그 불쌍한 폐하 앞에 엎드려 예를 표한 다음 배가 있는 곳으로 향하였다. 그곳으로 가면서 깡디드가 마르땡에게 말하였다.

"옥좌를 빼앗긴 왕이 여섯이나 있고, 우리가 그들과 함께 저녁 식사를 하였으며, 그들 중 하나에게는 제가 적선도 하였습니다. 아마 그들보다 더 불운한 다른 많은 군주들이 있을 것입니다. 저야 기껏 양 백 마리 잃었을 뿐이고, 지금은 뀌네공드의 품으로 날아가고 있습니다. 나의 귀한 벗님 마르땡, 다시 말씀드리지만, 판글로스가 옳았습니다. 모든 것은 최선을 지향합니다."

"그렇기를 바랍니다." 마르땡이 대답하였다.

"하지만 우리가 베네치아에서 겪은 일은 정말 있을 법해 보이지 않습니다. 옥좌 잃은 왕 여섯이 싸구려 식당에서 함께 저녁 식사를 하는 것은, 일찍이 듣지도 보지도 못한 일입니다."

"우리들에게 닥친 대부분의 일들에 비해 그 일이 특별히 기이할 것도 없습니다. 왕들이 폐위되는 것은 지극히 일상적인 일입니다. 그리고 그들과 함께 저녁 식사를 하였다는 영광이란 것도, 우리의 관심을 끌 만한 가치가 없는, 하찮은 것입니다."

깡디드는 배에 오르기 무섭게 자기의 옛 시종, 즉 자기의 친구 까깜보의 목을 얼싸안았다. 그러면서 물었다.

"그래, 지금 뀌네공드는 무엇을 하고 있소? 그녀는 여전히 경탄할 만큼 아름다운가? 그녀가 여전히 나를 사랑하고 있소? 그녀의 건강은 어떻소? 그대가 물론 콘스탄티노플에 그녀를 위하여 저택 한 채를 구입하셨겠지?"

까깜보가 대답하였다. "주인님, 뀌네공드는 프로폰티스[124] 바닷가에 사는 어느 군주의 집에서 식기 닦는 일을 하는데, 그 군주의 집에는 식기가 매우 적습니다. 그녀는, 라고츠키라고 하는, 지난날 군주였던 사람의 집 노예이며, 망명해 와서 사는 그 옛 군주에게, 터키의 황제가 하루에 삼 에뀌를 지급합니다. 하지만 그보다 더 슬픈 일은, 그녀가 아름다움을 잃어, 끔찍하게 추해졌다는 사실입니다."

"아! 아름답건 추하건 상관없네." 깡디드가 대꾸하였다. "나는 정직한 사람, 따라서 나의 의무는 그녀를 언제나 사랑하는 것이라네. 하지만 그대가 오륙백만 금을 가지고 갔는데, 도대체 그녀가 어떻게 그토록 천한 신분으로 추락할 수 있었단 말인가?"

"사연을 아뢰겠습니다. 뀌네공드 아씨를 다시 모셔 오기 위하여, 부에노스아이레스의 총독인 돈 훼르난도 디바라아, 이 휘게오라, 이 마스까레네스, 이 람뽀우르도스, 이 소우자 나리에게 이백만 금을 지불해야 하지 않았겠습니까? 그리고 어떤 해적 녀석 하나가 저희들에게 남은 것을 몽땅 용감하게 털어 가지 않았겠습니까? 그 해적이 저희들을 마타판(타이나론) 곶, 멜로스, 니카리아, 사모스, 페트라, 다르다넬로스(헬레스폰토스), 마르모라, 스쿠타리 등지로 끌고 다니지 않았겠습니까? 뀌네공드와 노파는 제가 조금 전에 말씀드린 그 군주의 집에서 일을 하고, 저는 폐위된 술탄의 노예입니다."

"참으로 무시무시한 재앙의 연속이로다!" 깡디드가 한탄하였다. "그러나, 여하튼, 나에게 다이아몬드가 좀 남아 있으니, 뀌네공드는 어렵지 않게 구출해 낼 수 있을 걸세. 그녀의 용모가 그토록 추해졌다니, 참으로 유감이야."

그러더니 이내 마르땡을 돌아보며 물었다.

"황제 아흐멧과, 황제 이반과, 국왕 찰스-에드워드와, 그리고 저, 우리들 중 누가 제일 불쌍하다고 생각하십니까?"

"저는 아무것도 모르겠습니다." 마르땡이 대답하였다. "그것을 알려면 네 분 모두의 가슴속에 제가 들어가 보아야 하니까요."

"아! 만약 판글로스가 이 자리에 있다면, 그는 능히 그것을 알아 우리에게 가르쳐주련만!"

"공의 그 판글로스가 어떤 저울들을 사용하여 사람들의 불운을 측량하고, 또 그들의 슬픔을 가늠할 수 있는지 저는 모르겠습니다. 제가 짐작할 수 있는 것이라곤, 찰스-에드워드 왕이나 황제 이반 혹은 술탄 아흐멧보다 백배 더 불쌍한 사람들이, 이 지구상에 수백만 명 있다는 사실뿐입니다."

"정말 그럴 수 있을 것 같습니다." 깡디드의 대답이었다.

단 며칠 아니 되어 흑해로 들어가는 해협에 당도하였다. 깡디드는 우선 비싼 몸값을 지불하고 까깜보를 석방하였다. 그런 다음, 조금도 지체하지 않고, 일행과 함께 도형수들이 노를 젓는 어느 배로 옮겨 탔다. 용모가 아무리 추하게 변하였다 해도, 뀌네공드를 찾으러 프로폰티스 해변으로 가기 위함이었다.

노를 젓는 도형수들 중에 노질이 유난히 서툰 사람 둘이 있었는데, 동지중해 해안 지역 출신인 선장이, 그들의 벌거벗은 어깨에 가끔 쇠심줄 채찍질을 가하였다. 깡디드가 어떤 본능에 이끌려 다른 도형수들보다 그들을 더 유심히 바라보았고, 가엾은 생각에 그들 곁으로 다가갔다. 완전히 망가진 그들의 얼굴에, 판글로스와 뀌네공드 아씨의 오라비인 그 불쌍한 예수회 사제 남작을 닮은, 윤곽 몇 가닥이 어리어 있는 것 같았다. 그러한 생각이 그의 가슴을 뒤흔들었고, 그를 슬픔에 사로잡히게 하였다. 그가 까깜보에게 자기의 생각을 털어놓았다. "정말이지, 판글로스 선생의 목이 매달리는 것을 내가 직접 보지 못하였다면, 그리고 남작을 죽이는 불운을 내가 겪지 않았다면, 나는 그들이 이 배에서 노를 젓고 있다고 믿을 것이네."

남작과 판글로스라는 말에, 두 도형수가 외마디 소리를 지르며 갑자기 멈추더니 노를 손에서 떨어뜨렸다. 선장이 그들에게로 달려가 채찍을 마구 휘둘러댔다. 그것을 보고 깡디드가 소리쳤다.

"멈추시오, 나리, 제발 멈추시오, 돈을 원하는 대로 드리리다."

"아니! 깡디드야!" 도형수들 중 하나가 말하였다.

"그래! 깡디드야!" 다른 도형수가 소리쳤다.

"이것이 꿈인가?" 깡디드가 말하였다. "내가 깨어 있기나 한 것인가? 내가 이 배에 타고 있는 것인가? 저 사람이 내가 살해한 남작님이라고? 저 사람이 교수형 당하는 것을 내가 목격한 그 판글로스란 말인가?"

"바로 우리들이오! 우리들이야!" 두 사람이 동시에 대답하였다.

"뭐라고! 저 사람이 그 위대하다는 철학자라고?" 마르땡이 말하였다.

"이보시오, 선장!" 깡디드가 말하였다. "우리의 제국에서 가장 세력 있는 남작들 중 한 분인 툰더-텐-트롱크 씨와, 알레마니아에서 가장 심오한 형이상학자이신 판글로스 씨의 석방금 조로, 얼마를 원하시오?"

선장이 대꾸하였다. "그래, 개 같은 예수교도야, 저 도형수 예수교도들이, 저 개 두 마리가, 남작이고 형이상학자[125]라는 것이라니, 그리고 그것들이 자기들의 나라에서는 상당히 큰 위세를 부리는 모양이니, 저것들의 몸값으로 자네가 오만 제키노는 내놓아야겠어."

"그 돈을 드리겠소, 나리. 나를 번개처럼 신속히 콘스탄티노플로 데려가 주시오. 그러면 즉시 돈을 지불하겠소. 참, 그게 아니지, 우선 나를 뀌네공드 아씨에게로 데려다 주시오."

동지중해 출신의 선장 녀석은, 깡디드의 말을 듣기 무섭게 뱃머리를 콘스탄티노플 쪽으로 돌리더니, 도형수들을 독려하여, 새가 대기를 가르는 것보다 더 빠른 속도로 노를 젓게 하였다.

깡디드는 남작과 판글로스를 무수히 번갈아 포옹하며 그들에게 말하였다.

"남작님, 제가 나리를 죽이지 않았다니, 이 어찌 된 일입니까? 그리고 귀하신 판글로스, 목이 매달리시고도 어떻게 아직 살아 계십니까? 그리고, 어떤 곡절로 두 분 모두 터키에서 도형수 신세가 되셨습니까?"

"내 사랑하는 누이가 이 나라에 있다는 것이 사실이오?" 남작이 물었다.

"예, 그렇습니다." 까깜보가 대답하였다.

"드디어 내가 아끼던 깡디드를 다시 보게 되었군." 판글로스가 감격하였다.

깡디드가 그들에게 마르땡과 까깜보를 소개하였다. 그들은 서로를 포옹하였고, 일제히 한꺼번에 말을 하였다. 배가 나는 듯이 미끄러져 어느덧 항구에 닿았다. 유대인 하나를 오게 하였고, 그에게 깡디드가 다이아몬드 한 알을 오만 제키노에 팔았다. 그 값어치가 십만 제키노는 족히 되었으나, 유대인은 아브라함의 이름으로 맹세하면서, 오만 제키노 이상은 주지 못하겠다고 하였다. 깡디드가 즉시 남작과 판글로스의 몸값을 지불하였다. 판글로스는 자기의 구원자 앞에 엎드려 눈물로 그의 두 발을 적셨다. 반면 남작은 머리를 까딱하여 고맙다는 뜻을 표하며, 기회가 오면 즉시 그 돈을 갚겠노라고 하였다. 그러면서 다시 물었다.

"하지만 나의 누이가 터키에 있다는 것이 있을 수 있는 일이오?"

"그 무엇보다도 있을 수 있는 일입니다." 까깜보가 대답하였다. "그녀가 현재 트란실바니아 군주의 거처에서 식기 닦는 일을 하고 있으니까요."

다시 유대인 둘을 불러 오게 하였다. 깡디드가 다이아몬드 몇 알을 그들에게 판 다음, 뀌네공드를 석방시키러 가기 위하여 다른 배에 올랐다.

28장

그들에게 닥친 일들

"용서하십시오." 깡디드가 남작에게 말하였다. "존귀하신 신부님, 검으로 신부님의 몸을 관통하도록 찌른 저의 짓을 용서하십시오."

"그 이야기는 더 이상 하지 말게." 남작이 말하였다. "솔직히 내가 조금 지나치게 흥분하였었네. 하지만, 어떤 우연으로 도형수 신세가 된 나를 자네가 발견하게 되었는지 알고 싶어 하니, 그 이야기를 들려주겠네. 우리 수도회의 약제 담당 수도사가 나의 상처를 치료하여 그것이 쾌유되었을 때, 나는 에스빠냐 패거리[126]들로부터 공격을 받았네. 나를 부에노스아이레스에 있는 감옥에 처넣을 때, 나의 누이는 얼마 전에 이미 그곳을 떠났다네. 나는 로마에 있는 나의 교구장 곁으로 돌아가고 싶다는 청원을 하였네. 로마에 돌아온 후, 나는 콘스탄티노플 주재 프랑스 대사의 전속 사제로 임명되었네. 그곳에 부임

한 지 채 한 주간이 되지 않은 어느 날 저녁나절, 나는 술탄의 궁에서 근무하는 용모 수려한 어느 젊은 장교 하나를 우연히 보게 되었네. 날씨가 몹시 더웠네. 젊은이가 목욕을 하려 하였네. 하지만 나는, 예수교도가 벌거벗은 채 젊은 무슬림과 함께 있는 것이 중죄라는 사실을 몰랐네. 어느 가디[127] 하나가, 나의 발바닥에 곤장 백 대를 치게 한 다음, 나를 도형(徒刑)에 처하였네. 일찍이 그보다 더 끔찍한 불의가 저질러진 적은 없다고 생각하네.[128] 하지만 우선, 나의 누이가 도대체 왜, 터키에 망명한 트란실바니아 군주의 부엌에 처박히게 되었는지, 그 곡절을 알고 싶네."

"하지만, 저의 다정하신 판글로스 사부님." 깡디드가 다시 물었다. "제가 사부님을 이렇게 다시 뵙게 되다니, 어찌된 일입니까?"

"나의 목이 매달리는 것을 공께서 목격하신 것은 틀림없는 사실이오." 판글로스가 대답하였다. "그 당시 나는 당연히 불에 산 채로 태워지게 되어 있었소. 하지만 공께서도 기억하다시피, 나를 불에 구우려 하는 찰나에 비가 억수같이 퍼부었소. 폭우가 어찌나 심하였던지, 저들이 불 지피기를 포기하였소. 다른 방안을 찾지 못하여 그들이 나의 목을 매달았소. 어느 외과의사가 나의 시신을 사서 자기의 집으로 옮긴 다음 해부를 시작하려 하였소. 그는 우선 나의 배를 배꼽부터 빗장뼈까지 십자형으로 절개하였소. 그런데 나처럼 허술하게 목이 매달린 사람은 일찍이 없었을 것이오. 신성한 종교재판소의 고결한 일들을 집행하는 차부제가, 사람들을 불에 태울 때에는 기막힌 솜씨를 발휘하지만, 목을 매다는 일에는 익숙하지 못하였소. 밧줄이 빗물에 젖어 잘 미끄러지지 않고 중간에 매듭이 생겼소. 한마디로, 처형이 끝난 후에도 나에게는 아직 숨이 붙어 있었소. 십자형 절개가 시작되자 내가 요란한 비명을 질러댔고, 그 서슬에 외과의사가 뒤로 나자빠졌소. 그러더니, 자기가 마귀를 해부하려 하였다고 생각하며, 두려움에 초주검이 되어 도망을 치다가 계단에서 다시 자빠졌소. 그 소동에, 옆방에 있던 그의 처가 달려왔소. 그녀가, 십자형으로 절개된 채 탁자 위에 자빠져 있는 나를 발견하였소. 그녀는 남편보다 더 무서워하였고, 그리하여 급히 도망을 치다가, 자빠져 있는 남편의 몸을 덮치며 넘어졌소. 이윽고 두 사람이 정신을 차렸는지, 외과의사의 아내가 남편에게 하는 말소리가 들려왔소. '여보, 도대체 무슨 생각으로 이단자의 시신을 해부하려 하셨어요? 그런 사람들의 몸뚱이 속에는 항상 마귀가 있다는 것을 모르세요? 제가 속히 사제 하나를 불러다가 저 몸뚱이 속에 있는 마귀를 쫓아내도록 하겠어요.'

그 말을 듣는 순간 내 온몸에 소름이 끼쳤고, 나는 혼신의 힘을 다하여 소리쳤소. '나에게 자비를 베푸시오!' 그 말에 뽀르뚜갈의 이발사[129]가 용기를 내어, 절개된 부분을 다시 꿰매어 주었소. 그의 아내까지도 그를 도와 나를 보살폈소. 보름쯤

후에 나는 다시 걸을 수 있게 되었소. 그 이발사가 나를 위하여 일자리를 주선하였고, 그 덕분에 나는 베네치아로 떠나는 어느 말타 기사의 시종이 되었소. 하지만 나의 주인이 나에게 급료를 지불할 수 없어, 나는 어느 베네치아 상인의 심부름꾼이 되었고, 그를 따라 콘스탄티노플에 오게 되었소.

어느 날 나는 호기심에 이끌려 어느 이슬람 사원 안으로 들어갔소. 그곳에는 늙은 이맘 하나와, 애송하는 주기도문을 외우고 있던 매우 아름다운 여신도 하나밖에 없었소. 그녀의 젖가슴이 훤히 드러나 있었소. 그녀는 두 유방 사이에, 튤립과 장미, 아네모네, 미나리아재비, 히아신스, 곰의 귀[130] 등을 묶어 만든 꽃다발 하나를 꽂고 있었소. 그녀가 꽃다발을 떨어뜨렸고, 내가 그것을 얼른 집어 정중하게 원래의 자리에 꽂아주었소. 하지만 꽃다발을 제자리에 다시 꽂아주는 데 시간이 너무 걸려, 이맘이 화를 냈고, 내가 예수교도라는 것을 알고는 소리를 쳐 사람들을 불렀소. 그들이 나를 가디에게로 끌고 갔고, 가디는 내 발바닥에 곤장 백 대를 때리게 한 다음, 나를 도형장으로 보냈소. 나는 공교롭게도 남작님과 같은 배의 같은 노군 걸상에 묶이게 되었소. 그 배에는 마르세유 출신 젊은이 넷과 나뽈리 출신 사제 다섯, 그리고 케르퀴라 섬 출신 수도사 둘도 잡혀 와 있었는데, 그러한 일이 매일 일어난다고 하였소. 남작님은 나보다 자기가 더 부당한 처벌을 받았다고 주장하셨소. 그리하여 내가, 젊은 장교와 알몸으로 함께 있는 짓보다는, 여인의 젖가슴에 꽃다발을 다시 꽂아주는 짓이 훨씬 너그럽게 허용되었다고 반박하였소. 우리들의 입씨름은 그칠 줄 몰랐고, 그리하여 날마다 스무 번씩 채찍질을 당하였는데, 이 우주의 모든 사건들을 연계시키고 있는 사슬이 공들을 우리의 배로 이끌어 왔고, 그래서 공들께서 우리들을 해방시키셨소."

"좋습니다, 판글로스 사부님." 깡디드가 말하였다. "사부님께서 목이 매달리고, 해부를 당하시고, 매질을 당하시고, 도형수 신세로 노를 저으실 때에도, 모든 것이 최선을 지향한다는 생각을 고수하셨습니까?"

"나는 여전히 나의 최초 감정에 머물러 있소." 판글로스가 대답하였다. "어찌 되었건 결국 나는 철학자이기 때문이오. 따라서 내가 한 말을 부인하는 것은 나에게 어울리지 않은 바, 라이프니쯔의 생각이 틀릴 수 없고, 게다가 예정된 조화가, 충일함과 정묘한 질료도 그렇지만, 이 세상에서 가장 아름다운 것이기 때문이오."[131]

29장

깡디드와 뀌네공드와 노파

깡디드와 남작, 판글로스, 마르땡, 까깜보 등이 각자 겪은 일들을 이야기하며, 이 우주의 우발적인 사건들과 우발적이 아닌 사건들에 대해 논하고, 결과와 원인, 정신적 고통과 육체적 고통, 자유와 필연, 터키의 도형장에 있으면서 느낄 수 있는 위안 등에 대해 입씨름을 벌이는 동안, 그들은 프로폰티스 해안에 있는 트란실바니아 군주의 집에 도달하였다. 그들의 눈에 제일 먼저 띈 것이, 수건들을 말리려고 빨랫줄에 널고 있던 뀌네공드와 노파였다.

그 광경을 보자 남작의 얼굴이 창백해졌다. 다정한 연인 깡디드는, 자기의 아름다웠던 뀌네공드가 갈색으로 변하고, 눈꺼풀이 밖으로 뒤집혔고, 젖가슴이 말라붙었고, 볼이 주름투성이이고, 팔뚝이 붉고 비늘로 덮인 것을 보는 순간, 문득 혐오감에 사로잡혀 흠칫 세 걸음을 뒤로 물러섰다가, 다시 예의를 차려 앞으로 나아갔다. 그녀가 깡디드와 오라비를 포옹하였다. 모두들 노파를 포옹하였다. 깡디드가 두 여인의 석방금을 지불하였다.

근처에 작은 소작지 하나가 있었다. 노파가 깡디드에게 그것을 사들이자고 제안하였다. 그것을 경작하며 더 나은 운명을 기다리자고 하였다. 뀌네공드는 자기의 용모가 추해졌다는 사실을 모르고 있었다. 아무도 그것을 그녀에게 알려 주지 않았기 때문이다. 그녀가 깡디드에게 어찌나 확고한 어조로 그의 결혼 약속을 상기시켜 주었던지, 마음씨 착한 깡디드는 차마 그녀를 거절하지 못하였다. 그리고 남작에게 정식으로, 그녀와 혼인하겠다는 뜻을 표명하였다. 그러자 남작이 그에게 말하였다.

"나는 내 누이의 그토록 천한 처신과 자네의 그 뻔뻔스러움을 결코 용납할 수 없네. 내가 이러한 불명예를 묵인하였다는 나무람을 받는 일은 결코 없을 걸세. 내 누이의 자식들이 장차 알레마니아의 귀족 회의에 발을 들여놓을 수 없을 것이기 때문이야. 아니 될 일이야. 나의 누이는 오직 알레마니아 제국의 남작하고만 혼인할 수 있네."

뀌네공드가 그의 앞에 엎드려 그의 두 발을 눈물로 적셨으나, 그는 꿈쩍도 하지 않았다. 그러자 깡디드가 그에게 말하였다.

"미친 상전이여, 내가 그대를 도형장에서 구출해 내었고,

내가 그대의 석방금을 지불했으며, 내가 그대 누이의 석방금을 지불하였소. 그대의 누이는 이곳에서 식기를 닦고 있었으며, 그녀의 용모 지금은 추하건만, 내가 인정상 그녀를 내 아내로 맞아들이겠다 하는데 그대가 아직도 반대를 하고 나서다니! 내 노여움대로 하면 내가 그대를 다시 죽일 수도 있네."

"자네가 나를 다시 죽일 수는 있네. 하지만 내가 살아 있는 한, 자네는 내 누이와 혼인할 수 없네."

30장

결말

깡디드 또한 내심으로는 뀌네공드와 혼인할 생각이 전혀 없었다. 하지만 남작의 어처구니없는 처신이 그로 하여금 혼인을 성사시켜야겠다는 결단을 내리게 하였고, 게다가 뀌네공드의 요청이 하도 간절하여, 자신이 한 약속을 차마 번복할 수가 없었다. 그가 판글로스와 마르땡과 충직한 까깜보에게 견해를 물었다. 판글로스는, 남작이 자기의 누이에 대하여 하등의 권리를 행사할 수 없는지라, 따라서 그녀는 알레마니아 제국의 모든 법률에 입각하여, 깡디드와 자유롭게 혼인할 수 있다는 견해를 피력하였다. 마르땡은 남작을 바다 속에 처박자는 결론을 내렸다. 까깜보는 그를 동지중해 출신의 선주에게 돌려주어, 그가 다시 도형수 신세가 되도록 하자는 안을 내놓았다. 그러나 논의 끝에, 그를 아무 배에나 태워 로마의 교구장에게로 보내자는 최종 결론에 도달하였다. 모두들 그것이 탁월한 방안이라고 생각하였다. 노파도 찬동하였다. 그의 누이에게는 그 사실을 함구하였다. 약간의 돈을 들여 그 일을 처결하였으며, 예수회 사제를 속여서, 알레마니아 남작의 오만을 처벌하는 즐거움을 맛보았다.

  그토록 숱한 시련을 겪은 끝에 드디어 연인과 결혼도 하였고, 철학자 팡글로스와 철학자 마르땡과 신중한 까깜보와 노파와 함께 살게 되었으며, 게다가 옛 잉카인들의 나라에서 그토록 많은 다이아몬드도 가져왔으니, 이제 깡디드가 이 세상에서 가장 안락한 삶을 영위하리라고 상상하는 것은 자연스러운 일이었다. 하지만 그가 유대인들에게 하도 사기를 당해, 그에게 남은 것이라고는 작은 소작지뿐이었다. 그의 아내는 날이 갈수록 용모가 추해지면서 더욱 발끈거려, 견디기 어려워졌다. 노파는 수족이 온전치 못하여, 뀌네공드보다도 성질이 더 까다로워졌다. 밭일을 하며 경작한 야채를 콘스탄티노플에 내다 파는 일을 맡은 까깜보는, 일에 지친 나머지 자기의 신세에 저주를 퍼붓곤 하였다. 팡글로스는 알레마니아의 어느 대학에서건 명성을 떨쳐 보고 싶은데, 그러질 못하여 절망하였다. 마르땡의 경우, 어디를 가든 마찬가지로 괴롭다고 확신하는지라, 그는 모든 것을 인내하였다. 깡디드와 마르땡과 팡글로스는 가끔 형이상학과 윤리학에 대하여 입씨름을 벌이곤 하였다. 소작지의 농가 창문 아래 바다 위로, 렘노스, 뮈틸레네, 에르주룸 등지의 유배지로 보내는 터키의 고관들과 내시들[132]

과 가디들을 가득 실은 배들이 자주 지나가곤 하였다. 다른 가디들과 다른 내시들과 다른 고관들이, 축출된 이들의 자리를 차지하기 위하여 오는 모습도 보이곤 하였다. 그들 역시 차례가 되면 축출되었다. '숭고한 문'[133]에 걸어 뭇 사람들에게 보일, 참수되어 깨끗하게 박제된 머리들도 가끔 그들 눈앞을 지나갔다. 그러한 광경들이 그들의 토론을 번다하게 만들기도 하였다. 그러나 입씨름을 하지 않을 때에는 권태가 극단으로 치달아, 어느 날 노파가 용기를 내어 그들에게 한마디 하였다.

"검둥이 해적들에게 백번이나 강간을 당하고, 볼기 한쪽이 잘려 나가고, 불가레스족 군대에서 몽둥이 세례를 받고, 종교재판소에서 채찍질을 당한 후에 목이 매달리고, 해부를 당하고, 도형수가 되어 노를 젓는 등 우리 모두가 경험한 그 모든 비참한 일을 겪는 것과, 아무것도 하지 않으며 여기에 우두커니 죽치고 있는 것 중 어느 것이 더 나쁜지 알고 싶어요."

"매우 중요한 문제입니다." 깡디드가 대답하였다.

노파의 그 말이 새로운 사념들을 촉발하였다. 그리하여 특히 마르땡은, 인간이 태어난 것은, 불안이라는 연속적 경련이나 권태라는 가사 상태 중 하나 속에서 살기 위해서라고 결론을 내렸다. 깡디드는 그 말에 동의하지는 않았으나, 어떤 단언도 하지 않았다. 판글로스는 자신이 항상 참혹한 고통을 당하였다고 시인하였다. 그러나 모든 것이 최선을 지향한다고 한번 주장하였던지라 그렇게 계속 주장하지만, 자신도 자기의 그 주장을 전혀 믿지 않는다고 하였다.

 사건 하나가, 마르땡의 그 혐오스러운 주장을 더욱 견고하게 해주었고, 깡디드로 하여금 그 어느 때보다도 머뭇거리게 하였으며, 판글로스를 당황케 하였다. 어느 날, 극도로 비참한 몰골을 한 빠께뜨와 수도사 지로플레가, 그들의 소작지로 다가오는 것을 본 것이다. 그 두 사람은, 얼마 아니 되어 삼천 삐아스뜨라를 탕진한 후, 헤어졌다가 재결합하였으나, 서로 불화하여 감옥에 갇히는 지경까지 이르렀고, 그러다 탈옥하여, 수도사 지로플레는 결국 이슬람으로 개종하였다는 것이다. 빠께뜨가 사방으로 다니며 몸 파는 일을 계속하였으나, 더 이상 한 푼도 벌 수 없었노라고 하였다. 마르땡이 깡디드를 쳐다보며 한마디 하였다.

 "주신 선물이 머지않아 바닥날 것이며, 그것으로 인하여 그들이 더욱 비참해질 뿐이라고, 제가 공께 분명히 말씀드렸습니다. 공과 까깜보는 수백만 삐아스뜨라를 가지고 계셨으되, 두 분 모두 지로플레 수사님이나 빠께뜨보다 더 행복하시지 못합니다."

 "아! 아!" 판글로스가 빠께뜨에게 말하였다. "가엾은 아가, 하늘이 결국 그대를 우리들 곁으로 이끌어 오는군! 그대로 인하여 나의 코끝과 눈 하나와 귀 하나가 없어진 것을 아시는가? 결국 이 꼴이 되었군! 아! 이 세상이 무엇이란 말인가!"

 그 새로운 사건으로 인하여 그들은 그 어느 때보다도 철학적 입씨름에 더욱 열을 올렸다.

인근에 터키에서 가장 탁월한 철인으로 알려진 유명한 이슬람 탁발승 하나가 살고 있었다. 그들이 그 탁발승에게 가서 가르침을 청하며 판글로스가 먼저 말문을 열었다.

"사부님, 저희들은 인간이라는 이 기이한 짐승이 왜 생겼는지, 그에 대한 가르침을 듣고자 왔습니다."

"그대 도대체 무슨 일에 참견을 하시는가?" 탁발승이 대꾸였다. "그것이 자네의 일인가?"

"하지만, 존귀하신 사부님." 이번에는 깡디드가 말하였다. "이 지상에는 끔찍하리만큼 악이 창궐하고 있습니다."

"악이 있건 선이 있건, 그것이 무슨 상관이란 말인가? 지존께서 배 한 척을 이집트로 보내시며, 배 안에 있는 생쥐들이 편안할지 혹은 불편할지를 생각하며 난감해하시는가?"

"그러면 어찌해야 합니까?" 판글로스가 다시 여쭈었다.

"주둥이 닥치는 길뿐일세." 탁발승의 대꾸였다.

"저는 사부님과 더불어 결과와 원인, 존재할 수 있는 세계 중 최선의 세계, 악의 근원, 영혼의 본질, 예정된 조화 등에 관한 이야기를 나눌 수 있으리라 은근히 기대하였습니다."

그 말을 듣자, 탁발승이 그들의 면전에서 문을 닫아버렸다. 한편, 그러한 대화가 이어지던 동안, 콘스탄티노플에서 재상 둘과 종교재판관이 목이 졸려 죽었고, 그들의 동배들 여럿이 말뚝형에 처해졌다는 소문이 퍼졌다. 그 재앙이 몇 시간 동안 사방에 큰 소란을 일으켰다. 판글로스와 깡디드와 마르땡이 자기들의 소작지로 돌아오는 도중, 대문 앞 오렌지 나무 그늘에서 바람을 쐬고 있던 어느 노인을 만났다. 추론꾼인지라 호기심 또한 많은 판글로스가, 이제 막 목을 졸라 죽였다는 종교재판관의 이름이 무엇이냐고 노인에게 물었다. 노인이 그에게 대답하였다. "나는 아무것도 모르오. 뿐만 아니라, 나는 이제껏 그 어떤 종교재판관이나 재상의 이름도 안 적이 없소. 당신들이 말씀하시는 사건이 무엇인지 나는 전혀 아무것도 모르오. 내가 짐작하거니와, 국가의 일에 휩쓸린 사람들이 가끔 비참하게 생을 마감하는 것이 보통인 것 같고, 또 그래도 싸다고 여겨지오. 하지만 나는 콘스탄티노플에서 하는 짓들에 대해서는 결코 그 무엇도 알려고 하지 않고, 밭에서 거두는 과일들이나 그곳에 보내어 팔도록 할 뿐이오." 그런 말을 하더니, 노인이 그 이방인들을 자기 집 안으로 안내하였다. 그의 두 딸과 두 아들이, 손수 마련한 음료들을 내왔다. 설탕에 절인 쎄드라또[134] 껍질로 신맛이 돌게 한 음료 카이막[135]과, 오렌지, 레몬, 파인애플, 피스타쵸 등으로 만든 음료들 그리고 바티비아나 기타 섬에서 생산된 저질 커피가 섞이지 않은, 모카[136]에서 들여온 커피도 있었다. 그런 다음, 그 착한 이슬람교도의 두 딸이, 깡디드와 판글로스와 마르땡의 수염에 향료를 뿌려주었다. 깡디드가 그 터키인에게 말하였다.

"광활하고 비옥한 토지를 소유하고 계신 것 같습니다!"

"제가 가지고 있는 땅은 스무 아르빵에 불과합니다. 저는 그것을 자식들과 함께 가꿉니다. 노동이 우리들로부터 세 가지 악을 물리쳐 줍니다. 그것은 권태와 못된 버릇과 가난입니다."

깡디드는 자기의 소작지로 돌아오면서, 터키인이 한 말을 곰곰이 되씹었다. 그가 판글로스와 마르땡에게 말하였다.

"저 착한 노인이 제가 보기에는, 우리가 영광스럽게도 함께 저녁 식사를 한 그 여섯 군주들보다, 더 바람직한 운수를 타고 난 것 같습니다."

판글로스가 대꾸하였다. "모든 철인들의 말에 의하면, 고귀함이란 것이 매우 위험하다고 합니다. 결국 모압족의 왕 에글론은 에훗에 의해 살해되었고, 압살론은 그의 머리채가 묶여 매달린 채 표창 세 자루로 몸이 관통되었고, 여로보암의 아들 나답 왕은 바아사에게 죽임을 당하였고, 엘라 왕은 시므리의 손에, 아하시야는 예후의 손에, 아달랴는 여호야다의 손에 죽었으며, 왕들이었던 엘리아김, 여호야긴, 시드기야 등은 모두 노예 신세로 전락하였습니다. 공들께서도, 크레수스, 아스튀아게스, 다리우스, 시라쿠사의 디오니시오스, 퓌로스, 페르세우스, 한니발, 유구르타, 아리오비스투스, 카이사르, 폼페이우스, 네로, 오톤, 비텔리우스, 도미티안스, 잉글랜드의 리처드 2세, 에드워드 2세, 헨리 6세, 리처드 3세, 메리 스튜어트, 찰스 1세, 프랑스의 세 앙리,[137] 황제 하인리히 4세 등이 어떻게

들 죽었는지 잘 아실 것입니다. 아시다시피……."

"나도 아오." 깡디드가 말하였다. "우리의 밭을 가꾸어야 한다는 것을."

"옳은 말씀이오." 판글로스가 말하였다. "인간이 에덴동산에 놓여졌을 때, 그것은 우트 오페라레투르 에움,[138] 즉 일을 하기 위해서였소. 인간이 휴식을 위해 태어나지 않았다는 증거입니다."

"아무 생각하지 말고 일합시다." 마르땡이 말하였다. "그것이 삶을 견딜 만한 것으로 만드는 유일한 수단이오."

그 작은 집단의 구성원들 전체가 그 칭송할 만한 결심을 굳혔고, 각자 자기의 재능을 펼치기 시작하였다. 작은 경작지에서 거두는 소출이 많았다. 뀌네공드의 용모가 정말 몹시 추하였다. 하지만 그녀는 뛰어난 과자 제조인이 되었다. 빠께뜨는 수를 놓았다. 노파는 집에서 사용하는 일체의 천들을 건사하였다. 모두들, 심지어 수도사 지로플레까지도, 예외 없이 일을 거들었던바, 그는 훌륭한 목수였으며, 더 나아가 정직한 사람이 되었다. 그리하여 판글로스가 깡디드에게 가끔 말하곤 하였다.

"존재할 수 있는 세계들 중 최선의 세계에서는 모든 사건들이 치밀하게 연계되어 있다오. 왜냐하면 결국, 만약 공께서 뀌네공드 아씨에게로 향한 사랑 때문에 꽁무니를 거세게 걷어차여 아름다운 성으로부터 쫓겨나지 않았다면, 만약 공께서 종교재판에 걸려들지 않았다면, 만약 공께서 아메리카를 걸어서 쏘다니지 않으셨다면, 만약 공께서 남작에게 검의 맛을 보이지 않았다면, 만약 공께서 그 살기 좋은 나라 엘도라도에서 끌고 온 양들을 잃지 않았다면, 공께서는 여기에서 설탕에 절인 쎄드라또와 피스타쵸를 잡숫지 않을 것이기 때문이오."

"지당한 말씀이오." 깡디드가 대꾸하였다. "하지만 우리의 밭을 가꾸어야 하오."

작품해설

몽매함과 탐욕의 산물, 낙천주의

이형식

쟈디그 또는 운명

『쟈디그 또는 운명』은 중세의 패설들(fabliaux)이나 15~16세기에 프랑스 문예의 중추를 이루었던 짤막한 풍자적 이야기들(contes, nouvelles, devis) 혹은 라블레의 『가르강뛰아』, 『빵따그뤼엘』, 샤를르 쏘렐의 『프랑시옹』, 르 싸주의 『힐 블라스』, 몽떼스끼유의 『페르샤인의 편지』 등 프랑스의 가장 유구한 문예적 전통을 이어받은 가장 갈리아적인 작품들 중 하나이다. 언뜻 보기에는 중세의 패설들이나 옛 우화들을 모아놓은 듯한 작품이기도 하다. 작품을 구성하는 각 일화들이 어처구니없는 세속의 단면을 풍자하고 있으며, 사건을 서술하는 어투 또한 중세 떠돌이 문인들(jongleurs)의 어투를 연상시킬 만큼 경쾌한 해학으로 넘친다. 그 작품에서 가령 뤼뜨뵈프(Rutebeuf, 13

세기 초) 같은 이의 잔영이 느껴진다 해도 과언은 아닐 것이다.

물론 주인공 쟈디그가 시련을 겪으면서, 때로는 운명의 변덕 앞에서 깊은 의혹에 빠지기도 하고 세상을 한탄하기도 한다. "도대체 이 세상이 무엇이란 말인가?" 그러한 감회가 일종의 라이트모티브처럼 그를 사로잡기도 한다. 하지만 어떠한 역경에 처한 경우에도, 그의 반응이나 그것에 대처하는 거조에는 언제나 희망이 감돌고 있다. 또한 그의 처지가 어떠한 경우에도, 그의 거조는 적극적이며 주도적이다. 바빌론 제국의 영상(領相)일 때건 어느 상인의 노예일 때건, 심지어 천사의 앞에서도, 그의 기지에는 젊고 발랄한 호기심과 더 나은 세계에 대한 희망이 여일하게 감돌고 있다.

다시 말해, 운명의 주재자 혹은 섭리의 횡포가 아무리 가혹하고 변덕스러워 보이더라도, 그 존재가 절대적으로 지혜롭고 선하다는 믿음만은 그를 떠나지 않는다. 어떠한 시련 속에서도 "하나의 선이나마 태어나게 하지 않는 악은 없다"는 믿음이 그를 지탱하고 있다. 그러한 믿음은, 볼떼르가 『깡디드 또는 낙천주의』를 통하여 표출하고 있는 처절한 환멸과 운명의 주재자에 대한 일종의 노기와 큰 대조를 이룬다. 쟈디그의 그러한 정서태(情緖態)에는 '예정된 조화'나 '의로운 신'에 대한 믿음이 서려 있다. 즉, 라이프니쯔가 『모나드론』(1714)이나 『의로운 신』(1710) 등에 펼친 낙관적 목적론과 크게 배치되지 않는다.

물론 볼떼르가 일관되게 꿈꾸던 영원한 기하학자, 인간사에 무심하며 절대적으로 선하고 완벽한 존재가, 고대 이스라엘 사람들이나 예수교도들이 모시는 신의 모습과는 다르다 하더라도, 그 절대자에 대한 그의 신앙(le culte de l'Être suprême) 자체는, 일반적인 신앙과 본질적으로 다르지 않다. 간단히 말해, 쟈디그라는 인물을 통해 드러나는 볼떼르의 모습은, 절대자의 존재를 믿고 그에게 감사하는 평범한 신앙인의 모습이며, 어찌 보면 당시의 지배 종교와도 타협할 수 있는 일말의 여지를 가지고 있다. 쟈디그가 운명의 변덕에 휩쓸려 온갖 시련을 겪은 끝에 바빌론 제국의 옥좌에 오르고 왕비 아스타르테까지 얻는다는 이야기 구도는, 이 지상에서의 고초가 저세상에서 보상을 얻는다는, 대다수 구원의 종교에 편재하는 유치한 구도이기도 하다. 또한 볼떼르가 당시 예수회 사제들과 비록 적대 관계에 있었다 해도, 그 당시나 후세에『밀실의 철학』,『쥘리에뜨의 이야기』,『미덕의 불운』 등을 쓴 싸드나,『자연의 체계』,『너울 벗은 예수교』,『휴대용 신학』 등을 쓴 홀바하 등 급진(근본)주의적 사상가들과 전혀 다른 대우를 받게 된 것도, 그러한 타협적 면모 덕분일지 모르겠다. 여하튼 당시나 오늘날의 사제들이 보기에, 볼떼르는 '구원받을 가망이 있는 마귀 녀석'일지도 모른다.

『쟈디그』의 진수는 그 장난기 가득한 '마귀 녀석'이 들려주는 웃음거리 이야기들이다. 볼떼르의 감회나 시각이, 십여 년

후에 발표된 『깡디드』에서는 비록 어둡고 절망적인 색채를 띠게 된다 하더라도, 『쟈디그』에서는 라블레의 그 '영원한 웃음'을 아직 간직하고 있다. "나의 심정은 다른 이야기를 선택할 수 없었나니, 그대들을 소진시키는 괴로움들을 내가 보았음이라."(『가르강뛰아』) 『쟈디그』를 쓰던 순간의 볼떼르를 사로잡았던 감회가 아마 라블레의 그 심정이었을지 모르겠다. 또한 이 작품을 소개하고 싶었던 마음 또한 유사한 연민이었던 것 같다.

깡디드 또는 낙천주의

『깡디드 또는 낙천주의』는 한마디로, 끊임없는 재앙을 몸소 겪거나 불가사의한 참경들을 목격하면서도 자신이 최선의 세계에 살고 있다고 믿으려 하며, 결코 희망을 버리지 않는, 무엇에 심하게 중독된 어처구니없고 가긍스러운 사람에 관한 이야기이다. 존재할 수 있는 세계들 중 최선의 세계에서는, 즉 신이 창조한 세계에서는, 모든 것이 최선을 지향한다는 낙관적 목적론에 속아 넘어간, 순진무구하여 추호도 의심할 줄 모르는 어느 멍텅구리의 고집스러운 낙천주의를 해학적으로 묘사한 소설이다. 따라서 이 작품에 감도는 해학은 조롱의 색채가 짙다. 그리고 그 조롱은, 이악스럽고 유치한 몽상이 만들어낸 교조적 낙천주의를 겨냥하고 있다.

깡디드가 겪거나 목격한 뭇 인간들의 행태는, 프랑시옹(『프랑시옹의 우스꽝스러운 행적』)이나 힐 블라스(『산띠야나의 힐 블라스』) 등이 겪고 목격한 행태만큼이나 다양하다. 하지만 프랑시옹이나 힐 블라스의 경우, 깡디드처럼 세상의 온갖 만화경을 두루 목격하고 또 몸소 겪지만, 필경에는 유족하고 평화로우며 만족스러운 삶을 얻는다. 반면 네덜란드, 뽀르뚜갈, 남아메리카(엘도라도), 프랑스, 잉글랜드, 베네치아 등지를 표류하다 콘스탄티노플에 이른 깡디드의 앞에 남은 것은 묵묵히 감수해야 할 구차한 혹은 비참한 삶뿐이다. 깡디드는, 훗날 싸드가 몹시 음울하고 처절한 어조로 그린 쥐스띤느(『미덕의 불운』), 온갖 참혹한 일들을 겪으면서도 '미덕'을 고수하려다 혹은 그것을 막무가내로 사람들에게 요구하려다 오히려 끔찍한 횡액만을 당하다가 겨우 위안을 얻게 될 즈음에 벼락을 맞아 죽는 그 답답하고 미련스러운 열성 신도, 혹은 플랑드르의 전쟁터, 아프리카, 디트로이트 등지를 떠돌다 빠리 근교의 빈민촌 가렌느-랑씨에 표착한 바르다뮈(『밤 끝으로의 여행』) 등을 닮은 인물이다.

따라서 이 작품은 『가르강뛰아』나 『프랑시옹』, 『힐 블라스』 혹은 볼떼르의 그 이전 작품들, 가령 『쟈디그』, 『미크로메가스』, 『스카르멘타도의 유랑기』 등처럼 해학적 풍자나 경쾌한 증언에 그치지 않는다. 『깡디드』의 마지막 페이지에 짙게 서려 있는 것은, 『밤 끝으로의 여행』이나 『외상 죽음』 혹은 그의 또 다른 일련의 작품들, 예를 들어 『어수룩배기』나 『아마베드의 편지』, 『체스트휠드 백작의 귀』 등에서도 발견되는, 환멸과 조용한 체념이다. 뿐만 아니라, 그 해학적 어조에도 불구하고, 『깡디드』에서는 싸드의 작품들(『미덕의 불운』, 『쥘리에뜨의 이야기』, 『밀실의 철학』, 『플로르빌』 등)이 함축하고 있는 검사의 논고와 같은 측면도 발견된다. 물론 미소 띤 그리고 해학 넘치는 논고이다. 그리고 그 논고가 겨냥하고 있는 것이 표면적으로는 라이프니쯔의 『의로운 신』이나 『모나드론』처럼 보이나, 실은 그 훨씬 이전의 형이상학자들, 가령 '영혼이라는 것을 고안하여'(볼떼르의 표현이다) 예수교의 초석을 놓았다고 하는 플라톤(『화이돈』이 대표적인 예일 것이다)이나 볼떼르가 '저질 형이상학자'라고 한 빠스깔은 물론, 많은 종족들이나 각종 사제들이 주장하는 그 '어설프고 비천한' 교조들 자체에 대한 준엄한 규탄이기도 하다.

  미신이 사리를 밝히려는 사람들의 사유(思惟)와 언로(言路)를 막고, '바퀴벌레나 빈대 혹은 원숭이' 같은 미신의 대변자들, 즉 귀신 모시는 자들이 인간 사회에 기생하여, 영주들이나 군주들까지 겁박하며 사회를 분열시키고 증오의 씨앗을 뿌려 참혹한 재앙을 야기시키던 시절에, 이 작품을 쓰던 이의 심경이 어떠했겠는가! 하지만, 그 시절보다 더욱 다양해진 미신들이 창궐하여 먹이 다툼을 벌이고, 그것들에 편승한 추하고 천한 궤변과 선동이 자비와 사랑과 인권을 방패 삼아 파렴치하게 기승을 부리는 이 경멸스러운 시대를, 옳고 그름과, 고아함과 천함과, 아름다움과 추함과, 섬세함과 상스러움 등이 서로간의 분별을 뻔뻔스럽게 거부하고 염치없이 평등을 외치는 이 기이한 대혼돈의 시대를 본다면, 이제 그가 무슨 말을 할까? 자신이 250년 전에 쓴 작품에 부연하고 싶은 이야기가 얼마나 많겠는가!

『깡디드』는 언어도단의 세월에 가위눌린 듯 살아가던 이들에게, 그들의 숨통을 열어주기 위하여 혹은 그들을 위로하기 위하여, 볼떼르가 선물한 일종의 파적거리일 수 있다. 즉, 뤼뜨뵈프를 비롯한 중세 떠돌이 문인들이 남긴 패설의 성격이 짙은 작품이다. 또한 그들 이외의 무수한 이들에게, 세상의 모습을 좀 더 자세히 보라고 하면서, 그리고 빙그레 웃으면서, 넌지시 건네주는 '돋보기'(프루스트의 용어이다)일 수도 있다. 많은 분들이 그 특이한 돋보기를 통해 세상을 구경하시면서, 잠시나마 시름과 노여움을 잊으실 수 있기를 바랄 뿐이다.

옮긴이 주

쟈디그 또는 운명

1) 미신을 가리키는 듯하다.
2) Sémire. 고대 아씨리아와 바빌로니아의 전설 속 여왕이며 부정한 여인의 전형인 세미라미스(Sémiramis)를 연상시키는 이름이다.
3) 히말라야 지맥(支脈)의 옛 명칭.
4) 멤피스는 카이로 남쪽 나일 강 좌안에 있는 고도로, 옛 파라오들 시절에는 이집트의 종교적 중심지였다. 한편, 헤르메스는 제우스의 아들로, 능란함과 술수의 상징이자 모든 과학의 창시자인 고대 이집트의 전설 속 왕을 뜻하기도 한다.
5) 의사이자 점성술사였던 노스트라다무스(Nostradamus, 1503~1566) 같은 부류들에 대한 야유이다.
6) 1740년경, 빠리에는 졸도 예방용 약주머니를 팔던 아르누라는 약국상이 있었다고 한다.
7) 망자의 유신과 영혼을 분리하는 일을 하는 마호멧교도들의 천사.
8) 조로아스터교에서 의로운 영혼들이 영원한 열락을 누리러 가기 위해서 건너야 한다고 믿는 다리.
9) Zend 혹은 Avesta-Zend. 조로아스터(짜라투스트라)가 썼다고 전해지는 고대 이란의 경서.
10) 고대 그리스 철학의 원류를 이루었던 탈레스나 아낙사고라스 등과 같은 자연과학자(philosophe physique)를 가리킨다. 플라톤 같은 부류의 형이상학자(métaphysicien)가 아니었다는 말이다.
11) pouce. 옛 프랑스의 길이 측정 단위로 약 2.7센티미터이다. 원의는 엄지손가락이다.

12) pied. 옛 프랑스의 길이 측정 단위로 약 0.324미터이다. 원의는 발[足]이다.
13) denier. 은의 순도를 나타내는 단위로, 은 12드니에는 순도 100퍼센트의 은이다.
14) Defterdar. 군사와 재무를 담당하던 옛 페르샤와 터키의 재상.
15) 신랄한 조롱이다.
16) Orosmade. 페르샤 종교에서 선의 근원으로 여기는 존재.
17) 세력가들의 저택이나 집무실에 부속된 방.
18) 옛 검찰관.
19) gryphus(라틴어). 사자의 몸뚱이에 독수리의 머리와 날개를 가졌다는 전설 속의 짐승.
20) empaler. 몸에 말뚝을 박아 죽이는 형벌.
21) 옛 의학에서 인체의 기본이 된다고 여기던 네 가지 체액이 있었다. 혈액(sang), 흑담즙(atrabile, 우울증의 원인), 점액(flegme, 침착성과 냉정의 기본 요소), 담즙(bile, 분노와 근심 등을 동반하는) 등이 그것이다. 즉, 원한과 불만을 뜻한다.
22) Harpia. 여자의 얼굴에 새의 몸뚱이를 가진 괴물로 심보 고약한 여인의 상징이다.
23) Hyrcania. 카스피해 동남쪽 지역의 옛 명칭.
24) 빗금은 번역하며 추가한 것이다.
25) 예언가, 점쟁이 등을 말한다.
26) monade. 만물의 근원이 된다고 믿었던 최소 단위의 인자. 피타고라스 학파 사람들은 정신(esprit)의 최소 단위(?)까지도 가리켰으나, 라이프니쯔(1646~1716)는 질료적 최소 단위만을 가리켰다(『모나드론』). 흔히들 단자(單子)로 옮긴다.
27) l'harmonie préétablie. 라이프니쯔가 『의로운 신(Essais de Théodicée)』(1710)에서 펼친 주장이다.
28) Mithra. 고대 페르샤 신화에 나오는 신.
29) 이상은 『구약』의 「시편」이나 「이사야」 등에서 발견되는 과장법에 대한 볼

떼르의 조롱처럼 들린다.

30) l'orient d'hiver. 북동풍이 부는 방향. 즉, 북동쪽.

31) le couchant d'été. 남서풍이 부는 방향. 즉, 남서쪽.

32) 쿠피도(Cupido)의 화살.

33) 'pôle de Canope'를 'port de Canope'로 고쳐 옮긴다. 카노보스는 고대 그리스식 명칭이며, 나일 강의 하구 지류들 중 가장 서쪽에 있는 지류 끝 항구이다. 볼떼르의 다른 작품들에도 등장한다.

34) '우주'로 읽어야 할 듯하다.

35) 이집트의 동북 국경인 시나이의 옛 명칭.

36) Gangarides. 갠지스 강 동쪽 연안에 사는 사람들.

37) Cathey. 중국 동북부 지방. 마르코 폴로의 몽골식 표기라고 한다.

38) 오늘날의 페르샤 만.

39) '숫소 한 마리'는 멤피스 신전에서 아피스 신의 상징으로 공경하던 숫소를 가리키는 듯하다. 공경하며 돌보던 숫소가 죽으면 그것을 매장한 후, 어린 숫소를 골라 다시 신으로 받들었다고 한다. 아피스 신은 뒤에 오시리스(Osiris)로 변형된다.

40) 18세기에 유럽인들 사이에서는 최초의 문자와 장기놀이가 인도에서 비롯되었다는 주장이 있었던 것 같다.

41) 바빌론 남부를 가리키는 고대의 지명.

42) Oannes. 칼데아인들의 신으로, 홍해에서 뭍으로 나와, 인간에게 문자와 학문과 기예를 가르쳤다고 한다.

43) Cambalu. 중국의 수도 베이징을 지칭하는 마르코 폴로의 몽골식 표기.

44) Teutate 혹은 Teutatés. 켈트족의 수호신이자 드루이드교(Druidisme)의 신이다. 사람을 그 신에게 제물로 바쳤다는 설도 있으나, 그것은 다른 종교의 사제들이 유포한 험담일 듯하다. 한편, 드루이드교에서 떡갈나무와 겨우살이를 귀하게 여겼다는 기록은 여러 문헌에서 발견된다.

45) 별들.

46) 몹시 분노하였다.

47) '큰 암소' '황소' '큰 개'는 각각 그 명칭이 붙은 별자리를 가리키는 듯하다.
48) 붉은색 물감.
49) 레바논 산맥의 최고봉(해발 3083미터)을 가리키는 것 같다. 코가 지나치게 높지 않았다는 뜻일까?
50) Sheat. 페가수스좌의 별들 중 하나.
51) Tidor, Ternate. 인도네시아 동부 말루카 군도에 있는 도시들이다.
52) Algénib. 역시 페가수스좌의 별들 중 하나라고 한다.
53) Arabie Pétrée. 아라비아 반도 북부 지역, 즉 중앙 아라비아.
54) 바빌론의 왕.
55) Turos. 레바논 남부 항구도시인 오늘날의 수르(Sur)를 가리킨다. 이미 기원전 1600년경부터 염료, 직물, 유리 등으로 명성이 높았던 도시이다.
56) basiliskos(그리스어). 그것을 쳐다보기만 하여도 목숨을 잃는다는 전설 속의 뱀이다.
57) I와 G. 즉 ZADIG.
58) 베누스는 로마 신화에 나오는 사랑의 여신이다. 여기서는 관능적 관계를 말한다.
59) le pierre philosophale. 옛 연금술사들이 인공적으로 금을 만드는 데 필요하다고 여겼던, 상상 속 매개물질이다.
60) 무장한 기사 네 사람과 싸워 이겨야 했다.
61) 즉 자신을 나타내는 고유의 표시.
62) '나와 같은 사람'이라는 표현은, 당시 프랑스 귀족들이 허세를 부리기 위하여 자주 사용하던 것이며, 볼떼르는 귀족들의 그러한 습성을 야유하고 있다.
63) la Providence. 절대자(신).
64) Jesrad. 혹은 Jezdad, Agathodaemon. 절대신이나 그가 부리는 천사를 가리킨다고 한다(플라톤 학파).
65) 지구.
66) tout. 우주를 가리키는 듯하다.

옮긴이 주 327

깡디드 또는 낙천주의

1) '알레마니아어를 번역한 랄프 박사의 작품. 그가 은총 1759년에 민든에서 죽었을 때 그의 주머니에서 발견된 보유(補遺)와 함께'라는 긴 부연 설명이 붙은 제목이다. 알레마니아(알라마니아)는 서게르만족이 살던 지역을 가리키며, 그 사람들을 가리켜 알레만(알라만)이라고 한다. 현재의 도이칠란드인이나 도이칠란드어를 가리키는 프랑스어 'allemand'는 이 말에서 유래한 것인데, '도이치'나 '도이칠란드'라는 호칭이 공식화된 것이 1870년 이후인지라, 'allemand'를 '도이칠란드어'로 옮기지 않고 '알레마니아어'로 옮긴다.

2) Candide. 어원 'candor'는 '백색'을 뜻하며, 백색을 지닌 사람(candidus)이라는 뜻이다. 즉 '순진무구하여 의심할 줄 모르는 사람'을 뜻한다.

3) 예하(Monseigneur)는 주교나 대주교, 추기경 등에게 붙는 경칭이다. 사람들에게 실없는 옛날이야기나 들려주는 일은, 마을 사제나 보좌신부 등 하위직 사제들이 즐기던 소박한 파적거리였다. 한편, 앞에서 묘사한 성은 몹시 초라하여 성이라고조차 할 수 없고, 툰더-텐-트롱크 남작은 귀족 흉내나 내는, 영락한 귀족의 전형이다.

4) livre. 프랑스에서 통용되던 옛 중량 단위이다. 지역에 따라 380~550그램에 해당하였다.

5) Pangloss. '모든 것'을 뜻하는 그리스어 'pan(pass)'과 '혀' 혹은 '언어'를 뜻하는 'glossa'를 복합하여 만든 이름이다. '모든 것(범사)에 대하여 언제나 말할 준비가 되어 있는 사람'이라는 정도의 의미일 듯하다. 각종 사제와 별로 다를 것 없는 형이상학자들이나 설교사들 혹은 신학자들과 유사한 철학자이다.

6) 신의 뜻이나 예언처럼, 절대적 권위를 가지고 있었다는 뜻.

7) 'métaphysico-théologo-cosmolonigologie'를 옮긴 것이다. 형이상학과 신학과 우주론 등이 혼합된 얼치기 학문이, 모든 사람들을 멍청이로 만들어놓는 데 유용한 바보학(nigologie, nigaud)이라는 뜻을 함축하고 있다.

8) 작가는 'parc'라는 프랑스식 표기를 사용하였으나, 작품의 무대를 고려하여

현대 도이칠란드어(Park)의 발음대로 적는다. 프랑스어로는 어차피 도이칠란드어의 발음을 표기할 수 없다.
9) 'la raison suffisante'를 옮긴 것이다.
10) Bulgares. 다뉴브 강 유역 판노니아 지방에 살던 부족. 오늘날의 '불가리아'라는 명칭이 그것에서 유래하였다고 한다.
11) Valdberghoff-trarbk-dikdorff. '툰덴-텐-트롱크'와 마찬가지로, 프랑스인들이 보기에는 불협화음들의 조합(kakophonia)으로 여겨지는 도이칠란드어에 대한 가벼운 조롱이 섞인 명칭이다. 물론 볼떼르가 만든 명칭일 것이다. 'Southampton'을 발음하고자 한다면 아예 눈 딱 감고 '스트픈튼'이라 발음하라고 한 빅토르 위고의 농담을 연상시키는 명칭이다.(『웃는 남자』)
12) 옛 프랑스의 금화. écu. 원의는 '방패'이다.
13) 초보적인 제식훈련과 집총훈련 장면이다.
14) 깡디드가 허락 없이 병영을 이탈한 것이다.
15) Abares(Avares). 흑해 북쪽 연안 스키티아 지방에 살던 부족.
16) 어느 날 플라톤이 청중 앞에서 인간에 대해 정의하기를, '털이 없고 발 둘 달린 동물'이라고 하였다. 그러자 잠시 후, 디오게네스가 털 뽑은 닭 한 마리를 들고 들어와 그에게 보이며, 그것이 사람이냐고 물었다. 그러자 플라톤이 얼른 덧붙이기를, '……그리고 납작하며 넓은 발톱을 가진……' 동물이라고 하였다(디오네게스 라에르티오스,『찬연한 철학자들의 생애와 학설과 금언』). 볼떼르는 그 일화에 근거하여 플라톤을 야유하고 있는 것이다. 플라톤이 영혼의 고안자이며, 예수교의 이론적 근거를 제공한 사람이라는 그의 주장에서 비롯된 언급이다(『체스터필드 백작의 귀』,『철학사전』).
17) florin. 네덜란드의 화폐 단위. 옛날에는 프랑스에서도 사용되었다.
18) 깔메(Calmet)라는 베네딕투스회 수도사가 「욥의 병에 관한 논설」을 실제로 발표하였는데, 볼떼르가 그것을 읽었다. 깔메는 '욥의 병'이 곧 매독이었노라고 주장하였다.
19) "아브라함은 이삭을 낳았고, 이삭은 야곱을, 야곱은 유다와 그의 형제를……"(「마태오」 1장).『신약』의 단조로운 나열식 서술을 희화적으로 모방

한 것으로 보인다.
20) cochenille. 선인장에 기생하는 곤충으로, 그 분비물을 붉은색 염료로 사용한다. 양홍(洋紅)이나 연지벌레 등으로 옮기기도 한다.
21) 『쟈디그』 주 21) 참조.
22) 'a priori'. 볼떼르가 이탤릭체로 부각시킨 단어이다. 경험에 입각하지 않은 순리적(純理的) 가설이나 논증을 가리킬 때 사용하는 말이다. 형이상학이나 전도자들의 주장이 빠져들기 쉬운 함정이며, 숱한 궤변들의 소이연이기도 하다. 볼떼르는 그러한 측면을 넌지시 암시하고 있으며, 빠스깔을 가리켜 저질 형이상학자(mauvais métaphysicien)라고 한 것도 같은 시각의 반영일 듯하다(『미크로메가스』).
23) 여인이 남자에게 몸을 허락하는 행위를 가리킨다.
24) Batavia. 오늘날의 쟈카르타에 홀랜드인들이 1619년에 요새를 세우며 부여한 지명이라고 한다.
25) 17세기에 일본에서 예수교가 축출되고 유럽인들이 추방당하였지만, 홀랜드 무역상인들에게는, 그들이 십자가를 밟고 지나다닌다는 조건하에 나가사키 항을 통해 무역을 허용하였다고 한다.
26) 뽀르뚜갈 뽀르또 지방에서 생산되는 유명한 포도주 뽀르또를 에스빠냐에서는 '오뽀르또'라고 한다.
27) Coimbra. 뽀르뚜갈의 베이라 해안 지역에 있는 도시로, 그곳 대학(1307년 설립)이 1911년까지 뽀르뚜갈의 유일한 대학이었다. 1755년의 지진으로 큰 피해를 입었다. 『깡디드 또는 낙천주의』가 발표된 것은 1759년이다.
28) Vizcaya. 이베리아 반도 북부 해안 지역이며, 바스꼬(바스크) 사람들의 향토.
29) 안식일은 원래 금요일 해가 질 때부터 토요일 해가 질 때까지의 시간을 가리켰다. 따라서 옛날의 율법을 따른다면 유대인이 토요일 저녁에는 뀌네공드를 차지할 수 없을 터이니, 아마 그러한 문제가 제기되었던 모양이다. 하지만 금요일과 토요일 사이의 밤에 대한 언급은 없으니, 그러한 뜻인지는 단정하기 어렵다.

30) 토요일 저녁에는 두 남자를 모두 거절하였다는 뜻인 듯하다. 또한 그러한 이유 때문에 지속적으로 사랑을 받는다는 언급은, 토요일이면 남편으로 하여금 가까이 오지 못하도록 한 요정 멜뤼진느(Mélusine)의 전설을 연상시키기도 한다(쟝 다라스, 『멜뤼진느』).
31) 바빌론 왕 나부코도노소르 2세(느브갓네살)가 예루살렘을 점령한(기원전 597년) 후에도 유다 왕국의 저항이 수그러들지 않자, 기원전 587년에 도시와 신전을 파괴하고 유다 왕국을 바빌론 왕국에 합병한 후, 586년에는 이스라엘의 지배 계층 사람들과 기능공들을 강제로 바빌론에 이주시켰다(「열왕기하」, 24~25장).
32) '성마른 히브리인'이라는 볼떼르의 시각은 『구약』의 여러 책에서 발견되는 히브리인들 정서의 한 측면을 반영하고 있다.
33) 예수가 갈릴리의 나사렛에서 성장한지라 '갈릴리인'이라는 말이 예수를 가리킨다. 따라서 '갈릴리 여자'는 예수를 믿는 여자, 즉 예수교 여신도를 가리키는 듯하다.
34) Santa Hermandad. 15~16세기에 이단자들이나 교회에 반대하는 사람들을 감시하던 종교 경찰이다.
35) maravedi. 에스빠냐에서 통용되던 동전.
36) 로마 근처의 지명이다.
37) Salé. 모로코의 대서양 연안에 있는 항구. 17세기에는 정부의 묵인하에 활동하던 해적선들의 근거지로 유명하였다.
38) 유럽 사람들에게 널리 알려졌고, 모로코의 문물을 융성케 하였던 군주 물라이 이스마일(Mûlây Ismâ'îl, 1672~1727)을 가리키는 듯하다. 그가 죽은 후 반란이 빈번하였다.
39) 모로코의 남서쪽 대서양 연안으로부터 튀니지 지중해 연안까지 뻗은 산맥으로, 지중해 연안과 사하라 사막의 경계 지역을 이룬다.
40) O che sciagura d'essere senzza c……! 말줄임표로 생략된 단어는 coglione 혹은 coglioni(복수형), 즉 couillon 혹은 couille(고환)일 듯하다.
41) Ma che sciagura d'essere senza c……!" 프랑스 사람들의 눈에 비친 이딸

리아 사람들의 코믹한 측면들 중 하나이다. 이딸리아 사람들의 그 '천진스러운' 집착 내지 기탄하지 않는 모습은, 오늘날에도 가끔 프랑스인들에 의해 희화적으로 부각된다.

42) imam. 마호멧교 사원에서 기도를 주관하는 예배 인도자.

43) 이바라아(Ibaraa)는 바스꼬 지방의 인명 이바라(Ibara)를, 휘게오라(Figueora)는 갈리시아 지방의 인명 휘게로아(Figueroa)를, 람뿌우르도스(Lampourdos)는 까딸루냐 지방의 인명 람뿌르다(Lampurda)를 변형시킨 것 같고, 소우자(Souza)는 뽀르뚜갈식 인명이라고 한다. 당시 각 지방의 분리주의 움직임이 활발했고, 특히 남아메리카로 이주한 에스빠냐인들의 사회는 그러한 움직임의 상징이었다. 총독의 이름은 그러한 정치·사회적 현상을 함축하고 있는 듯하다. '이(y)'는 '그리고'를 뜻하는 접속사이다. 또한, 이름들의 나열은, 많은 이름들을 복합시켜 가지던 귀족들의 관행에 대한 가벼운 조롱처럼 보인다.

44) 『구약』에 등장하는 아브라함에 대한 혹독한 야유이다. 사라의 미모에 혹한 파라오에게, 아브라함은 그녀가 자기 아내라는 사실을 숨기고 누이라고 속여, 아내를 파라오에게 넘기고 그 대가로 자신의 안위와 부를 얻는다(「창세기」, 12장). 볼떼르는 아브라함의 그러한 행각을 가리켜 '사업'이라 하였다(『철학사전』).

45) Tucumán. 남아메리카 서북쪽에 있는 도시.

46) Los Padres. '신부들'이라는 뜻이다. 약간의 비아냥거림이 섞인 듯한 표현이다. 한편, 아순씨온은 빠라구아이의 수도이다.

47) monseigneur commandant. 어울리지 않는 칭호이나 직역한다. 예하(猊下)는 고위 사제(주교, 대주교, 추기경 등)에게 합당한 존칭이다. 사제에게 군대의 계급이 부여되었으니, 호칭이 얼치기 성격을 띠게 되었다.

48) le bonnet à trois cornes. 주교 이상의 고위 사제들이 쓰는 삼각모(mitra, mitre)를 희화적으로 가리킬 수도 있다.

49) 사제들의 일상복 소따나(sottana)를 가리킨다.

50) 한마디로 우스꽝스러운 차림이다.

51) 'la feuillée'를 번역한 것이다. 우거진 나무 밑 그늘을 가리킨다. 야전 변소를 뜻하기도 한다.
52) 예수회 창립자인 에스빠냐의 수도사 이니고 로뻬스 데 로욜라(Inigo Lopez de Loyola, 1491~1556)를 가리키는 듯하다.
53) Croust. 볼떼르와 사이가 나빴던 예수회파 사제들 중 하나였다고 한다. 또한 'croûte(누룽지, 속물, 기둥서방)'를 연상시키는 음가(音價)를 가진 이름이다.
54) 빠라구아이에 파견된 예수회 사제들(Los Padres)은, 1610년경부터 에스빠냐 왕(휄리뻬 2세)으로부터 국토의 일부(빠라나 강 유역)를 위임받아, 원주민들로 이루어진 소단위 자치단체들을 만들었다. 그 작은 공화국들은 일종의 신정(神政) 체제를 이루었으며, 경제·정치적으로 독립된 형태를 취하였다. '군주들'이란 그 작은 신국(神國, république théocratique)들을 다스리던 사제들을 가리킨다. 하지만 국가 속에 있는 그 국가들이 에스빠냐 식민 당국자들의 반발을 일으켜, 1767년에 예수회 선교사들이 빠라구아이에서 축출당하였다.
55) Trévoux. 부르고뉴와 사부와의 접경 지대에 있는 읍으로, 1701년에 예수회 교단이 그곳에서 정기 간행물 《트레부 보고서(Mémoires de Trévoux)》를 발간하기 시작하였다. 1750년경부터 그 잡지가 볼떼르를 공격하였다.
56) aegypan, faunus, satyrus. 인간의 얼굴에 숫양(염소)의 몸뚱이를 가진, 옛 그리스 목동들이 모시던 목신(牧神) '판(Pan)'의 변형들이다. 고대 라틴어 식으로 표기한다.
57) Droit naturel. '자연의 권리' 혹은 '천부의 권리'라 옮길 수도 있다.
58) pure nature. '자연법'과 같은 의미로 읽을 수 있을 듯하다.
59) 까이옌느(Cayenne)는 프랑스령 기얀느(기야나)의 수도로, 남아메리카 북동쪽 대서양 연안에 있는 항구도시이다. 두 사람의 출발지인 부에노스아이레스 인근 빠라나 강 유역에서 까이옌느까지는, 직선거리로도 4000킬로미터가 넘는다.
60) Tittâwin. 모로코 북부 지중해 연안 도시. 떼뚜안(Tetuan)은 에스빠냐식 명

칭이다.
61) M'knes(Meknes). 모로코 북부 아틀라스 산맥 지역에 있는 도시. 메끼네스(Mequinez)는 에스빠냐식 명칭이다.
62) 두 사람이 수레에 올랐다는 언급이 없었으나, 원문대로 직역한다.
63) colibri. 우리나라에서 '벌새'로 번역하는 열대지방의 작은 새를 가리킨다. 서인도제도의 말이라 한다.
64) oiseau-mouche. 우리말의 '벌새'(프랑스어로 옮기면 'oiseau-abeille'쯤 될 것이다)처럼, 'colibri'를 가리키는 프랑스어의 일상적 형태이다. 볼떼르가 마치 서로 다른 두 종류인 양 구분하여 사용한지라, '콜리브리'와 '파리새'로 나누어 옮긴다.
65) El Dorado. dorado는 '황금의(황금빛의, 황금 입힌) 나라'를 뜻하는 에스빠냐어이다. 'el'은 정관사이다.
66) 엘리자벳 1세의 총신이었으며, 1595년에 기얀느 지역을 탐험하였고, 베네수엘라 근처 오리노꼬 지역에서 에스빠냐인들과의 분쟁에 휩쓸렸던 월터 랄레이 경(sir Walter Raleigh, 1552~1618)을 가리키는 듯하다. 적(에스빠냐)의 반간계(反間計)에 걸려들어 조국에 돌아와 참수형을 당하였는데, 식민지 경쟁에 뛰어든 이들에게 보내는 볼떼르의 경고처럼 보인다.
67) 연회석상에서 반짝이는 기지를 자랑하는 것이 프랑스 상류 계층에 유행하던 일종의 관행이었다. 귀족들은 그러한 자리에서 세력가들이 한 말이, 기지 넘치고 재미있는 양 호들갑을 떨며 세력가들의 비위를 맞추어주곤 하였다. 사교계의 그러한 관행을 넌지시 야유하고 있는 것이다.
68) livre sterling. 잉글랜드의 화폐단위이다.
69) 잉글랜드령인 기야나와 프랑스령인 기얀느 사이에 있는 홀랜드령 기얀느를 가리킨다. 면적이 십육만 제곱킬로미터에 달하며, 1954년 이후에는 네덜란드의 자치주가 되었다.
70) 뉴기니아를 가리키는 듯하다.
71) 남아메리카 대륙의 최남부 지역.
72) 흔히 '개종하다'로 번역하는 'convertir'를 원의(convertere, …… 쪽으로

돌아서다)대로 옮긴다.
73) 다음에 붙을 화폐 단위는 삐아스뜨라(piastra)일 듯하다.
74) l'ancien monde. 즉 유럽.
75) Sozzini(1525~1562). 이딸리아 시에나 출신의 신교도로 삼위일체설과 예수의 신성을 부인하는 교리(socinianisme)를 세웠다. 18세기 이신론자들이 그 교리에 호의적이었으며, 볼떼르 또한 그러하였다고 한다. 그는 또한 경전(Ecritures)의 순리적 해석을 주장하였다고 한다.
76) '고통'이라 읽을 수도 있을 듯하다.
77) 잃어버렸다가 되찾은 양 한 마리를 예로 든 예수의 비유에 대한 가벼운 조롱처럼 들린다(「마태오」 18장 10~14절). 또한 절대자(l'Etre suprême)가 목동이나 깡디드처럼 일희일비하는 존재일 수 없다는, 볼떼르의 시각이 엿보이는 언급이기도 하다.
78) 모쉐나 예수의 탄생을 계기로 엄마의 젖을 빨던 무수한 아기들이 도륙당했다는 이야기에 던지는 야유이다. 이 야유 역시, 절대자(신)란 유대인들이나 예수 및 예수교도들이 묘사해 놓은 그토록 어설프고 불완전한 존재가 아니라는, 볼떼르의 변함없는 시각을 드러내고 있다.
79) 고해증명서를 요구한 것 같다. 이것이 없으면 묘지에 묻힐 수 없었다고 한다.
80) '저질 기자'를 의미하는 'folliculaire'를 그 원어의 의미대로 옮긴다.
81) Fréron(Elie, 1718~1776). 문예 평론가. 볼떼르와 당시 철학자들을 공격하는 많은 팸플릿을 썼다.
82) pharaon. 17세기 말 프랑스에서 시작된 카드놀이로, 당시 카드에 파라오 형상이 그려져 있었기 때문에 붙여진 명칭이라 한다. 18세기 중엽에 법으로 금지되었다.
83) 난생동물이 한 번에 낳은 알 모두를 가리키는 말 'ponte'를 번역한 것이다. 도박에서 돈을 거는 사람을 뜻한다.
84) 은행가를 뜻하는 'banquier'를 번역한 것이다.
85) 덧태우기를 뜻하는 'paroli'나 생략된 'sept-et-le-va de campagne' 등의 용

어는, 그 의미나 어원이 불분명하고, 특히 역자가 그 게임의 방법을 몰라, 번역을 유보한다.

86) Gauchat. 1753~1763년에 걸쳐 『반종교적인 현대의 글들에 대한 반박문』이라는 책을 쓴 신학자. 백과사전파 문인들과 볼떼르에 적대적인 인물이었다.

87) '읽었느냐'고 옮겨야 자연스럽겠으나, 'voir'라는 동사를 사용한 작가의 뜻을 참작하여 원의대로 옮긴다. '신속히 훑어본다'는 뜻을 가진 말이다.

88) 즉, 출판되지 않는.

89) pistole. 10리브르(프랑)에 해당하는 프랑스의 옛 명목화폐.

90) Atrébatie. 아트레바테스족이 살던 북부 갈리아 지방(오늘날의 아르뚜와 지방)을 가리키는 듯하다.

91) 병사 출신인 다미앵(Robert François Damien, 1715~1757)이 여론(지방)의 충동질에 자극받아, 1757년에 루이 15세를 주머니칼로, 즉 사람을 살해할 수 없는 무기로 가격하였는데, 이는 왕에게 경고하기 위한 행동이었을 뿐이었다. 하지만 그는 같은 해 거열형에 처해졌다. '거지'는 '불쌍한 녀석'이라는 뜻이다.

92) 앙리 4세의 정책에 반대하여 '국가와 종교를 구하기 위하여' 광신도 라바이야(François Ravaillac, 1578~1610)이 왕을 시해하였다. 예수교에 유화적이었던 왕이라는 점을 고려하면 카톨릭교도들에게 혐의를 둘 수도 있었을 사건이나, 아직까지 그 배후가 명확히 밝혀지지 않았다.

93) 앙리 4세가 1594년 빠리에 입성하였을 때, 쟝 샤뗄(Jean Châtel)이라는 19세 소년이 왕의 거처에 잠입하여 왕에게 위해를 가하려 하였으나, 왕이 소년으로부터 그 사연만을 듣고 돌려보냈다고 한다. 예수회 사제들의 사주를 받았을 것이라는 설이 있다(미슐레, 『프랑스 역사』).

94) '멍청이 소리'는 선동꾼들이 하던 말을 가리킨다. 루이 15세를 시해하려는 듯한 행위를 한 다미앵이나, 앙리 4세의 거처에 잠입했던 쟝 샤뗄 모두 선동꾼들의 말에 놀아난 '가엾은 녀석들'이라는 뜻이다.

95) 무람없는 농담과 이야기와 춤과 노래를 좋아하는 밝고 천진한 속성이 예수교로 인해 칙칙해졌다는 것이, 볼떼르의 일관된 시각이다. "애석하도다! 이

백성의 천성이 그토록 온순하건만! 도대체 누가 그들에게서 그 착한 성품을 빼앗아버렸는가? 그들은 농담을 할 줄 알면서도 성 바르톨로마이우스 축일 사건을 저질렀구나. 그들이 오직 농담만을 하던 시절이 행복한 시절이었도다." 스카르멘타도가 내란에 휩쓸린 프랑스를 바라보며 하는 탄식이다. '내란'은 물론 종교전쟁을 암시한다(『스카르멘타도의 유랑기』).

96) '원숭이들'은 각종 교파의 사제들을, '호랑이들'은 군주나 영주를 암시한다.
97) 디에쁘는 남부 노르망디가 아니라 북부 노르망디에 있다.
98) 20~50아르(100제곱미터)에 해당하는 옛 프랑스의 농지 면적 단위. 지방에 따라 차이가 컸다.
99) 잉글랜드의 존 빈(John Byng) 제독. 그가 발레아레스 군도 중 하나인 메노르까 섬 전투에서 프랑스 해군 제독 갈리쏜이에르에게 패한 후, 자기 전함 위에서 처형당하였다고 한다(1757년 3월 14일). 볼떼르는 그의 구명을 위해 백방으로 노력했었다.
100) '뽀꼬꾸란떼'라는 이름 자체가 '매사에 마음을 별로 쓰지 않는다'는 뜻을 내포하고 있다. 'poco(조금)'와 'curante(치료하는)'를 합성한 이름이다.
101) 'sonnet'를 원의(chansonette, 짧은 노래)에 입각하여 옮긴 것이다.
102) 『일리아스』의 대표적인 특징(부정적)이다. 또한 그러한 특징들로 인하여, 『오뒷세이아』가 과연 같은 사람의 작품일까 하는 의문을 품지 않을 수 없다.
103) 잠이 들어 책을 떨어뜨리게 된다는 뜻이다.
104) 『아이네이스』 제2권은 트로이아의 멸망과 아이네아스의 탈출에 관한 이야기이고, 제4권은 카르타고의 여왕 디도와 아이네아스의 사랑, 유피테르의 명령에 따른 아이네아스의 떠남, 디도의 자살 등에 관한 이야기이며, 제6권은 아이네아스의 저승 방문과 선친 아키세스와의 해후 등에 관한 이야기이다.
105) Acanius. 아이네아스의 아들.
106) Latinus. 아이네아스가 도착한 곳, 즉 라티움의 왕이다.
107) Amata. 라티움의 왕 라티누스의 아내이다. 평민 계집(bourgeoise)이라고

한 것은, 그녀가 각 가정의 불씨(아궁이)를 관장하는 여신 베스타(Vesta, 그리스의 헤스티아)를 대신하는 여인으로 간주되었기 때문인 듯하다.
108) Lavinia. 라티누스의 딸.
109) Tasso(Torquato, 1544~1595). 장편 운문소설 『해방된 예루살렘(La Gerusalemme liberata)』이 대표작이다.
110) Ariosto(Ludovico, 1444~1533). 뽀꼬꾸란떼가 하는 말이 일종의 반어법 아닌지 모르겠다. 아리오스또의 작품들이 대부분 풍자적 희극이기 때문이다. 특히 그의 코믹 영웅전 『분기탱천한 롤랑(Orlando furioso)』이 유명하다.
111) 호라티우스(Horatius Flaccus, 기원전 65~8)의 「풍자시」에 나오는 이야기라고 한다. '푸필리우스'는 루필리우스(Rupilius)의 오기이다.
112) 「에포도스(짧은 풍자시)」 5장 8절, 「오데(노래)」 1장 1절.
113) 키케로(Tulius Cicero, 기원전 106~43)의 많은 변론문들이 오늘날까지 전한다. 한편, 스토아 철학자이기도 했던 그의 철학적 저서들 중 특히 『투스쿨룸에서의 대화(Tusculanae Disputationes)』가 유명하다. 투스쿨룸(Tusculum)은 그의 별장이 있던 로마 동남쪽 교외이다.
114) '카이사르들'은 로마 제국의 황제들을 가리키고, '안토니누스들'은 안토니누스 피우스(재위, 138~161)는 물론, 96년부터 192년까지 제위에 오른 황제들 즉, 네르바(96~98), 트라야누스(98~117), 하드리아누스(117~138), 마르쿠스 아우렐리우스(161~180), 코모두스(180~192) 등을 총칭하는 말이다.
115) 교황을 암시하는 듯하다.
116) 그 위대하고 영웅적인 황제들이 다스리던 나라에 일개 수도사 따위가 군림하게 되었다는 신랄한 야유처럼 들린다. 그러한 감회와 시각은 싸드의 『쥘리에뜨의 이야기』에서도 발견된다.
117) 이하 계속되는 뽀꼬꾸란떼의 말은 『잃어버린 낙원(실낙원)』에 대한 언급인데, 1667년에 발표된 그 작품은 총 12권으로 구성되어 있다.
118) 헤시오도스의 『신통계보(Theogonia)』를 연상시키는 언급이긴 하지만, 어떤 문인들을 가리키는지 단정하기 어렵다.
119) 따쏘의 유작 『천지창조의 7일』(1606)과 관련된 언급일 듯하다.

120) 옛 그리스 전설에 등장하는, 신장이 손가락 끝으로부터 팔꿈치까지의 길이(pugmê)쯤 되는 사람들을 뜻한다.
121) 『잃어버린 낙원』은 10음절 장편 운문소설이다. 옛날식 명칭으로는 에포포이아(epopoia, poème épique)인지라, 작가가 단순히 '시(poème, poiema)'로 축약해 쓴 것이다. '서사시'라는 번역어는 합당치 않아 사용하지 않는다.
122) 빠도바는 베네치아 서쪽 인근에 있고, 브렌따 강이 그곳을 지나 베네치아가 있는 아드리아해로 유입된다.
123) zecchino. 베네치아에서 통용되던 금화.
124) Propontis. 에게해와 보스포로스 해협 사이에 있는 마르마라(Marmara) 바다의 옛 그리스식 명칭이다.
125) '남작'과 '형이상학자'는 물론 세속적 권력과 종교적 권력을 암시한다. 특히 형이상학이라는 것이 플라톤 이후 종교라는 미신적 속임수의 근간이 되었다는, 볼떼르의 일관된 경멸적 시각이 어른거리는 언급이다.
126) 에스빠냐 국왕이 보낸 토벌대를 가리키는 듯하다.
127) gâdi. 프랑스어로는 까디(cadi)라고 한다. 민사, 형사, 종교 사건을 관장하는 이슬람 재판관이다.
128) 소돔을 가학적으로 절멸시켰다는 야훼의 처사에 대한 조롱처럼 들린다. 그 신에 비해 이슬람 재판관은 얼마나 관대한가! (「창세기」 18~19장).
129) 외과의사가 이발사처럼 날카로운 칼을 자주 사용하기 때문에 붙여진 별명일 듯하다. 오늘날에는 푸주한(boucher, charcutier)이라는 별명이 더 일반적으로 사용된다.
130) oreille-d'ours. 토끼의 귀(oreille de lièvre)라고도 하며, 시호(柴胡)라는 번역어가 있다.
131) 팡글로스의 말은 볼떼르가 비판하고 있는 라이프니쯔의 『모나드론』을 축약하고 있는 것 같다. 예정된 조화(l' harmonie préétablie)라는 개념이 깡디드와 같은 어처구니없는 낙천주의자들을 양산해 낸다는 것이다. '충일감'과 '정묘한 질료' 모두 모나드를 규정하는 말일 듯하다. '예정된 조화'라는

개념은 오늘날에도 무수한 설교사들이 즐겨 동원한다. 또한 '모나드'가 고대 그리스에서는 '원자'와 유사한 뜻으로 사용된 듯하다.

132) 'bacha'를 번역한 말이다. 고대 그리스어 'bakêlos'에 미루어 '내시'를 뜻할 것이라 추측하였을 뿐이다.

133) Porte Sublime. 오토만 제국 시절, 콘스탄티노플에 있는 정부청사의 정문을 가리키던 명칭이라고 한다. '법의 수호 여신'이라는 별명도 가지고 있었다고 한다. 또한 유럽 사람들 사이에서는, 그 문이 오토만제국 자체를 의미하기도 하였다고 한다.

134) cedrato. 레몬의 일종.

135) 터키의 음료.

136) Moka. 홍해 입구에 있던 예멘의 항구도시. 18세기에는 대추야자, 각종 향료, 커피 등을 수출하며 번창하였다.

137) 앙리 1세(Henri Ier de Lorraine, 1550~1588), 앙리 3세(1551~1589), 앙리 4세(1553~1610) 등을 가리키며, 이들은 모두 암살당하였다.

138) ut operaretur eum. 「창세기」 2장 15절. 그 지경에 처하여서도 판글로스는 학자들의 그 고질적인 버릇(라틴어 구절을 들먹이는)을 버리지 못한다.

PENGUIN CLASSICS

유토피아 토머스 모어 서문 폴 터너/류경희 옮김	**소송** 프란츠 카프카 홍성광 옮김·작품해설
젊은 베르테르의 슬픔 괴테 김재혁 옮김·작품해설 마이클 헐스	**지하로부터의 수기** 도스토옙스키 조혜경 옮김·작품해설
크로이체르 소나타 레프 톨스토이 서문 도나 터싱 오윈/이기주 옮김	**이탈리아 기행** 괴테 홍성광 옮김·작품해설
동물농장 조지 오웰 서문 맬컴 브래드버리/최희섭 옮김	**첫사랑** 이반 투르게네프 서문 V.S.프리쳇/최진희 옮김
좁은 문 앙드레 지드 이혜원 옮김·작품해설	**차라투스트라는 이렇게 말했다** 니체 서문 홀링데일/홍성광 옮김
성 프란츠 카프카 홍성광 옮김·작품해설	**별에서 온 아이** 오스카 와일드 서문 이언 스몰/김전유경 옮김
도리언 그레이의 초상 오스카 와일드 서문 로버트 미갤/김진석 옮김	**고독의 우물** 래드클리프 홀 임옥희 옮김·작품해설
노생거 수도원 제인 오스틴 임옥희 옮김·작품해설 매럴린 버틀러	**오페라의 유령** 가스통 르루 홍성영 옮김
인간의 대지 생텍쥐페리 허희정 옮김·작품해설 윌리엄 리스	**기쁨의 집** 이디스 워튼 서문 신시아 그리핀 울프/최인자 옮김
위대한 개츠비 스콧 피츠제럴드 서문 토니 태너/이만식 옮김	**데이지 밀러** 헨리 제임스 서문 데이비드 로지/최인자 옮김
벤자민 버튼의 시간은 거꾸로 간다 스콧 피츠제럴드 서문 오도넬/박찬원 옮김	**이반 일리치의 죽음** 레프 톨스토이 서문 앤서니 브리스/박은정 옮김
아가씨와 철학자 스콧 피츠제럴드 서문 오도넬/박찬원 옮김	**대위의 딸** 푸시킨 심지은 옮김·작품해설
홍길동전 허균 정하영 옮김·작품해설	**군주론** 니콜로 마키아벨리 서문 앤서니 그래프턴/권기돈 옮김
금오신화 김시습 김경미 옮김·작품해설	**지킬 박사와 하이드** 스티븐슨 서문 로버트 미갤/박찬원 옮김

PENGUIN CLASSICS

주홍 글자 너새니얼 호손
김지원, 한혜경 옮김·작품해설

채털리 부인의 연인 D. H. 로렌스
서문 도리스 레싱/최희섭 옮김

톰 소여의 모험 마크 트웨인
서문 존 실라이/이화연 옮김

로빈슨 크루소 대니얼 디포
서문 존 리체티/남명성 옮김

야간 비행·남방 우편기 생텍쥐페리
서문 앙드레 지드/허희정 옮김

광막한 사르가소 바다 진 리스
서문 앤젤라 스미스/윤정길 옮김

전원 교향악 앙드레 지드
김중현 옮김·작품해설

인상과 풍경 로르카
엄지영 옮김·작품해설

논어 공자
논어집주 주자/최영갑 옮김·작품해설

크리스마스 캐럴 찰스 디킨스
서문 마이클 슬레이터/이은정 옮김

켈트의 여명 윌리엄 버틀러 예이츠
서혜숙 옮김·작품해설

피터 팬 제임스 매튜 배리
서문 잭 자이프스/이은경 옮김

드라큘라 브램 스토커
서문 프레일링/박종윤 옮김/작품해설 힌들

1984 조지 오웰
서문 벤 핌롯/이기한 옮김

자유론 존 스튜어트 밀
서문 거트루드 힘멜파브/권기돈 옮김

오만과 편견 제인 오스틴
서문 비비엔 존스/김정아 옮김

대위의 딸 푸시킨
심지은 옮김·작품해설

한밤이여 안녕 진 리스
윤정길 옮김·작품해설

세월의 거품 보리스 비앙
이재형 옮김·작품해설 질베르 페스튀로

그렌델 존 가드너
김전유경 옮김·작품해설

7인의 미치광이 로베르토 아를트
엄지영 옮김·작품해설

왕자와 거지 마크 트웨인
남문희 옮김·작품해설 제리 그리스월드

소공녀 프랜시스 호즈슨 버넷
곽명단 옮김·작품해설 크노이플마커

헨리와 준 아나이스 닌
홍성영 옮김

셜록 홈즈 : 주홍색 연구 코난 도일
남명성 옮김·작품해설 이언 싱클레어

퀴어 윌리엄 버로스
조동섭 옮김

정키 윌리엄 버로스
서문 올리버 해리스/조동섭 옮김

모피를 입은 비너스 자허마조흐
김재혁 옮김·작품해설

PENGUIN CLASSICS

오셀로 윌리엄 셰익스피어
서문 톰 매캘린던/강석주 옮김

맥베스 윌리엄 셰익스피어
서문 캐럴 칠링턴 러터/김강 옮김

코·외투·광인일기·감찰관 고골
서문 로버트 맥과이어/이기주 옮김

알렉산드리아 사중주: 저스틴
로렌스 더럴 권도희 옮김

알렉산드리아 사중주: 발타자르
로렌스 더럴 권도희 옮김

알렉산드리아 사중주: 마운트올리브
로렌스 더럴 김종식 옮김

알렉산드리아 사중주: 클레어
로렌스 더럴 권도희 옮김

셜록 홈즈: 바스커빌 가문의 개 코난 도일
남명성 옮김·작품해설 크리스토프 프레일링

사랑에 관하여 안톤 체호프
안지영 옮김·작품해설

이상한 나라의 앨리스 루이스 캐럴
서문 휴 호턴/이소연 옮김/존 테니얼 삽화

거울 나라의 앨리스 루이스 캐럴
주해 휴 호턴/이소연 옮김/존 테니얼 삽화

햄릿 셰익스피어
서문 앨런 신필드/노승희 옮김

제인 에어 샬럿 브론테
서문 스티비 데이비스/류경희 옮김

목요일이었던 남자 체스터턴
김성중 옮김·작품해설

리어 왕 셰익스피어
서문 키어넌 라이언/김태원 옮김

메피스토 클라우스 만
오용록 옮김·작품해설

가든파티 캐서린 맨스필드
서문 로나 세이지/한은경 옮김

공산당 선언 마르크스, 엥겔스
서설 개레스 스테드먼 존스/권화현 옮김

80일간의 세계 일주 쥘 베른
서문 브라이언 앨디스/이효숙 옮김

무도회가 끝난 뒤 레프 톨스토이
박은정 옮김·작품해설

월든 헨리 데이비드 소로
서문 마이클 마이어/홍지수 옮김

허클베리 핀의 모험 마크 트웨인
백낙승 옮김·작품해설

인간 불평등 기원론 장 자크 루소
김중현 옮김·작품해설

사회계약론 장 자크 루소
김중현 옮김·작품해설

정글북 러디어드 키플링
서문 대니얼 칼린/남문희 옮김

감정교육 귀스타브 플로베르
서문 제프리 월/김윤진 옮김

레 미제라블 위고
이형식 옮김

더블린 사람들 제임스 조이스
서문 테렌스 브라운/한일동 옮김

PENGUIN CLASSICS

말테의 수기 릴케
김재혁 옮김·작품해설

시학 아리스토텔레스
머리말 토도로프/서문 뒤퐁록, 랄로/김한식 옮김

마지막 잎새 오 헨리
서문 가이 대번포트/최인자 옮김

작은 아씨들 루이자 메일 올컷
서문 일레인 쇼월터/유수아 옮김

자기만의 방 버지니아 울프
서문 미셸 배럿/이소연 옮김

쟈디그·깡디드 볼떼르
이형식 옮김·작품해설

타임머신 허버트 조지 웰스
서문 마리나 워너/한동훈 옮김

반짝이는 것은 모두 오 헨리
최인자 옮김